LE TIGRE
DE PAPIER
3
AUTRES

ALEX DE KYBURG

Editions Art Visionnaire Narratif
CH-1045 Ogens

Moon picture: Charlie Toth © 2017

ISBN-13: 978-2-940611-04-1

REMERCIEMENTS

Un livre, pour moi, est une œuvre d'art au même titre qu'un tableau, une sculpture, une composition musicale ou théâtrale.

Pour tout artiste, chacune de ses créations est son bébé. Indépendamment de tout jugement externe, elle ou il va l'aimer et le trouver génial. Somme toute, l'artiste reste seul maître de l'appréciation de son travail.

Quand j'édite un volume de mon cru, il faut que le contenant soit autant le fruit de mes attentions que son contenu.
C'est la raison pour laquelle j'en écris la narration, j'en fais la mise en page, ainsi que les illustrations et la couverture, considérant cela comme étant ma tâche d'artiste.

Toutefois, à l'instar d'un accouchement, il est préférable de faire appel à une ou plusieurs "sages femmes"!
Les miennes sont les relectrices et relecteurs qui se penchent sur le manuscrit, avec cette même aimable attention que l'on porterait à un être vivant, afin qu'un livre soit mis au monde dans les meilleures conditions .

Merci Isabelle, Tiffany, Bernard, Pascal et Pat d'avoir donné de votre temps, et tant de vigilance, en vue d'offrir aux lectrices et lecteurs le fruit d'une naissance harmonieuse.

Il y a toujours un peu de magie, dans vos retours.

Alex de Kyburg

Qui voudra admettre une vision différente?
Qui acceptera un changement radical des paradigmes?

Ce livre est dédié aux esprits ouverts, aux rêveurs idéalistes
véritables artisans de l'avenir de l'humanité.

AdK

Résumé des tomes 1 et 2

Sur Terre, après la Grande Destruction, une colonie de moins de mille survivants retrouve une certaine sérénité. Ce qu'ils ignorent, au début, est qu'ils sont enviés par certains... et convoités par d'autres !

Ils ont fondé et construit le Village sur une base totalement différente de l'ancienne civilisation : l'empathie, au lieu de la quête du pouvoir.

L'individu, considéré comme joyau unique, s'y épanouit dans une convivialité respectueuse des particularités de chacune et chacun. Aucune réglementation n'y est nécessaire, puisque la compréhension de l'autre y est naturellement cultivée.

L'évolution des technologies et du savoir est stimulée par le Tigre qui approvisionne régulièrement leur Village de coupures de journaux. Ces précieuses informations contribuent au développement des connaissances. Le maître du Manoir, est un ex-milliardaire ayant bénéficié de ce qui se faisait de mieux en matière de médecine au crépuscule de l'Ancien Monde. Il est âgé de près de 300 ans, mais ne paraît en avoir que 40.

L'arrivée au Village d'un groupe d'inconnus à la chevelure grise, bouleverse non seulement la vie affective du narrateur, mais également l'ensemble de l'organisation quotidienne.

Surnommés les "Gris", les nouveaux venus vont dévoiler leur véritable origine. Ils sont natifs et habitants du satellite artificiel géant qui tourne autour de la Terre.

Le narrateur, Octa, et ses proches rejoignent OSP-01 la station orbitale pour y découvrir que des fanatiques tentent d'y prendre le pouvoir, avec l'intention d'utiliser les habitants de la planète à des fins de procréation.

L'inventivité et les dons d'adaptation des villageois vont sauver tous les survivants d'une catastrophe programmée.

Une nouvelle page, sur de nouvelles découvertes, peut être tournée !

CHAPITRE 1
LES DÉCISIONS

Collaborations

Tani doit être éveillée depuis un moment déjà. En ouvrant les yeux, je la vois fringante et prête à en découdre avec cette nouvelle journée.

– Octa le dormeur, il serait temps que tu t'ébroues! Sors de tes songes et viens déjeuner avec nous!

– Ah! Oui! Ma reine, laisse-moi deux "minutes", s'il te plaît.

Encore pris dans ma torpeur nocturne, mon cerveau réfléchit au contexte. Dire que cela fait environ sept Cycles déjà, quand Tani est arrivée au Village avec son équipe de faux sauvages survivants! Puis, il y a eu la découverte de l'intérieur du Manoir et ma rencontre avec le Tigre. Ces Cycles peuvent paraître longs ou courts comme une poignée de "moments" selon... cela me fait penser aux diverses manières de compter le temps qui passe. Bien que l'idée des "heures" et des "minutes" ait fait son chemin dans les us du Village, ce sont les Cycles qui ont remplacé les "années", autant au Manoir que dans la Station. Au Manoir, la modification de la terminologie devenait une conséquence logique du changement de style de vie de ses habitants. Il se devait de marquer une étape plus que symbolique à une nouvelle ère d'ouverture au Village. Quant à la Station, soumise à un comptage du temps parfaitement subjectif, le mot "Cycle" est pratiquement plus adéquat qu'"année". Les Gris n'ont eu aucune difficulté à passer d'une appellation à une autre, puisque cela n'entraînait qu'un remplacement dans leur vocabulaire. La Trotteuse n'ayant jamais été dépendante du rythme de rotation de la Lune autour de la planète mère ni de la position de celle-ci à son soleil.

Cinq Cycles se sont écoulés depuis la fin de "l'Ordre" et de ses projets théocratiques. Tani et moi étions rentrés chez nous, sur Terre, avec une toute petite Zin'. Maintenant, notre fille va suivre librement les divers cours proposés aux plus jeunes. Elle quitte la maison chaque matin et ne revient que l'après-midi. Bigre! Que de changements!

Ragaillardi par ces pensées, prêt à mettre le pied à l'étrier, je saute dans mes habits pour aller à table. L'accueil y est joyeux et mon cœur se gonfle du sourire de mes deux trésors. Cette fois-ci, c'est bon : je suis parfaitement réveillé!

Zin' s'éloigne dans le tunnel plastifié et Tani s'apprête à rejoindre des collègues au labo. Nos dés sont ainsi posés jusqu'à la fin de ce quart de Lune. Tani s'est portée volontaire à la recherche de nouveaux détecteurs chimiques, alors que moi, je ferai trois jours en culture des légumes. Je vais consacrer les deux prochains jours à la préparation de notre nième départ familial à la Station. Darin' nous invite à y célébrer la "Fête de l'Éveil" : on va y réveiller tout le monde pour un grand briefing orbital! Le dernier n'ayant eu lieu qu'il y a quatre Cycles.

Dommage que, malgré la taille immense du satellite, tous les habitants de la Terre ne puissent se joindre à l'occasion! Bien sûr, en plus du problème de place, les soucis de carburant ont leur poids dans le choix des participants à convoyer... Sur ce point : l'économie est de rigueur!

Pour celles et ceux qui resteront au sol, une transmission projetée sur écran géant est prévue. Ainsi, avec juste quelques secondes de retard, chacune et chacun pourra suivre les événements et connaître, dans les grandes lignes, des travaux en cours ou d'autres nouvelles qui pourraient être annoncées. D'ailleurs, je me réjouis de savoir à quoi en est la future petite sœur de la Station : le four solaire en phase finale de sa planification et qui deviendra le satellite du satellite. Les rayons du soleil seront captés et concentrés pour fondre les métaux récupérés des innombrables débris laissés en orbite autour de notre planète durant plus d'une centaine de Cycles. Les matières premières seront, ainsi, directement réutilisées dans l'usinage de pièces de machines ou de vaisseaux.

Ici, le même principe sera fonctionnel dans quelques Lunes à peine. À l'est des collines du Tigre, la construction d'un haut-fourneau muni de dizaines de réflecteurs est presque terminée. Il aura fallu deux Cycles pour confectionner les grands miroirs concaves et, parallèlement, autant de temps pour concevoir, trouver les matériaux et assembler la structure cylindrique de vingt-sept mètres de hauteur. La pierre volcanique, qui a été taillée pour l'écoulement du métal en fusion, provient d'une région faiblement radioactive, assez éloignée, en direction du sud-est. Son acheminement aurait été impossible sans l'existence des dirigeables.

Avant le prochain décollage prévu, Tani et moi comptons passer visiter l'impressionnant chantier du haut-fourneau.

En attendant, vêtu de ma salopette intégrale et de mes bottes à genouillère rabattable, je retourne la surface de la plate-bande à ressemer en compagnie de Nak. Visiblement, elle ne craint rien pour sa chevelure abondante et bouclée.

– Et bien, Nak, est-ce par distraction, ou par volonté de soigner ta crinière à la poussière de terreau que tu n'as pas ton couvre-chef?

– Ni l'un ni l'autre, Octa, j'ai simplement prévu de me laver les antennes en rentrant. Plutôt que de salir mon joli bonnet, autant passer outre à la protection!

– Ha! Oui, c'est juste : tu as toujours eu l'esprit pratique!

– Encore plus pratique que tu ne le penses. Je veux une chevelure propre et soyeuse ce soir, parce que j'ai invité Sib pour un souper aux chandelles!

– Oh! Bigre! Du romantisme pragmatique en quelque sorte!

– Tout-à-fait, tu as tout compris!

– Sib est donc revenu de la tour. Depuis quand? Et t'a-t-il raconté ce qui s'y passe?

– Cela fait deux jours qu'il est chez lui, mais il n'est sorti de son antre qu'hier pour venir me voir. Il était lessivé. Il paraît que Yosy a amélioré le système de grue pour monter les derniers éléments. Ce qui semble-t-il, n'empêche pas le boulot d'être aussi dur qu'à la Salière, l'odeur et les démangeaisons en moins.

– Ouf! La Salière... Fichtre, cela fait des Cycles que je n'y suis plus retourné!

– Tu en as assez fait ailleurs, va! Personne ne va t'interdire de sel pour ne pas être allé casser des cailloux!

– Ha! je l'espère!

Et le soir est déjà tombé. Je file chez moi assez rapidement, ne sachant pas qui est supposé préparer le repas. À peine passé le sas et être arrivé dans le séjour que mon questionnement est devenu caduc.

– Salut mon Roi! Ta princesse et ta reine t'attendaient. Il n'y a aucune urgence, mais nous sommes invités à dîner chez Yerz et Rowsha. Tu peux tranquillement échanger ta jolie salopette pleine de boue et de compost contre tout autre vêtement... propre, bien entendu.

Tani reçoit mon sourire en coin pour toute réponse. Je passe rapidement à la salle de bain avant de prendre l'escalier qui mène juste au-dessus, à notre chambre.

Marrant comme notre relation évolue sans diamétralement changer. Je ne sublime plus totalement l'image que je me fais de Tani, mais elle est devenue ma compagne, une complice de tous les instants que j'ai appris à aimer "solidement" au fil de nos aventures communes. Le fait d'être tous deux parents d'une enfant aussi chou que la nôtre est aussi un paramètre important dans la manière de nous percevoir l'un l'autre. Toutefois, ce lien ne doit pas prendre la forme d'une obligation ni adopter un caractère de devoir. Que nous nous soyons trouvés tient un peu du miracle. J'ai flashé sur elle et pourtant, contrairement à mes autres "coups de foudre", j'ai eu la chance que cela n'en reste pas à ce stade et d'avoir la possibilité, en plus, d'aimer tout ce que j'ai appris d'elle! Habituellement, quand je tombais amoureux, c'était foutu d'avance. La réciprocité a été, dans ma vie, un des phénomènes des plus rares; si je dis même qu'un ou deux pour cent des cas, je fais déjà de la pensée positive!

Sortant de mes cogitations, je crie depuis l'étage :

– Voilà! Je suis prêt!

J'entends Zin' glousser. Sa mère la regarde de biais :

– Alors, on y va!

– Alors, on y va! Répète Zin' en pouffant.

Nous passons le sas en riant de bon cœur.

Octa, Cycle 140, Lune 3, jour 28 au matin

Nos amis ont mis les petits plats dans les grands pour nous régaler d'un superbe repas. Toutefois, leur nervosité était bien perceptible. Fichtre, Yerz aura droit à son baptême de l'espace et Rowsha va, pour la première fois depuis l'épisode fumeux de l'Ordre, rejoindre "sa" Station! Chacun a de bonnes raisons de ressentir quelque malaise.

L'envol est pour tout à l'heure et nous nous préparons au départ. Sans que cela puisse être qualifié de routinier, nous savons chacune et chacun ce que nous avons à faire : pas grand-chose, en fait. Nous partons sans bagage!

Tani et moi tentons de paraître aussi placides que possible dans le but de compenser l'immense excitation de notre fille.

Elle ne tient plus en place, se réjouit de tout et nous fait bourdonner les oreilles avec ses dizaines de conjectures "à la minute".

Je nous imagine déjà sur le ponton de départ. Tous les voyageurs y seront éclipsés par le large sourire de Zin' : On ne verra pus que l'éblouissante blancheur de ses dents!

Pour combien de temps sera-t-elle encore cette enfant joyeuse et insouciante? Son vécu en décidera!

La navette n'émet encore aucun bruit. Tani, Zin', Yerz, Rowsha, Dzab, Telk, moi et même Rolsar, qui lui va pour la première fois rejoindre la Station, montons sur le ponton du grand élévateur. On le nomme aussi "l'Ascenseur". C'est sa troisième année de service et il ne cesse d'être amélioré. Très vite l'idée de diminuer les nuisances sonores lors des départs de transporteurs a titillé les méninges inventives de quelques habitants. Comme les croquis ont foisonné, une petite équipe composée des bricoleurs du Village, des mathématiciens du Manoir et des ingénieurs de la Trotteuse s'est réunie pour étudier la possibilité de disposer d'une zone de décollage en altitude tout en restant à proximité du Village. Aujourd'hui, cinq ballons géants soulèvent la plate-forme d'un ascenseur pour navettes. Le tout coulisse en suivant quatre cordes aux angles, tendues chacune par un ballon dédié. Quand le plateau atteint la hauteur maximale permise par la météo, la navette enclenche ses réacteurs et décolle loin au-dessus des toits. À plus de quarante mètres à la verticale des habitations, le bruit devient tout à fait supportable.

Pour l'instant, notre taxi continue sa montée. Assis et attachés à nos sièges, nous papotons dans l'attente du départ.

La discussion va bon train quand une légère crispation vient tenailler les entrailles des voyageurs. Personne n'échappe à l'impact de l'accélération et aux vibrations qui lui sont associées. Je regarde Rolsar avec un sourire, je l'espère, apaisant.

– Bigre, mon ami, c'est une première pour toi! C'est impressionnant, n'est-ce pas? La première fois est une expérience unique et, tu verras, ton périple va passablement modifier ta manière d'appréhender les choses lors du retour! D'ailleurs, ça se calme déjà.

– He! Octa, j'ai bien failli me trouver mal!

– C'est normal. Il vaut mieux continuer de parler. Car maintenant, vient la deuxième phase.

– Ah! La théorie, je la connais. Mais là, c'est incroyable de ne plus se sentir peser quoi que ce soit...

– As-tu un petit objet sur toi? Un crayon, une brosse à dents, quelque chose de léger sur Terre. Oui, ce crayon : mets-le devant toi et lâche-le...

– Il reste en place. C'est génial d'expérimenter ça!

– Profites-en, la durée de la microgravité est courte. Nous n'allons pas tarder à nous arrimer à la Trotteuse et là, ton poids suggestif sera d'un virgule un.

Rowsha intervient en riant :

– Autre chose les amis : n'oubliez pas de régler vos respirations en fonction de l'atmosphère de la Station. Le taux d'oxygène a été progressivement rabaissé dans le Manoir. Les villageois qui y vont n'ont plus aucune gêne à craindre. Dans le satellite, par contre, le mélange gazeux est beaucoup plus riche. Il faut s'en méfier et inspirer moins profondément, ou beaucoup moins souvent, si l'on ne veut pas se sentir saoul!

Je reprends la phrase au bond :

– Et Rowsha, méfie-toi aussi! Car tu as maintenant l'habitude de gonfler davantage tes poumons sur Terre et plus d'un de tes collègues Gris se sont sentis un poil bizarre en rentrant chez eux pour l'avoir oublié!

Nous rions tous au moment où, sas contre sas, les portes s'ouvrent pour rejoindre le cœur du satellite.

Fête orbitale

Comme toujours, depuis que les habitants se sont libérés de l'emprise étouffante de la secte de l'Ordre, l'arrivée de nouveaux visiteurs se fait en toute simplicité, mais avec énormément de chaleur humaine.

Indéniablement, le programme de développement de l'empathie suit son cours avec un succès notable. J'en ai presque les larmes!

Darin', pourtant Commandante Générale de la Station est parmi le comité d'accueil! Lors de mon premier débarquement, la discipline et la rigidité hiérarchique n'auraient jamais permis que la plus haute autorité "militaire" des lieux vienne "s'abaisser" à souhaiter la bienvenue à un groupe de "civils sans importance"! À peine le temps de me faire cette réflexion que Tani est déjà dans les bras de la Cheffe des chefs. Elles s'enlacent et se félicitent de se retrouver comme de vieilles amies, en toute spontanéité. J'en suis encore tout ému quand Darin' se tourne vers moi et m'embrasse de la même manière.

– Octa, comme je suis heureuse de te revoir! C'est chaque fois un tel plaisir et un privilège de côtoyer l'une et l'autre des personnes qui ont su prendre une place si importante dans mon cœur!

– Tss! Darin', Bigre! Ça y est : j'ai réussi à retenir mes larmes jusqu'à maintenant, mais là, tu as juste rajouté la dose supplémentaire! Allez, arrête! Laisse-moi essuyer mes joues et va vite dire coucou aux braves, là, la bande qui nous suit!

Tout de suite Darin' se tourne vers les frais arrivés.

– Ha! Ha! Voyez-vous? À peine est-on aimable que l'on reçoit des ordres de quelqu'un qui n'a même aucun galon! Lieutenant Rowsha, ne me dites pas que vous allez aussi me faire le coup?

L'interpellé, visiblement pris de court et bien influencé par son ancien conditionnement martial, est mal à l'aise et cherche comment répondre au trait d'humour d'une gradée du plus haut niveau de la hiérarchie.

– Je, heu… non, sûrement pas Commandante Générale… Je voulais surtout implorer votre pardon d'avoir…

Mais Darin' lui coupe la parole.

– Allons, lieutenant, vous étiez sous l'emprise d'un fieffé manipulateur. Vous auriez pu lui obéir aveuglément jusqu'au bout. Mais vous avez réfléchi. Vous avez puisé dans votre conscience et dans vos sentiments. Ceci vous a fait prendre la bonne décision. Je n'ai pas à vous pardonner, mais à vous féliciter!

Elle lui tend la main.

Par réflexe, Rowsha se met au garde-à-vous avant de saisir la poignée offerte. Visiblement, il est confondu de gratitude.

S'ensuit un bref moment de silence, rempli d'amour et de respect.

Tani en profite pour aller chercher Yerz parmi les voyageurs et le tire au côté de Rowsha.

– Darin', je te présente Yerz, le compagnon du lieutenant.

– Voici donc celui qui aura été déterminant dans des décisions vitales! Je vous félicite, mon ami, et la Station vous est également redevable.

Peu renseigné au sujet des coutumes martiales, Yerz bafouille :

– Merci, hum… comment dire…

– Darin', mon cher, simplement Darin', quand nous sommes entre amis. D'ailleurs, vous êtes un civil du Village. Pour moi, vous êtes tous des héros dignes d'être hautement considérés. Nous sommes quasi au même niveau. Bien entendu, vis-à-vis des militaires, je vous prie d'éviter les trop grandes familiarités. D'ici à atteindre un respect empathique similaire à celui pratiqué au Village, il y a encore du travail. Il faudra donc user d'un minimum de discipline, hélas!

Yerz, la tête légèrement penchée, ajoute :

– Par conséquent, dans les couloirs et les lieux officiels, il serait préférable que moi et les autres nous nous adressions à vous en termes de commandante générale.

Darin' sourit, mais avec un rire complice et malicieux.

– Vous avez tout compris.

Elle fait un clin d'œil à Yerz', puis tourne son visage un peu dans notre direction :

– Bon! Dans de rares cas, il est déjà trop tard. Les manières peu disciplinaires ont tôt pris leurs plis. Pour ces trois-là, tout le monde ici sait à quoi s'en tenir!

Après les présentations suit une visite superficielle des installations, du commandement, du Central, des coursives, avec les explications d'usage.

Chacun s'est efforcé de contrôler sa respiration en fonction de ses habitudes terrestres, mais il n'en demeure pas moins que le périple Terre-Station et toutes les nouveautés encaissées en une journée ne sont pas de tout repos. Aussi, c'est avec gratitude que les frais arrivés investissent joyeusement leurs quartiers. Personne ne se fait prier lorsque vient le "huit" nocturne, la pseudo nuit artificielle, phase officielle de la pause horizontale à l'intérieur de la Trotteuse.

Tani, Zin' et moi, en quasi coutumiers des lieux et des déplacements intempestifs, n'avons pas ce coup de fatigue. Bien au contraire, en chacun de nous, c'est l'excitation qui domine. Nous avons toujours gardé nos transmetteurs autour du cou et tous les trois allons rejoindre un comité spécial entre amis, dans la Zone Une... celle normalement réservée aux officiers supérieurs.

Tani me tient la main, comme au début de nos amours. Je marche à sa droite. La différence est qu'à sa gauche, une petite menotte serre affectueusement ses doigts. Il y a plein de tendresse quand nous arrivons à destination. La porte est large et les deux battants coulissants s'écartent alors que nous ne sommes qu'à peine à un mètre. Une clameur s'élève de l'intérieur de la grande pièce sur laquelle débouche le passage.

Je ris.

– Tiens donc! Une cafétéria! Comment se fait-il que je n'en sois même pas étonné? Tani a les yeux qui brillent.

– Mais quelle belle équipe!

Zin', tout à fait consciente de l'aspect éminemment festif de la situation, lève les bras et lance :

– Tii-aa! Salut la compagnie!

D'entendre sa petite voix et de voir toute cette juvénile spontanéité déclenche presque l'hystérie. Un enchantement quasi magique envahit la pièce.

Entourés de nos complices et amis rescapés heureux de la sombre période de l'Ordre, nous passons aux embrassades de retrouvailles, remplissons nos verres et partons dans un chassé-croisé de discussions allant dans tous les sens. Ce soir, c'est la fête totale. Les réjouissances plus officielles et ordonnées, et les sujets plus sérieux pourront être abordés demain. Chaque chose en son temps!

J'observe la scène.

Sans transition, je me sens subitement dans un "état premier", comme une caméra extérieure à l'action sur le point d'enregistrer un documentaire. Un appareil de capture organique, toutefois, capable de saisir davantage que les images et les sons. Je suis une entité intelligente, non pensante, mais apte à emmagasiner les émotions, les mimiques subtiles, les moindres détails de ce que ressent chaque participante et participant à cette soirée. Mon regard est un outil, des tubes me reliant directement à ma conscience sans passer par la case "analyse mentale". Je comprends parfaitement tout ce qui entre dans mon champ de vision. C'est comme un autre univers. Un monde qui en observe un parallèle au sien. La caméra balaye l'assistance et s'arrête un moment sur Tani. L'individu "Octa" aime cette "Tani". Ceci provoque un grand sourire intérieur et me fait revenir à un état plus incarné.

Intéressant comme Tani représente pour moi une "femme idéale". Je crois que cela vient du fait que, contrairement aux précédentes rencontres, je n'ai jamais ressenti la nécessité de devenir un autre que moi-même pour continuer à lui plaire. Il n'y a pas cette lourdeur qui s'insinue avec le temps, cette distorsion qui contrarie l'individualité au fil des concessions qui s'accumulent et poussent à modifier sa personnalité. Je ne peux qu'espérer qu'il en aille de même pour Tani. Ma reine est en pleine discussion avec ces chers Coltim' et Erdezan'. Je m'approche du groupe tout en m'amusant de voir Zin', faisant de grands gestes comme si elle expliquait le fonctionnement des galaxies, assise sur les genoux de Darin'. Quelques pas m'amènent à côté de Coltim' et je m'esclaffe, intérieurement, du culot dont nous avions fait preuve en le faisant passer pour moi, alors que j'étais sous haute surveillance des putschistes de l'Ordre. Vraiment, avec ses épaules étroites et sa taille plus élancée, nous avons été gonflés!

Erdezan', quant à lui, a bien changé.

– Salut Octa! Oh! Ou dois-je dire Monsieur Octa?

– Non, surtout pas! Mais, dis-moi, tu as pris de l'assurance depuis l'époque où, d'une timidité presque maladive, tu étais mon guide ici.

– Regarde ma manche, là!

– Oh, oh! Bigre, du galon ! Mais, j'espère que cela n'est pas l'unique raison de ton gain en gouaille!

Coltim' y ajoute son grain de sel :

– Il a toujours eu du culot... mais bien caché au fond de lui!

Tani pouffe :

– Comme chaque individu recèle plus d'empathie qu'il n'en croit avoir, n'est-ce pas? Erdezan enchaîne :

– Et ça fait du bien quand ça se révèle, ah oui!

Du coin de l'œil, j'observe Darin' qui procède à une approche tactique caractérisée. Sans repousser personne, elle s'arrange pour gagner du terrain. Elle sourit, mais je devine qu'un problème la tenaille. Par souci d'efficacité et pour combler ma curiosité, je m'évertue donc de tirer Tani dans sa direction.

Nous voici de nouveau les trois ensemble.

– Tani, Octa, je dois vous prévenir que mon discours d'ouverture de demain risque de ne pas être aussi léger que je le voudrais. Yoser et Togal ont grillé des tonnes de carburant avec une affligeante désinvolture!

Je hoche :

– Forcément, ils croyaient que leur foi allait tout résoudre. C'est la marque de fabrique des fanatiques.

Tani fronce :

– Résultat des comptes?

– Environ dix cycles de propulsion globale partis en vapeur! Il faut se rappeler qu'aucun ravitaillement en hélium trois n'a eu lieu depuis la Grande Destruction! Jusqu'il y a cinq cycles le stock avait été parfaitement géré. Mais ces imbéciles ont réussi à griller, en un cycle, de quoi en rester douze sur orbite! Mais, nous verrons cela plus tard.

– Très bien. Autre chose, avec Tani, nous avons remarqué l'absence de Yaro. Nous savons que le Tigre est en cryo, mais qu'en est-il de Yaro?

– Yaro est actuellement médicalisé. Rassurez-vous, rien de trop grave. Il se fait vieux et a eu un début de malaise avant-hier. S'il n'est pas présent à cette agape, c'est qu'il veut s'économiser en vue de notre réunion d'après-demain. Vous vous reverrez à cette occasion. Bon, les amis, je vais encore saluer du monde. Nous nous retrouvons d'ici douze heures.

Après un petit signe de la main de notre part, la voilà déjà mélangée à un autre groupe. J'y distingue Rowsha et une poignée d'officiers en compagnie de deux villageoises.

Nouveau brassage d'interlocuteurs. Je profite de ce moment de répit pour enfin toucher un mot à Tani au sujet de ma réflexion de tout à l'heure.

– Tani, cela fera bientôt huit cycles que nous nous aimons et je me rends compte que c'est la première fois que j'expérimente une relation aussi idéale.

– Merci!

– Attends, je n'ai pas fini!

– Ça, je m'en doutais bien!

– Oui, et tu as toujours ce sourire accrocheur et ton sens de la répartie! Bref! Un questionnement m'est venu à l'esprit, il y a quelques instants, et je te prie d'y répondre en toute franchise : depuis que tu es avec moi, t'es-tu sentie obligée de faire beaucoup de concessions? T'es-tu forcée à changer ta personnalité pour accepter que notre relation soit durable?

Tani écarquille des yeux. Tout son visage reflète l'ébahissement.

– Que vas-tu chercher là, Octa? Avec mon caractère, tu peux bien te douter que je n'aurais jamais continué avec toi si cela avait été le cas! Mais, je dois t'avouer une chose. En fait, je ne suis pas étonnée de ta question, mais du fait que tu te la poses aussi parfois. Parce que moi, autant que toi, apparemment, je suis également épatée par l'alchimie qui nous a réunis!

Sur ces paroles, elle me saisit la nuque et m'embrasse goulûment.

J'ai l'impression que cela marque la fin de la soirée entre amis : nous allons, je crois, dire au revoir à tout un chacun et assez rapidement nous retirer dans nos quartiers. Zin' pourrait bien rester encore une bonne heure avec sa tata Darin', il me semble!

À mon réveil, je me demande s'il ne serait pas adéquat de diffuser, au petit matin, de jolis chants d'oiseaux dans les chambres et les coursives. Ce serait charmant, poétique et relaxant! Cela mettrait une croix sur l'ancien mode de fonctionnement, du temps où les militaires ne pouvaient imaginer autre chose que suivre aveuglément les ordres. Actuellement, les individus redécouvrent une partie de leur nature déconditionnée. Par conséquent, ils retrouvent leur sens critique et leur curiosité. S'ils ne désobéissent pas, c'est que les gradés en poste ont eux-mêmes évolué et accomplissent intelligemment la tâche qui leur est dévolue et pour laquelle ils ont de réelles compétences. Tout a changé. Donc : on pourrait, sans altérer la bonne marche de la Station, ajouter de joyeuses stridulations matinales! Non?

À mon côté quelqu'un vient de quitter le monde des rêves :
- Hi! Hi! Qu'est-ce qui te fait rire, de nouveau!
– Salut, ma reine! Oh! Une idée pour égayer les aurores de la courageuse soldatesque :
des cuis-cuis de gentils oisillons au lever du pseudo soleil!
– Ha! C'est bien toi ça! Du fichtre de bigre de bigre à la sauce Octa!

La porte de la chambre d'à côté s'ouvre. Zin' a, de toute évidence, parfaitement saisi le caractère guilleret de la situation et vient immédiatement s'entraîner au trampoline sur le lit parental. En s'exclamant :
– Rigoler! Rigoler! Rigoler!

Je l'attrape en vol et ajoute :
– Rigoler, rigoler et se préparer pour la grande réunion! Allez, zou! Va prendre ta douche et t'habiller et ne traîne pas sous le filet d'eau. Ta mère et moi devons y passer aussi!

Connaissant la générosité de Darin' nous nous contentons un p'tit déj ultra succinct, voire symbolique, pour laisser un peu de place pour le buffet qui ne manquera pas de regorger de victuailles, sublimes et variées à souhait. Sans tarder, nous filons au Central.

La foule est vraiment impressionnante. Il est possible qu'il y ait le triple de personnes que lors de l'annonce de la fin des tribulations des fanatiques de l'Ordre!
– Tani, il y a donc autant de gens que cela qui restent régulièrement en attente pseudo-cryogénique?
– Oui, plus ou moins. Mais il y a de nouvelles têtes : plusieurs enfants! Octa, plein de petits qui partagent nos gènes, comme Zin'. D'ailleurs, regarde notre fille : elle n'en peut plus de patienter et se réjouit d'aller jouer avec ses semblables!

En effet, à sa manière, elle trépigne. Elle se maîtrise bien, pourtant. Notre princesse saisit très bien qu'il y a un moment à endurer avant de pouvoir s'égayer. En attendant, elle observe. Alternativement, son intérêt passe des oiseaux se mesurant aux mini-drones, puis aux autres convives. Maligne, elle évite de trop prêter attention à celles et ceux de son âge, sachant que sa relative sérénité serait mise à trop rude épreuve!

Une musique est brièvement diffusée par des haut-parleurs invisibles, marquant l'ouverture des festivités. Le son diminue et Darin' monte sur la petite estrade prévue.

– Chers tous, pour la première fois dans l'histoire de la Station, voici tous les habitants des lieux éveillés simultanément. De plus, le fait que plusieurs dizaines d'invités de la planète nous aient rejoints pour la fête est également une nouveauté! C'est une réunion "Orbitiens - terriens" si j'ose dire. Ne riez pas! J'ai imaginé cette dénomination hier soir à l'occasion d'une rencontre informelle avec mes amis.

Comme vous le savez tous, maintenant, un puissant courant d'entraide est né ces derniers cycles et tout porte à croire que la tendance va s'étendre au-delà de tout ce que nous aurions pu rêver par le passé.

Aujourd'hui est un jour de liesse et d'espoir. Toutefois, que cela n'occulte pas notre vigilance. Il y a quelques problèmes de taille que nous devrons affronter. Notamment, les pénuries de carburant pour lesquels nous allons devoir trouver des solutions dans de très brefs délais. Nous ne manquerons pas d'oxygène, d'énergie électrique, ni de nourriture. Non. Ce qui va nous faire défaut, d'ici une poignée de cycles, n'est autre que la puissance de propulsion nécessaire au maintien de la Station sur son orbite.

Chut! Chut! Chut! Pour l'heure, il n'y a pas matière à paniquer! Calmez-vous! Globalement, les réserves ont été fort bien gérées. Malheureusement, la mégalomanie outrancière du prêtre de l'Ordre a eu pour effet de méchamment vider les conteneurs d'hélium trois. Si bien que nous devrons être beaucoup plus prudents dans nos déplacements, y compris vers la Terre, hélas!

J'espère que cette situation n'est que provisoire.

Je suis consciente que cette nouvelle, une véritable douche froide, aura un impact sur l'atmosphère des festivités. Étant votre Commandante Générale, vous comprendrez que je ne pouvais pas vous cacher cette réalité. Cependant, encore une fois, il n'y a pas à céder à la panique. Rien par notre rencontre, ne contribue à péjorer le fonctionnement de la Station. Au contraire, si des navettes ont été utilisées pour transporter des personnes depuis la Terre, c'est précisément pour former des équipes compétentes qui travailleront d'arrache-pied à la découverte de solutions. Il y a tout lieu d'être optimistes.

Et maintenant, il est temps d'alléger nos pensées et de faire la fête!

Malgré un discours qui n'avait pas vocation de faire passer notre chère commandante générale pour un irrésistible boute-en-train, la journée se poursuit dans une ambiance conviviale, voire franchement joyeuse vers la fin de la durée de service et véritablement débridée au-delà de l'obscurcissement automatique annonçant la période nocturne.

Un rendez-vous de travail est fixé au matin et avec Tani, nous ramenons une Zin', totalement épuisée et saturée de jeux, dans son lit.

Bref repos

Au lendemain des réjouissances, aucun des participants à la réunion convoquée par Darin', ne présente la moindre séquelle de débordement festif. Pas de poches sous les yeux, de cheveux ébouriffés, de tenue débraillée, de voix pâteuse ni attitude avachie... Serions-nous tous des super-humains? Non, pas tant que cela. La raison de cette bonne tenue est simple : personne n'a oublié l'importance de cette rencontre.

Nous sommes assis en cercle. Au milieu flotte une maquette de la Station. C'est un hologramme. Du plus bel effet à mon humble avis, j'en suis émerveillé! Autour de la boule translucide, des graphiques reliés par un mince fil lumineux désignent les parties techniques essentielles.

Darin' est intéressante, car elle est parvenue à se faire pousser l'index de sa main droite. Il mesure environ soixante centimètres. Aucune inquiétude à avoir, ce n'est manifestement qu'une astuce virtuelle. Mais c'est marrant!

– Les différents réservoirs sont toujours séparés par plusieurs hangars pour éviter que l'ensemble du carburant puisse disparaître lors d'une grande avarie. Le graphique quatorze simplifie la lecture et permet un bilan immédiat. Comme vous pouvez le voir, il nous reste potentiellement moins de trois pour cent de la quantité initiale. En étant extrêmement économes, nous pourrions tenir encore une douzaine de cycles. Or, vous savez tous aussi bien que moi à quelle vitesse le temps glisse entre nos doigts. Imaginez : celles et ceux qui vont retourner en sommeil cryo ces prochains jours n'auraient plus qu'un délai de deux cycles avant de perdre le contrôle de l'assiette du satellite. Moins que cela, puisqu'une partie du carburant servira exclusivement à propulser les navettes mises à contribution pour le sauvetage de tous les occupants d'OSP-01 vers la Terre!

À ma grande joie, je vois Yaro se dresser pour prendre la parole. Pour deux raisons. La première est qu'il a l'air en forme, et la deuxième est ma certitude que Yaro n'intervient, en général, que lorsqu'il trouve des solutions!

– Darin', permettez que je m'exprime.

– Bien sûr Yaro.

– Il existe une issue. Les ressources sont abondantes. Par contre, ce qui pose problème, c'est le temps disponible!

Des murmures s'élèvent dans la salle. Darin' lève un bras pour ramener le silence.

– Continue, Yaro.

– Grâce aux coupures du Tigre, j'ai eu l'occasion de lire énormément d'articles traitants des sources d'énergie. Pour en venir à l'hélium trois, nommé simplement H3, il y en a des quantités quasi illimitées sur notre bonne vieille Lune. Attendez! Il y en a, comme je l'ai signifié, assez pour ravitailler des dizaines de stations orbitales comme celle-ci. Mais il faut traiter le minerai, pour en extraire le carburant et ça ne se fait pas en habit pressurisé en maniant une petite pelle de jardin! Si nous voulons sauver la Trotteuse, nous devons immédiatement trouver les plans et construire une usine de conditionnement. Rien n'est impossible, mais ce genre de prouesse n'en est pas loin!

Darin' se mord la lèvre tout en réfléchissant. D'un geste, elle fait disparaître l'hologramme. Elle en perd son improbable doigt de soixante centimètres.

– Quelle serait la meilleure tactique : filer à la Bibliothèque du Village et au Manoir pour y récolter tous les documents utiles?

Je me lève.

– À mon avis, je ne vois pas d'autre solution. Il n'y a pas un instant à gâcher!

Darin' plisse des yeux. Puis elle entame un monologue, pensant à haute voix :

– Qui va aller? Toi, Yaro et qui encore?... Faut-il profiter du transporteur pour ramener tous les invités au sol, par souci d'économie? Hum! Certains devraient peut-être rester, dans le cas où une action, nécessitant un important bricolage, devait être menée depuis ici...

Tous les participants restent silencieux dans l'attente d'une décision. La Commandante claque des doigts.

– Bien, je propose que Dzab et Telk s'installent momentanément dans la Station. Vous excellez en travaux originaux et êtes de véritables magiciens. Vous œuvrerez en collaboration avec Yaro,

Octa, Tani, Rowsha, Cicé, Sari et Rolsar au cas où il faudrait concrétiser une invention sortie du génie d'une ou d'un de ces braves. Les autres se préparent à filer sur Terre dans une heure! Que celles et ceux qui ne connaissent pas les heures et les minutes se calquent sur les initiés. Tani et Octa, restez un moment, j'ai à vous parler.

La salle se vide en deux secondes. Darin' vient se poster entre Tani et moi en posant ses bras sur nos épaules.

– Bon, vous deux, par ici et asseyez-vous à côté de moi! Vous avez ce don de me calmer en toute circonstance, et j'en ai besoin en ce moment! Comme vous l'avez entendu, l'approvisionnement en H3, comme dit Yaro, n'est pas pour demain. Entre temps, il y a une autre anomalie dont je veux vous parler. Il s'agit de ballons-sondes. Vous en connaissez l'efficacité, surtout après les améliorations apportées par des villageois? Avec les nouvelles capacités de pilotage, les observations nous mènent toujours plus loin des courants aériens classiques. Nous découvrons tous les jours des régions extraordinaires. Certaines pourraient être viables. Mais, il y en a une qui nous intrigue particulièrement.

Piqué par ma curiosité je ne résiste pas :

– Et comment est-elle cette mystérieuse zone?

– Justement Octa : nous ne le savons pas. Parce qu'aucune de nos caméras n'a jamais réussi à en enregistrer la moindre image! Il y a comme une barrière infranchissable. La transmission est nette et claire. La forêt défile en dessous. L'objectif filme un arbre avec une qualité suffisante pour en compter les feuilles une à une et puis, d'un coup, crac! Plus que les grésillements d'un appareil hors service!

– Bigre, comme c'est intéressant! Donc, il faut comprendre la cause des défaillances ou trouver d'autres moyens d'exploration... et tu voudrais qu'on s'en occupe.

– Oui, mais c'est loin du Village.

– Hum! à quelle distance?

– Presque aux antipodes de la planète : pas loin de quinze mille kilomètres.

– Une paille!

– Non, pas si l'on tient compte que les trajets devront, en grande partie, être parcourus sans navettes ni transporteurs...

Nous devons toujours économiser notre carburant.

– Bigre! Quinze mille kilomètres en dirigeable, à éviter les vents contraires, ne pas devoir atterrir en terrains nocifs, à franchir des montagnes... pff! Quels défis!

– Impossible?

– Non. Comme dit si bien Yaro : "Pas impossible, mais pas loin de l'être"!

Tani grimace. Elle est en proie à un tourment que je peux bien percevoir, puisque j'expérimente probablement le même. Elle n'a pas la tête des grands jours quand elle intervient :

– Et qui ira? Chut, on ne dit rien! Je vois très bien où tu en es Octa : je perce tes mystères. Tu crèves d'envie d'y aller! Ai-je tort? Attention mon trop Cher, tu es papa, ne l'oublie pas! Darin', à mon avis il va vouloir y mettre son bigre de nez, celui-là... Je ne vais pas l'en empêcher, je ne m'en sens pas le droit, mais compte sur moi pour contrôler les préparatifs avec la plus grande sévérité. Je vais aussi veiller à ce que toutes les précautions nécessaires soient prises pour assurer le retour de mon roi de cœur auprès des siens. Je te tiendrai au courant de tous les détails, parce qu'il n'est pas question que ce voyage d'exploration se passe sans un appui logistique optimal et la surveillance assidue de la Station! Fichtre!

Nous rions tous les trois. Mais je vois bien que, derrière ses traits d'humour et sa manière de me piquer mes expressions, il y a de la peur. Tani a les larmes aux yeux. Il faut que je réfléchisse à tout ça, car il n'est pas acceptable qu'elle doive souffrir de mes décisions.

Darin' se lève et nous laisse.

– Bon! Nous reparlerons de cela dans quelques jours. Presque une demi-heure s'est écoulée et j'ai des ordres à donner. À tout à l'heure.

Au vol de retour, les conversations sont courtes et les visages concentrés. Chacun pense à la manière dont il va pouvoir empoigner ses tâches. On est loin de l'Instant Présent, là! Mais, quoi de plus normal? Pour le moment on recherche l'efficacité. Plus tard, satisfaits d'avoir relevé les défis et résolu des problèmes bêtement matériels, la sérénité sera de nouveau au rendez-vous. On peut la quitter, mais elle, elle ne nous oublie jamais!

Nous revoici donc chez nous, dans l'ancienne maison de Holt. À peine arrivée, Tani empoigne ma guitare pour me la poser sur les genoux. Elle, c'est Zin' qu'elle prend sur les siens. Mes deux fées elfiques ont les mêmes yeux de miroir, le même grand regard clair et argenté. Il ne m'est pas difficile de trouver l'inspiration. Je pince les cordes et glisse mes doigts sur la tablature.

Sonnent et résonnent
Rien ici ne détonne
Le sourire d'une fleur
Le regard sans peur
Un cœur se remplit

Sonnent et résonnent
Rien ici ne détonne
Un parfum de magie
Un enfant qui rit
Mon cœur se remplit

Sonnent et résonnent
Rien ici ne détonne
Pour toi mon navire
Pour ici te ravir
Ton cœur se remplit

Sonnent et résonnent
Rien ici ne détonne
Le sourire d'une fleur
Le regard sans peur
Un cœur se remplit

Voilà, c'est fini!

Zin' tape des mains et crie "encore"! Tani fait de même, mais soupire :

– "déjà"?

– Oui! Demain, il y a des tonnes de choses à faire. D'ailleurs, j'ai quelques idées que je dois absolument mettre sur papier encore ce soir.

– Oh! Je vais coucher Zin', mais toi, mon gars, je ne vais pas te laisser trafiquer tes plans toute la nuit. Certainement pas. J'ai un tout autre programme en ce qui te concerne!

– N'en dis pas davantage, ma Reine, je connais ce sourire coquin!

Tani a soupiré après nos ébats et vient de s'endormir. Je devrais être plus fatigué qu'elle, dans le fond, puisqu'au moment où elle a entrepris de me tirer de mes croquis, cela faisait déjà trois heures que j'y travaillais. Mais, comment trouver le sommeil, alors que c'est un moyen d'aménager un dirigeable qui devra parcourir deux dizaines de milliers de kilomètres en toute sécurité qu'il faut trouver? Il faudrait pouvoir compartimenter le gaz dans des poches plus nombreuses et plus résistantes, surcharger le véhicule avec des sacs de gravier ramassé à la Salière pour avoir assez de lest à jeter. Il faut également prévoir plusieurs systèmes de communication dans le cas où les défaillances des ballons- sondes seraient dues à des parasites magnétiques. Il y a trop à penser pour rester tranquille. D'autant qu'il n'y a pas que les caméras de la Station dont il faudra s'inquiéter, mais aussi la pénurie de matériaux translucides souples. On vient de m'apprendre que nos chers ancêtres avaient cru bien faire en cultivant des vers qui se nourrissent de polymère! Oh! dans leur contexte, c'était compréhensible : ils croulaient sous des montagnes de déchets dont la plus grande part était du plastique. Actuellement, le problème est inverse : nos prospecteurs ne trouvent plus que des restes inutilisables de ce matériau, des morceaux complètement ravagés.

Peut-être faudrait-il que Tani empoigne ce problème de larves mangeuses de polymères. Ce serait une bonne diversion pour qu'elle s'inquiète moins à propos de son homme! En plus, avec sa perspicacité, il est certain qu'elle inventerait ou découvrirait une solution.

En attendant : impossible de dormir. Il faut que je retourne à mes croquis!

Hop! En pleine nuit, je me lève.

Les pépiements des oiseaux annoncent l'arrivée des premières lueurs de l'aube. C'est ainsi que je me rends compte que je n'ai pas fermé l'œil de la nuit. À part un léger frissonnement dans la nuque, près de mes oreilles, rien ne m'indique un manque de sommeil. L'adrénaline, c'est ça, elle m'a complètement dopé.

Je jette un regard assez satisfait aux dessins abondamment commentés que j'ai réussi à produire pendant mon insomnie.

Il ne me reste plus qu'à préparer le repas du matin pour nous trois, attendre que mes deux déesses se réveillent. Ensuite, après avoir repris des forces avec un bon déjeuner, je file au nouveau hangar. Je ne sais pas qui s'est porté volontaire pour s'occuper des dirigeables, mais on trouvera bien de fins bricoleurs qui voudront s'atteler à modifier les appareils.

CHAPITRE 2

ALORS, ÇA GAZE ?

Zones inconnues

Au Village, quand on lance une idée, personne ne sait vraiment quelle plante va donner la graine. C'est comme ça!

Chaque habitant vient au monde dans un environnement tellement stimulant que, dès le plus jeune âge, son esprit inventif va faire des étincelles qui iront frapper d'autres étincelles et transformer une petite théorie en une réaction en chaîne créatrice déboulant sur un résultat génial.

Au départ, j'avais juste fait quelques croquis. Mais, jour après jour, quelqu'un est venu apporter sa pierre à l'édifice. Les idées n'ont pas forcément concerné la texture des poches à gaz ou le nombre de couches qu'il leur fallait ni un nouveau matériau composite pour rendre la coque plus résistante aux chocs. Parfois, il s'agissait de la forme à donner aux gourdes contenant notre réserve d'eau ou un habit multifonctions, voire un outillage miniaturisé. Les inventions ont fusé!

Par exemple, celle d'Iraa : se basant sur le principe chimique du détec utilisé depuis des décennies par les explorateurs du Village, elle a développé et fabriqué un "olfactoscope" qui va être testé durant la mission. On pourrait penser que ce genre de gadget, qui au demeurant ne prend pas de place, est totalement inutile. Et bien, qu'on se détrompe! Rappelons-nous comment je repérais les essences diffusées par feu le Docteur Arbor et le Tigre pour influencer les habitants du Manoir. Mon sens de l'odorat a eu son importance. Alors, avoir à sa disposition un petit détecteur sachant capter, isoler, analyser et quantifier les caractéristiques d'un parfum en particulier peut sauver des vies.

Carlonicum a contribué à la logique de pilotage. Il a tout de même été commandant général de la Station, avant de passer le flambeau à Darin'. La navigation est sa deuxième nature. Il engage sa retraite à administrer le Manoir en remplacement du Tigre. Mais tout en se languissant souvent de celle qui a pris les rênes de la Trotteuse. Trop proches pour rester au même endroit, ils doivent maintenant supporter et gérer d'être trop éloignés pour s'aimer comme ils le voudraient. Pour combler les moments de blues, l'ex-chef du satellite n'a pas manqué de s'intéresser à l'immense bibliothèque. Si ce n'est franchement une panacée à sa tristesse, celle-ci regorge d'ouvrages traitant de navigation, l'ancienne : celle pratiquée sur fleuves et sur mers bien avant l'exode des survivants de la Grande Destruction. En fait, Carlonicum en a fait sa passion. Il dévore inlassablement les livres qui y ont trait. C'est donc à lui que l'on doit les termes utilisés pour le maniement de nos coques volantes. Par exemple : Tribord, bâbord, proue, poupe, amarre, et "prendre la barre" sont autant de moyens d'éviter certaines confusions entre nos droites et gauches et les côtés propres au dirigeable. C'est essentiel. On lui doit également la grande boussole et le sextant qui pourraient nous aider à continuer le chemin avec toute l'électronique et toutes les communications en panne! Sur indications de Carlonicum, Aershon' nous a imprimé des cartes sur papier. Ces copies des vues provenant du satellite sont plastifiées, prévues d'être à toute épreuve et utilisables dans n'importe quelle condition météo.

Comme autre exemple, il y a aussi Dird et les casquettes qu'il nous a cousues : Visière, oreillettes rétractables et protège-nuque. Cela semble secondaire; or nous allons très loin au sud. Selon les relevés, il y aurait bien de fréquentes pluies, mais en alternance avec des journées entières sous un soleil tapant. Bien que nous serons la plupart du temps à l'ombre de l'ovale contenant les ballons de gaz pendant la navigation, cet abri nous manquera en début et en fin des jours de météo radieuse. De plus, il y aura certainement des centaines de découvertes à faire au sol. Personne n'aurait idée de survoler des trésors de nouveautés sans en faire des croquis, noter descriptions et commentaires ou collecter des échantillons, indépendamment des conditions d'ensoleillement.

D'autres contributions ont émaillé les travaux dès les premiers jours des préparatifs, des inventions de ce genre et de toute sorte, n'ont cessé de m'épater.

Bien entendu, toutes ne sont pas commodes à intégrer à fur et à mesure de l'avancement du projet, mais toutes ont leur utilité. Comme ces fixations rapides en cas de tempête. Fichtre!

En sueur, je me relève et me positionne face au vent pour me sécher. C'est aussi face au Manoir, ce qui me permet de voir quelqu'un sortir du porche principal de la bâtisse et emprunter l'ancien sentier non protégé. Le fameux Chemin des Cendres que foulaient les ancêtres, une fois par cycle, pour aller chercher les piles de papier que le Tigre laissait devant sa porte. Comme l'on peut s'en douter, il s'agit d'Elso, bien connue pour aimer se promener hors des tunnels couverts. Elle affirme que les vieux couloirs puent et il est fort probable que ce soit vrai pour qui n'est pas natif des lieux. De plus, elle s'oriente par ici, ce qui rend son choix d'autant plus logique : sa trajectoire est le meilleur raccourci pour passer par le hangar des dirigeables et atteindre le chantier.

Elso a une démarche marrante qui fait danser sa jupe à chaque pas. C'est "poétique", je trouve.

Sûrement des nouvelles, puisqu'elle est une des personnes de contact avec la Station. Pour une fois que je n'ai pas oublié mon communicateur, ce que j'ai tendance à faire assez systématiquement quand je me retrouve au Village, quelqu'un se déplace physiquement pour me parler. C'est d'autant plus drôle que le Manoir est équipé d'une véritable centrale de messagerie!

Apparemment, Elso vient par ici.

En effet la voici déjà.

– J'ai de bonnes nouvelles Octa!

– Super! Raconte.

– Puisque les trois dirigeables sont démontables et que les volontaires des équipages engagés sont assez nombreux, Darin' met à disposition trois transporteurs standards.

– Bigre! C'est fantastique!

– Ils seront pilotés par Kiamy, Dolinar et Eragadi que tu connais de tes séjours dans la Trotteuse. Arrivés au Désert Pâle, où tout le matériel sera débarqué pour être assemblé, ils y stationneront trois jours avant de revenir se parquer ici, à côté du hangar, pour être prêts à vous venir en aide en cas de pépins.

– Le Désert Pâle se trouve à des milliers de kilomètres : c'est inespéré! Bien vu, et un excellent moyen d'éviter une usure précoce des mécanismes. On ne peut effectivement pas être certain que tout fonctionne du premier coup ni savoir comment les pièces résisteront sur la longueur du trajet et aux éventuelles tempêtes qu'il faudrait essuyer. Je pense que c'est un bon calcul et, si je comprends bien, les trois amis Orbitiens pourront rester en vacances au Village jusqu'à notre retour de mission. D'une pierre deux coups!

– Trois... D'une pierre trois coups : il faut songer aux mesures d'économies, aussi. Et que des transporteurs soient en arrêt ici ou en orbite n'y change rien, la Station en a bien assez en réserve là-haut. J'ai une information supplémentaire : Yaro a fait démonter un compresseur superflu qui traînait dans un des ateliers situés dans la double paroi de la Trotteuse. La machine a subi une cure de jouvence et a été trafiquée pour comprimer le gaz des ballons en toute sécurité. Il sera sous forme liquide dans des bonbonnes cubiques spécialement blindées et prendra ainsi moins de place.

– Diantre, fameuse idée! Quoique cette mise à disposition de transporteurs m'inquiète un peu.

– C'est compréhensible en ces moments où dans la Station on se fait du mouron quant aux ressources énergétiques...

– C'est un très grand gage de confiance dont Darin' nous gratifie. Cela me ferait mal au cœur de décevoir mon amie et de gaspiller tant de carburant pour ne rien trouver d'intéressant.

– Cela n'empêchera pas deux des transporteurs de faire un aller-retour supplémentaire : vos dirigeables vont être énormes et bien chargés. Il arrive que plusieurs urgences s'entremêlent, comme actuellement. Voilà : je crois n'avoir rien oublié.

– Je te remercie. Toutefois, pour le thé, ce sera pour une autre fois. J'ai un truc à fixer, là, qui me donne du fil à retordre et j'aimerais boucler la chose au plus vite!

– Aucune importance, il y en a plein à la cafétéria du Manoir! Ha! ha! – Ha! Ha! Bien sûr!

– Salut Octa!

– Salut, Elso, et salut aux Manoiriens!

– Je leur dirai "bigre" de ta part! Et, à propos, avais-tu ton communicateur avec toi, ou l'avais-tu de nouveau oublié?

Je hausse les épaules avec les mains en avant, paumes en l'air :

– Ben, cette fois, je l'ai pris!

Elso part en riant et hochant la tête.

La jupe s'éloigne en dansant. Elle est mignonne tout de même. S'il n'y avait Tani, je crois bien que je craquerais pour cette gazelle!
À propos de ma Reine adorée, tiens! tous ces atouts positifs qui s'accumulent devraient hautement la rassurer. Le nez dans la caisse à outils, je m'apprête à terminer ma tâche, quand :
– Salut Octa!
– Tiens, Yerz. Tu viens t'engager pour la mission? Ne fais pas cette tête, je sais bien que non! Aurais-tu perdu ton sens de l'humour?

Yerz fait une moue réprobatrice tout en levant théâtralement les yeux au ciel.
– De toute manière vous êtes déjà au complet... Et, même si quelqu'un se portait pâle, je tomberais malade aussitôt, rien que de penser remplacer la personne! Comme il est de notoriété publique, la témérité n'est pas mon plus fort trait de caractère. En fait je ne passe que par pure curiosité. Dis, c'est inouï, on pourrait croire que les engins sont finis!
– Presque, c'est vrai. On a beau se connaître, tous, et savoir à quel point chacune et chacun aime être efficace, mais c'est étonnant quand même! Il aura fallu moins d'une Lune pour transformer trois des cinq dirigeables de courte portée en vaisseaux de reconnaissance au long cours. Te rappelles-tu comment ils étaient? Et bien, comme ceux qui sont là-bas... les nouveaux modèles ont presque triplé de grandeur!
– C'est impressionnant. Et tout s'est fait comme tu l'avais prévu?
– Oh! Pas du tout, c'est dix fois mieux! Après avoir discuté avec Iséb, Poral et Tad, des tas d'améliorations ont été apportées à mes idées d'origine. Par exemple, les dirigeables sont entièrement démontables. Pourquoi faire? Pourrait-on se demander; simplement parce que le souci de pouvoir faciliter le rangement à notre retour s'est vite imposé. Plus tard, toutes les pièces pourront être réassemblées d'une manière modulaire en créant, pour chaque usage, le type de véhicule nécessaire. Nous ne nous sommes pas doutés que cela allait convaincre Darin'

d'accepter de couper la poire en deux et proposer de transférer tout ce matériel, réduit à son plus faible volume, un peu plus loin qu'à mi-chemin de la mission, sur un vaste territoire désertique et non contaminé. Il s'agit d'un plateau parfait pour l'atterrissage de transporteurs. Les conteneurs de pièces détachées et de gaz comprimé y seront déposés, ce qui permettra de faire le montage des appareils à sept mille kilomètres d'ici. Ce sont de longs jours de fastidieux périple qui nous seront ainsi épargnés.

– La science acquise des Gris couplée à l'inventivité des villageois fait des merveilles, une fois de plus!

– Oui, de la même manière que cette collaboration a favorisé le perfectionnement et la fabrication des derniers ballons-sondes. Ils sont devenus plus maniables et donc plus efficaces. Grâce aux modifications apportées à cette nouvelle génération, de nombreuses découvertes continuent d'affluer. Je suis persuadé que ce n'est qu'un début. J'espère vivre assez longtemps pour assister à une avalanche de trouvailles époustouflantes!... Mais je m'égare dans mon enthousiasme délirant...

– Tu as toujours été un fieffé trublion! Heureusement que tu es né dans un environnement où tous sont réfractaires aux habitudes! À propos de la mission elle-même, le trajet en soi est-il très dangereux?

– Pas trop, je pense. Avec les dernières observations orbitales, les pronostics météorologiques sont bons et laissent le choix de contourner les hauts reliefs en plusieurs endroits. Les zones à éviter, en cas de panne, sont aussi clairement définies. Grâce à ces mises à jour, de nouveaux plans de vol sont élaborés et les trois équipes de pilotage sont désignées. Sans surprise, j'en suis.

– Mais pas ta reine! Ne s'en fait-elle pas un sang d'encre?

– Tani va tout superviser et également s'occuper des deux appareils de secours et du rapport de suivi que communiquera régulièrement la Station. Cela a le mérite de rassurer tout le monde.

– Que tu dis!

– Chacune et chacun est parfaitement conscient qu'il faut être passablement fêlé pour entreprendre une mission d'exploration aussi éloignée du Village... Mais ici, les individus ont ce grain de folie dans le sang, je crois.

– Il me semble que tu dois en avoir un peu plus que quiconque. Dans tous les cas, si j'avais été à la place de Tani, je ne t'aurais jamais laissé partir.

– Et bien, voici la preuve que notre couple n'aurait pas tenu!

– Pff! Que tu es bête! Allez, je vois que tu ne comprendras rien de plus aujourd'hui qu'hier... espèce de pirate, va!

Pendant que Yerz s'en retourne, je lui envoie une petite vanne que mon empathie devrait réprouver :

– Sans rancune. Salut, ne bois pas trop de tisane de verveine et salutations à Rowsha!

Yerz arrive à l'ouverture du tube menant à la Place Centrale du Village au moment même où Tani en sort. D'ici, je n'entends pas ce dont ils parlent, mais je distingue Tani hausser les épaules, et en lui prodiguant une série de gentilles tapes dans le dos. Avec ses mimiques adorables, elle lui dit encore quelque chose avant que le lourd rideau de lamelles de plastique retrouve ses rayures verticales.

La cascade de mèches grises tourbillonne quand ma reine se tourne du côté du chantier des dirigeables. Elle me voit et sourit en se mettant en marche pour me rejoindre. Je suis tenté de sauter du bastingage pour aller l'embrasser sans tarder. Mais les trois mètres qui me séparent du sol m'en dissuadent. Se fouler une cheville maintenant serait trop stupide. Bien que ma charmante fée d'argent en serait probablement ravie!

Le garde-fou, qui porte particulièrement bien son nom dans mon cas, me protège efficacement de jouer les cascadeurs. Penché au maximum, j'arrive tout juste à effleurer le bout des doigts que me tend ma bien-aimée.

– Ah! Tani, il t'a donné son avis au sujet de mon engagement?

– Par sous-entendu, en quelque sorte. Il m'a souhaité bon courage!

– Et moi, il m'a qualifié de pirate. Quelle drôle d'idée, n'est-ce pas?

– Tu trouves? En fait, ça te correspond pas si mal! Tu es un bigre de bougre, quoi qu'il en soit. Mais je t'aime tellement comme tu es!

– Diantre! puisque c'est ainsi, et que je viens enfin de réussir à fixer ce système d'attache que Tolo a apporté cet après-midi, je vais me précipiter de mon bateau, sabre au poing, et te kidnapper séant! Et, joignant le geste à la parole, me voici : à l'abordage!

Ma reine fait mine de paniquer.
– Au secours, il est fou!

Mais, au lieu de sauter d'un bond agile, je longe le pont et descends tranquillement l'échelle qui y est appuyée.

La scène est un rien surjouée, ajoutant une touche comique.
Encore une bonne occasion de rire aux éclats avec le cœur au chaud!

CHAPITRE 3

L'ENVOL

Tout le monde

Dans mon imaginaire, je me voyais bras en l'air, faisant de grands mouvements en signe d'au revoir aux gens du Village réunis pour notre départ, mais surtout pour Tani, avec Zin' sur sa hanche au premier rang de la foule. J'aurais senti la lente montée, le vent fouettant mes cheveux et séchant mes larmes.

La réalité est tout autre puisque le programme initial a changé.

Un aspect plus formel domine. Il y a bien des personnes qui disent au revoir à leurs proches, se serrent une main, ou se serrent tout court. Mais ce qui happe les attentions, c'est de contrôler les arrimages des caisses, l'état de nos équipements portables et vérifier que tous les sacs soient complets. On pourrait croire à une sorte de fièvre.

Déjà, il faut prendre place dans les cales des transporteurs, à peine le temps d'embrasser Tani et donner un bisou à Zin'. Serré entre deux explorateurs, l'entrebâillement de la trappe se refermant m'offre encore pendant quelques "secondes" l'image de mes deux trésors et le mouvement de leurs mains, avec quelques maisons artistiquement tordues du Village en arrière-plan.

Bigre! Il y a un côté "Mais dans quoi me suis-je fourré" indéniable, quasi caricatural. Cette dernière pensée brise la chape de doute et d'appréhension que j'étais sur le point de me fabriquer. Il y a des cycles de cela, j'ai lu quelques articles traitant plusieurs aspects du collectivisme. Il y en a un en particulier qui me vient à l'esprit. Ce devait être pendant une guerre, dans des conditions terribles où cris, bombes et cadavres cherchaient avec acharnement à obtenir le statut peu réjouissant de vedettes de l'horreur. Dans pareilles situations, émergeait presque systématiquement une sorte de "héros malgré lui" subitement inspiré et investi d'une aura de rassembleur. En quelques mots de circonstance, il parvenait à galvaniser ses camarades. Tous partaient, alors, avec un moral d'acier... au casse-pipe. Je ne résiste pas à tenter l'expérience et lance :

– He! Chacune et chacun, nous voici donc embarqués dans une aventure prometteuse en nouveautés! Tout le monde va bien?

Immédiatement, remarques, hochements de têtes et plaisanteries redynamisent la situation. Les discussions fusent. Il est évident qu'au moment des au revoir, nous en étions tous au même point, mais avec l'aide d'un subterfuge la glace est rompue. Devrais-je m'en étonner?

Nous parcourons ainsi des distances phénoménales, si l'on ne tient pas compte des vols orbitaux et que l'on compare notre déplacement aux explorations purement terrestres, comme on les pratiquait avant la rencontre avec les Gris.

Quelques palabres insignifiantes et nous voici déjà à destination! Toutes les soutes sont ouvertes et nous sortons à l'air libre.

Le sol est dur sous mes pieds. C'est étrange parce que, à première vue toute cette platitude a une allure d'étendue de sable, fin et volatile, dans lequel on devrait s'enfoncer jusqu'aux chevilles. À l'horizon, vers l'ouest, de lointains nuages captent le solde lumineux que brade un soleil fuyant. Nous voici arrivés, en début de nuit. Tout ce trajet a été englouti en une seule journée et il faut profiter de ce qu'il en reste pour établir le campement. Le parcours a beau avoir été relativement rapide, il n'a cependant pas reposé nos muscles. C'était assez crispant et inconfortable. Dire que les pilotes nous ont probablement ménagés, en réduisant la vitesse de leurs engins, pour que nous ne soyons pas écrasés dans nos sièges!

L'air est sec. Le sol tout à fait à la convenance de nos chariots. Nous déchargeons déjà tous les éléments utiles pour traverser les ténèbres dans un lieu chiche en douceur. Demain, nous viderons les cales des transporteurs et travaillerons intensivement les deux premiers jours au montage des structures des dirigeables, pendant que nos amis reprendront les commandes et iront chercher les quelques pièces manquantes, ainsi que les dernières bonbonnes de gaz liquéfié. Le troisième jour sera consacré aux tests techniques et au remplissage final des ballons.

Comme prévu, chaque équipe assemble la coque principale du dirigeable qui lui est attribué. Une fois posée à l'envers sur des rangées de caisses, la forme de grande barque à fond plat fait un remarquable toit de cabane. Aucun risque que nous nous fassions réveiller, détrempés par la rosée. Pour autant qu'il y en ait une dans une région aussi sèche.

Selon la météo, une brise va continuer de souffler du nord-est. Les transporteurs avec leur géométrie en parallélépipèdes, parqués l'un contre l'autre en ligne, font un coupe-vent admirable. Nos abris sont placés en conséquence le long de leur flan sud-ouest.

Nous avons sorti nos galettes de protéines, pâtés de légumes frais et sauces diverses pour un gueuleton sur le pouce. Personne n'est enclin à traîner sa fatigue ailleurs que jusqu'à sa couche, si bien que tous vont promptement se planquer sous leur couverture dès leur ration avalée. En me dirigeant vers la mienne, je pense aux pilotes.

– He! les gars, vous serez assez bien installés dans les navettes, ou préféreriez vous profiter d'un peu plus d'air?

Eragadi répond :

– Perso, j'étouffe dans ces bahuts!

– Venez donc chacun sous une coque, mais prenez une gourde avec vous. Il va faire sec cette nuit.

Dolinar réagit le premier et arrive presque en courant, avec paillasse et sac de couchage.

– Moi, je squatte sous le vôtre!

Iraa, à l'abri du dirigeable numéro deux, s'égosille avec sa voix transformée pour qu'elle ressemble à celle d'une grand-mère édentée :

– Et un autre ici, on manque terriblement d'un Gris avec nous!

Suit un petit moment de rire. Mais, très vite, le silence s'installe.

Personne n'aurait eu le temps de compter jusqu'à trois. Je crois que nous nous sommes tous écrasés telle une seule masse!

Le silence : c'est bien lui qui me réveille. Mis à part les respirations et quelques discrètes rumeurs d'humains endormis : rien! Je me dresse sur les coudes pour mieux écouter. Le vent lui-même n'a que les tranches des véhicules pour tenter un faible murmure, sans y parvenir vraiment. Autrement, rien, pas un crissement d'insecte, pas un cri d'oiseau!

À trois corps du mien, je vois Dolinar ouvrir les yeux et

rester immobile un moment, son regard rivé dans le creux de la coque qui nous sert de plafond. Il tourne enfin la tête de mon côté et comprend immédiatement que nous partageons le même étonnement. Il entreprend de s'asseoir, mais le modeste chiffonnement de son sac de couchage produit un véritable vacarme en comparaison du vide phonique. Cela réveille tous les dormeurs!

Je murmure :

– Bigre! On se croirait sur une autre planète, invraisemblable!

Dans un chuchotement, Dolinar ajoute :

– Pourtant, dans la Station, tout est tranquille le matin. Mais jamais à ce point.

Dans un grand froufroutement cacophonique de couvertures et de vêtements plissés, nous voici tous assis sur nos matelas gonflables.

À l'opposé de l'abri, sous la proue du dirigeable Deux, Farim' précise :

– Hier, nous étions tous bien trop affairés à fabriquer nos propres bruits pour constater que nous étions les seuls à en produire à des kilomètres à la ronde. Cette plaine est donc vraiment totalement stérile et inhabitée, on dirait. Pourtant nos détecs sont formels : aucune toxicité dans les parages.

Eragadi, avec son sens du devoir typiquement militaire, tape des mains pour mettre un holà aux inutiles palabres et vains questionnements :

– Bon! Chers coéquipiers, n'en oublions pas nos tâches! Nous avons du pain sur la planche et il est bien assez gros pour qu'on s'y attelle tout de suite! Il faut vider les cales, afin qu'avec Kiamy et Dolinar nous puissions aller vous chercher le reste du matos.

Personne ne trouve à y redire. Le pseudo-déjeuner est vite liquidé et de multiples clameurs ne tardent pas à dynamiter l'aphonie qui hante normalement les lieux.

En d'autres circonstances, on aurait pu craindre attirer l'attention d'entités sauvages éventuellement carnassières et cruelles. Or, rien ni personne ne pourrait s'approcher de notre campement sans être repéré à l'oreille bien avant de pouvoir représenter le moindre danger.

Remonter nos machines, contrôler les fixations, les liens, les mètres carrés de filets avec leurs ballons gonflés et ceux à compléter avec le prochain contingent de gaz, embarquer les sacs de gravier, aménager les intérieurs et faire les quelques premiers tests possibles avec le seul engin presque terminé mangent notre journée à toute vitesse.

Ce soir, les chaufferettes chuintent et les bouilloires chantent sur les malles vides. Ça ne sera cuit que d'ici quelques minutes d'horloge. Nous nous sommes mis à l'écart à l'opposé du camp et restons tous là, debout et silencieux, dans une sorte de fascination, à écouter l'inaudible.

Iraa murmure :

– Nous voilà comme ailleurs, loin de tout, sur une autre planète! Je vais prendre un échantillon du sol pour une analyse comparative. Il a l'air dur, mais il s'effrite facilement, il n'y a qu'à jeter un œil aux bas des caisses. Du gravier se forme dès qu'on les bouge un peu.

Mêlant ses gestes aux paroles, elle file immédiatement s'emparer de sa trousse d'exploratrice, s'accroupit vers les brûleurs pour profiter de leur chiche éclairage et sort plusieurs petits flacons en verre.

Nous autres, la laissons à sa récolte pour aller vérifier où en est la préparation du repas. Avant même de manger, nous ne rêvons chacune et chacun que d'une seule chose : aller se coucher fissa. La journée fut rude et le repos n'est que mérité.

Je m'endors avec l'étrange sensation de me trouver en compagnie de centaines de fantômes sur une planète abandonnée aux confins d'une lointaine galaxie.

Au quatrième jour, nous partons vraiment, mais il est déjà l'après-midi. Kiamy, Dolinar et Eragadi ont sûrement atteint le Village, rangé les navettes-cargos à côté du hangar. Actuellement, ils doivent être en train de déjeuner. Leur vol de nuit a dû être bien long, puisque le soleil s'est levé sur la région du Tigre un bon quart de jour plus tard.

Les trois premiers jours de notre "petite promenade" sont un lointain passé. En empruntant les plus hautes strates où l'air est encore parfaitement respirable, mais plus froid, notre vitesse est proche des cent kilomètres à l'heure. Malgré son apparence pataude, ses bourrelets et ses ballonnements, l'aérodynamique de ce modèle de dirigeable est plutôt efficace. À cette allure, Sari doit aller redresser le pare-brise pour dévier les courants qui se transforment en d'insupportables gifles. Or, cette vélocité n'est possible que dans les conditions les plus optimales et donc rarissimes. En fait, en un quart de Lune, moins de la moitié du trajet a été parcouru.

Il est intéressant d'avoir cette capacité précieuse d'observer sa propre évolution. Quel est vraiment le mécanisme qui permet à l'individu à s'adapter si facilement aux événements et situations qui viennent bousculer son existence?

Est-ce parce qu'il y a d'énormes espaces de stockage dans notre cerveau, prêts à accueillir toutes les formes imaginables de nouveautés qui se présentent?

Une odeur de cuisine me passe sous les narines et me ramène à des pensées plus terre à terre : peut-on être sûr que notre mission soit accomplie dans les temps imaginés ?

Si nous voulons nous assurer une réserve de nourriture confortable, nous aurions tout intérêt à découvrir des plantes comestibles d'ici peu.

Avec un peu de chance, il se pourrait que la nature devienne plus généreuse. D'ailleurs, l'horizon est brumeux, ce qui est un indicateur d'humidité. Parmi les facteurs générateurs des brumes, il y a des cours d'eau ou des lacs, mais une végétation dense est aussi productrice de vapeur. Avant tout, nous devons nous approcher de la dernière zone filmée par les ballons-sondes, juste avant qu'ils ne tombent en panne.

Mais, la route est encore longue.

Pour nous quinze, le véritable voyage ne fait que commencer. En formation triangulaire, nous passons à environ trente-cinq mètres au-dessus d'une végétation naissante qui bataille pour se grignoter sa part de Désert Pâle avec un succès très relatif. Malgré son aspect, la verdure a le mérite de s'être un peu mieux défendue par ici!

Devant nous s'étale une ébauche de forêt. Les plants avec leur apparence chétive et tordue démontrent une lutte acharnée pour la survie. Rabougris et clairsemés, ils font bien triste mine!

Si les vents, ceux dont se servent les barreurs actuels, Sari, Som'
et Tendlor pour nous propulser plus efficacement, continuent de
suivre les prévisions météorologiques, nous devrions atteindre le
mont qui nous tient d'horizon en début de soirée. C'est probable,
au vu des voiles latérales bien gonflées et qui donnent une allure
de crapauds ailés à nos véhicules.

Sur notre navire, Enz', qui a pris le rôle de timonier, s'essaye à
la boussole en attendant la nuit. Ce n'est un secret pour personne:
il rêve de s'initier au sextant en pointant les étoiles!

Je le regarde de biais.

– Tu sais Enz', je suis conscient que chacune et chacun devrait
être capable de se servir de cet instrument, mais il faut néanmoins
espérer que nous n'en aurons jamais besoin! Imagine dans
quelle galère nous nous trouverions si tous les autres moyens de
navigation devaient nous lâcher.

– Serait-ce vraiment si grave? Il se peut qu'une région que les
ballons-sondes ne supportent pas soit simplement réfractaire à
toute transmission par ondes.

– Fichtre! Bien sûr qu'avec une bonne dose de "système D"
les pires situations peuvent être démêlées. Il n'en demeure pas
moins que je préférerais d'en être épargné. Je me réjouis de
notre retour au Village en ayant découvert le pot aux roses sans le
rapporter sous la forme d'un tas de débris! Mais, quoi qu'il arrive,
naviguerions-nous en pleine nuit pour autant?

Tasiilio nous rejoint à la proue.

– Cela fait un moment que j'observe Atli et Lorsarn'. Les avez-
vous vus courir le long du pont avec leur ancre? Je me demande
s'ils ont aperçu un phénomène qui nous a échappé.

Leur dirigeable, le Deux, est légèrement à contre-jour, si bien
que je pince des paupières pour mieux les distinguer.

– Ils en actionnent les griffes. Oui, je pense qu'ils cherchent à
attraper quelque chose. Tu ne veux pas simplement leur poser la
question?

Tasiilio fait une mimique comme s'il se réveillait d'une longue
sieste.

– Octa, t'en rends-tu compte? Être un Gris et oublier l'existence
du communicateur qu'on porte toujours autour du cou, c'est fou!
Je me suis sûrement trop accoutumé aux us champêtres du
Village!

Les communicateurs peuvent fonctionner en mode continu et, de toute évidence, la conversation va bon train entre notre ballon Un et le Deux. Tout en n'en captant que des bribes où il est question de collecter différentes sortes de plantes, mon attention repart vers la masse verte que nous n'allons pas tarder à rejoindre.

Je m'adresse de nouveau à Enz'.

– L'atmosphère est plus fraîche et plus humide que n'indiquaient les dernières données relevées il y a une Demi-Lune. La région était sensée se présenter chaude et sèche. Ces variations climatiques pourraient dépendre de fluctuations saisonnières plus marquées que dans nos contrées du nord. Qu'en penses-tu?

– C'est une possibilité qui pourrait avoir une grande influence sur la manière de piloter les dirigeables et doit nous inciter à la prudence. De soudaines montées en force des vents, leurs changements de direction, avec ou sans précipitations abondantes, seront autant de contraintes que nos machines volantes n'ont jamais eu à affronter.

– Sans parler de l'amateurisme total dans notre aptitude à maîtriser leur comportement! D'ailleurs, je crois que Sari te demande à la barre.

Effectivement, les variations de température et d'humidité sont annonciatrices de perturbations.

Enz' hisse le fanion gris aux bordures noires signalant des conditions de petite tempête. Immédiatement, on rabat et range dans leurs gaines chacune des trois voiles latérales. Plusieurs girouettes mesurent la vitesse du vent et indiquent les changements de direction. Je descends dans la cabine des plans et, à l'aide des nouvelles données, calcule un itinéraire différent. Je m'assure de la justesse de mon trajet avant de saisir mon communicateur.

– Virons sur Tribord en formant une file. Route au sud-est, vingt pour cent. Nous devrions apercevoir l'entrée d'une vallée et passer entre les crêtes qui la bordent. Sari, tu es à la barre depuis plus de cinq heures d'affilée, ne voudrais-tu pas que je vienne prendre la relève?

– Oh, s'il te plaît, oui! La fatigue commence à me monter à la tête!

Je me propose, bien que je ne sois pas le plus entraîné au pilotage... tant s'en faut. Mais je dois bien m'y coller aussi, de temps en temps!

Sur nos nouveaux modèles de dirigeables, les commandes ont été centralisées afin de laisser un maximum de maîtrise lors des changements de vélocité et d'orientation. Le capitaine est mi-assis, mi-debout, grâce à un appuie-fesses réglable en hauteur et fixé au plancher derrière le volant principal. Le siège pivote et permet de se tourner pour actionner l'un des deux petits volants latéraux. En mode de pilotage normal, la roue du milieu influence les quatre tubes à hélices de manière synchrone. Dans les situations plus exigeantes, pour des manœuvres plus compliquées, le volant de bâbord commande séparément les cylindres arrière et celui de tribord uniquement les deux de devant. Comme par hasard, mais c'est en passe de devenir une habitude, je me suis justement porté volontaire quand ça se corse! Il va falloir la jouer fine dans la conduite des opérations d'approche. Pour atteindre l'objectif, il y a cette entrée en forme de V qui n'est pas aussi large que je le voudrais et les turbulences qui s'accentuent ne vont pas arranger les choses!

Au voisinage de l'ouverture rocheuse, les vilaines bourrasques semblent être commandées par une entité malveillante. Comme si une main invisible venait pousser, avec un sadisme évident, les ballons contre les caillasses aiguisées en arêtes vives. Heureusement, ce genre de délire superstitieux ne reste que purement lyrique.

Vu de plus près, on dirait qu'une force terrible a fait éclater la falaise de l'intérieur.

Il devient de plus en plus difficile de m'occuper des trois volants quasi en même temps. Enz' le remarque et accourt pour m'aider. À quatre mains, nous passons la brèche avec le soulagement de savoir qu'il n'y aura pas lieu de lister les dégâts.

– Il était moins une, Enz', merci d'être venu. Je commençais à totalement m'épuiser! Maintenant, il faut descendre un peu. Combien avons-nous encore de gaz sous forme liquide?

– Cinq cubes, assez mais rien de trop!

– Il y en a autant dans chaque machine?

– Exactement la même quantité.

– OK, alors diminuons de moitié le contenu des poches trois, six et neuf.

– Hum! Ça sera un poil juste, non?

– Oui. Ce serait moins problématique si nous pouvions mélanger notre gaz avec plus d'hélium. Mais il faudrait améliorer sa récupération dans la Station. Leur installation n'est prévue que pour gonfler les ballons-sondes.

Comme nous sommes tous restés connectés par nos communicateurs, les opérations se déroulent de façon coordonnée et sans heurts.

Nous traversons un vallon au fond bizarrement lisse, mais en pente. L'air n'est pas à proprement parler saturé d'humidité, il ressemble plutôt à celui qui règne dans nos serres de jardinage. La végétation qui pousse au sol n'est pas de l'herbe, mais apparemment plusieurs sortes d'algues. Notre cortège s'approche d'un empilement d'allure gluante formant un groupe de quadrilatères de diverses dimensions dont beaucoup sont imbriqués les uns dans les autres.

J'entends la voix d'Iraa dans mon oreillette :

– Ce sont des ruines! Il devait y avoir des habitations, des ateliers ou des hangars par ici. Comme nous voici à l'abri, il serait peut-être opportun de lancer les grappins et nous amarrer pour la nuit. Ne croyez-vous pas?

Personne ne rechigne à cette proposition.

La moiteur est un moindre mal en échange de la quiétude des lieux. Ce calme n'est pas comparable à celui du Désert Pâle. Cette vallée a ses bruissements. Il n'y a pas que le sifflement faiblissant du vent passant d'une crête à l'autre, mais aussi des chuintements, des clapotis et des glouglous qui proviennent d'en dessous du tapis végétal.

Il serait insensé de poursuivre notre chemin sans profiter d'étudier un environnement si inédit. Selon nos détecs la toxicité est nulle. Les grappins du dirigeable Trois paraissent donner l'accroche la plus fiable, si bien que Bodza, Iséb et Coltim' sont désignés pour la chasse aux échantillons et croquis. Les poulies du dirigeable Trois sont mises en action pour que l'aéronef s'approche suffisamment du sol. Une échelle de corde se déroule et s'arrête à trente centimètres des fausses herbes.

Iraa place ses mains en porte-voix.

– Soyez prudents les p'tits loups! Ne posez pas tout de suite un pied à la surface. On ne sait rien de ce qu'il y a en dessous!

Sari s'y met aussi :

– Et ne traînez pas, il nous reste quelques milliers de kilomètres à parcourir et il ne faudrait que nous ayons à vous chercher toute la nuit!

La boutade se veut humoristique, mais n'a rien de ridicule. Ça n'est pas si faux. Bigre! Nous n'en sommes qu'au début de notre quête et si le mauvais temps s'acharne, la durée prévue de deux-trois jours, pour atteindre la région où se perdent les ballons-sondes, risque de doubler!

Bodza, le plus léger des intrépides volontaires, avance d'abord un premier pied prudent et le retire précipitamment.

– Hey! C'est d'un mou! Je vais essayer de prendre appui déjà d'une jambe. Il y a peut-être des bestioles mangeuses d'hommes, là-dessous.

Mais apparemment, après s'être enfoncé jusqu'à la cheville et avoir posé le deuxième pied, Coltim' ne se fait engloutir par aucun monstre caché.

– C'est bon, c'est solide sous la verdure... mais mouillé, gluant, le parfum n'est pas des plus charmants et c'est très glissant. Faites attention de ne pas vous faire un bain de boue forcé!

Rapidement, les trois s'affairent tout en restant prudemment à portée de l'échelle. Avant de les saisir les nouveaux échantillons, les pataugeurs jouent du bâton, par précaution. Rangé dans des boîtes sécurisées, pour empêcher tout risque de contamination biologique, le tout est remonté sur le pont. Nos "algonautes" suivent. À l'instar des bocaux, les courageux explorateurs, manifestement surpris de l'accueil, se font copieusement arroser de désinfectant, à peine passé le bastingage. En même temps que tournent les manivelles des poulies, le dirigeable Trois rejoint notre altitude avec un équipage hilare. C'est une opération qui fait penser à ces scènes d'exploration relatant les excès de bravoure, si critiquables, qu'on peut lire dans les vieilles histoires. En l'occurrence, le tout est exécuté dans un esprit plus raisonnable. Bon! Il y a bien eu trois malheureuses victimes par éclaboussure... mais, somme toute : à situation exceptionnelle, efforts exceptionnels!

Le repas étant prêt, les coques sont rapprochées et nous mangeons tous ensemble. L'occasion est belle pour faire remarquer, aux courageux ayant bravé la fange, que sans leur douche... ils auraient dû manger à part.

Le menu a beau être peu varié, il satisfait tout le monde. On rit. On discute un brin, mais pas très longtemps.

Sari se lève et, d'une voix volontairement pseudo-autoritaire déclare :

– Allez, on range tout et maintenant dodo : demain est un autre jour!

Personne ne bougonne.

Bercé par le doux balancement du navire et la mélodie des sons de voix chuchotées, je m'endors tranquillement.

En passant par la phase préonirique, je sens les mèches de la chevelure de Tani filer entre mes doigts écartés. J'en vois même les multiples variantes de tonalités de gris. Le parfum de sa peau m'envahit. Son sourire et ses yeux d'argent m'emportent dans le sommeil.

La ténacité des odeurs, des chuintements et bruits nouveaux, une luminosité inédite ainsi que de nombreuses impressions étranges m'expulsent du monde des rêves.

Ce ne sont pas les piaillements d'oiseaux qui me ramènent à un glorieux matin, mais le chant d'un vent modéré passant au-dessus des bulbes emmaillotés du dirigeable.

Comme les mouvements des coques sont imperceptibles, nous les attachons les unes aux autres et déjeunons tous ensemble sur le pont deux. Il n'y a aucune urgence particulière, car les nouvelles provenant de la Station sont bonnes. Aujourd'hui, pas de tempête ni de pluie, seulement un léger bruissement latéral qui ne freinera pas l'avancée de notre expédition. Si tout va bien, nous pourrions atteindre la zone voulue déjà demain.

Par prudence, mais encore davantage par curiosité, nous continuons à longer ce que nous avons provisoirement baptisé "la Gorge Aux Algues" en restant en-dessous du niveau supérieur des crêtes.

Très rapidement, le mystère au sujet de l'étrangeté de la végétation s'éclaircit. Une immense paroi en béton de l'Ancien Âge se dresse au bout de la vallée, là où elle se resserre. Sa structure convexe correspond parfaitement aux illustrations que j'ai vues en consultant des documents à la bibliothèque du Village, aucun doute sur la nature de cet ouvrage : c'est un barrage! Avant, tout avait dû être rempli d'eau et former un lac imposant, engloutissant, sous son énorme masse de liquide, tout ce qui s'y trouvait, y compris des zones qui avaient été habitées. Les ruines aperçues en témoignent.

Arbres et herbes ont cédé la place aux algues. Plus tard, quand l'eau s'est faite plus rare, celles-ci avaient muté pour continuer d'y pousser sous leur forme actuelle de plantes aériennes.

Il faudra penser à analyser les cellules des échantillons selon un échelonnement sur l'épaisseur et vérifier d'éventuelles différences d'évolution. Mais, connaissant Iraa, elle a certainement prévu ce type d'étude approfondie!

Toujours dans la même formation de vol en triangle, nous passons au-dessus de la monumentale muraille.

Penché sur le bastingage de la poupe, je n'en crois pas mes yeux. Quel déploiement inouï d'énergie auront utilisé nos ancêtres pour atteindre pareil résultat!

La voix de Tasiilio m'arrache de mes réflexions.

– Octa, viens par ici regarder ce que nous cachait cet ancien barrage!

Faisant volte-face, je file rejoindre Tasiilio en bout de proue. Enz' reste à la barre d'où il a tout loisir de profiter d'une vue plus plongeante. Labor et Sari se pressent à mes côtés. Le paysage qui s'étale jusqu'à l'horizon n'est que foisonnement d'arbres verdoyants, abondamment garnis d'oiseaux et autres volatiles. Malgré la distance, nous survolons la sylve d'au moins septante mètres, on peut estimer que les troncs les plus développés doivent mesurer entre vingt et trente mètres. Près du double des plus grands feuillus de la redoutable forêt de l'ouest du Village! Et même depuis cette distance, les multiples essences parviennent aux narines.

Le moment poétique est de courte durée.
Sari s'est tourné-e vers l'est et grimace :
– Aïe! Il va falloir prendre une décision. Je crois bien que le vent nous amène ces gros nuages foncés et je n'ai pas l'impression que cela représente un cadeau particulièrement joli!
Elle-il sort son communicateur.
– Hé! Du Deux et du Trois, vous avez vu ce qui nous arrive dessus? Je pense que nous devrions lancer nos grappins, nous amarrer aux arbres en laissant une vingtaine de tirants et attendre que ça passe!
Tendlor du Trois répond :
– Clairement une bonne idée Sari! Gardons juste ce qu'il faut de distance entre nos coques et plaçons-nous à différentes hauteurs pour éviter toute collision en cas de bourrasques malignes.

Est-ce vraiment déjà le soir? Quoi qu'il en soit, tout s'assombrit rapidement. Il faut encore vérifier les attaches et fixations de la cargaison pour se prémunir des pertes matérielles et des blessures.
Comme sur les navettes, les sièges de la cabine sont munis de sangles de sécurité. Espérons que l'orage qui arrive ne nous oblige pas à nous en servir.

Il ne nous reste plus qu'à attendre...

D'abord la pluie... Pas n'importe laquelle : de grosses, ou plutôt d'immenses gouttes viennent tambouriner sur les poches de gaz. En moins d'une minute, le ballon résonne comme si des milliers de coups de poing s'acharnaient sur lui.
Déjà assez impressionnant, ce n'est que l'apéritif du copieux déluge qui suit. Un véritable régal! Le vaisseau est secoué. Les cordages, reliant les poches de gaz à la coque, se détendent et se retendent par la force des secousses.
Subitement survient un moment de calme. Chacune et chacun sait qu'il est trompeur. Est-ce le baiser de la fin?
On pourrait le croire. Car un sinistre roulement de tambour,

arrivant du sud, remplace le silence menaçant. La force du vent augmente et se transforme en rafales caractérielles. Les puissantes bourrasques changent constamment de direction et toujours en de vilaines diagonales, comme pour empêcher les ballons de nous protéger des nouvelles trombes.

De titanesques éclairs viennent se joindre au festin. Grandioses, mais terriblement énormes, les zébrures menaçantes s'approchent comme si leur appétit était aiguisé par notre présence.

Dans le tumulte, j'entends Labor crier :
– Faudrait pas que ces machins songent à nous grignoter!

Sa voix est vite couverte par une nouvelle salve de tonnerre. Mais celle d'Iraa s'élève à la première pause des canonnades :
– Tout le monde dans la cale. On ne peut rien contrôler ici!

Au Village, les tempêtes peuvent s'avérer terrifiantes. La différence est, toutefois, notoire : quand on est à l'intérieur d'une habitation, on n'est pas secoué comme des graviers de maracas !

Sanglés à nos sièges, arrosés par l'eau qui ruisselle entre les planches du ponton, les pieds dans le clapotis des vaguelettes qui grandissent, nous voici en bien piètre posture!

Combien de temps cela dure-t-il? Aucune idée! Toujours est-il que cette tourmente finit par se calmer.

Méfiant, voire traumatisé, personne ne bouge. Diantre! Il se pourrait bien que cette paix retrouvée ne soit que de brève durée...

Ce sont les oiseaux, à l'extérieur, qui donnent le signal : si les pépiements reprennent, c'est que la folie des éléments est passée.

Je déboucle mon harnais, me lève et jette un rapide coup d'œil à la cabine, à ses occupants et au matériel qui s'y trouve.

CHAPITRE 4

LES BESTIOLES

Folle nature

Décidément, je ne peux que me sentir heureux des suites sans conséquences de la tempête que nous avons essuyée. Les bourrasques encaissées par le dirigeable auront été un rude examen de passage... à tabac. Mais le principal soulagement reste que les trombes d'eau, qui nous ont sérieusement rincés malgré notre toit gonflable, n'ont plus la toxicité corrosive d'antan! Aurions-nous subi les mêmes intempéries il y a une centaine de cycles, nous serions, actuellement, tous morts brûlés, pelés, décharnés et rongés jusqu'au blanc de l'os! À se demander ce que sont devenus ces acides fluorhydriques, sulfuriques et autres délicatesses qu'ont connus nos ancêtres.

Bien que nous étions pourtant tous censés être au sec et à l'abri dans la cabine sous les planches, me voici ruisselant et grelottant, ce qui est un moindre mal. Il faudra revoir comment améliorer l'étanchéité de la trappe, quand des trombes d'eau envahissent le navire par de traîtres flots latéraux ! Mais, ceci n'explique pas tout. Notre gaz est trop lourd, ce qui implique des ballons trop immenses. En plus d'une résistance à l'air qui complique le pilotage, la surface supplémentaire reçoit d'autant plus de pluie. Nos engins n'ont jamais eu l'occasion d'être testés par temps humides, si bien que personne n'y a pensé. Il me vient en souvenir des illustrations d'anciennes maisons: elles avaient de "chenaux" en bordure de toit. Il serait bon d'étudier la possibilité d'adapter le principe aux dirigeables.

En trois enjambées, j'atteins les marches qui mènent à l'extérieur. À l'air libre, mes épaules au niveau du pont, je reste un moment immobile, l'ouïe accaparée par un tintamarre de cris et de chants d'animaux.

– Bigre! Vous entendez ça? Il doit y avoir, sous nos pieds, une jungle dix fois plus peuplée de bestioles de toutes sortes que dans notre forêt de l'Ouest!

Mon regard fait un rapide tour de la situation avant de m'adresser aux occupants encore dans l'ombre du plancher :

– Bonne nouvelle : apparemment, il n'y a pratiquement pas de dégâts. Je crois que nous nous en sortons avec seulement quelques vêtements et couvertures à mettre à sécher. On dirait bien qu'une journée radieuse va nous y aider.

Sari, dont la combinaison trempée révèle un corps splendide, décrète dès qu'elle-il monte sur le pont :

– Compte tenu de la force du déluge qui a si bien su nous lessiver, il serait sage de procéder à une vérification très détaillée de nos équipements avant de repartir à la recherche d'une sonde disparue.

L'idée est adoptée. Sur chaque navire, deux personnes se chargent des contrôles à l'aide de leur check-list. Le reste de l'équipage s'occupe du rangement et du séchage. Toutes ces opérations sont rapidement et rondement menées, si bien que Tasiilio suggère :

– Puisque les amarres ont tenu, je propose qu'on raccourcisse la distance avec les cimes, ce qui nous permettrait une observation visuelle rapprochée de la faune et de la flore à moindres risques. À vue de nez, on pourra estimer si l'on peut tenter une brève exploration au sol ou s'il est préférable de quitter immédiatement ce poste.

Comme la curiosité est, chez moi, une deuxième nature, je n'hésite pas :

– Bonne idée! Qui descendrait avec moi?

Enz' lève un doigt sentencieux :

– Je t'accompagne, mais déconseille que plus de deux personnes y aillent à la fois. Il faut prioritairement assurer le pilotage des dirigeables. On ne sait jamais ce qui peut se cacher sous ces épais branchages!

Quelques moments plus tard — au Manoir et dans la Station on parlerait en termes de "minutes et secondes" —, Enz' et moi sommes prêts.

En empoignant le bastingage et me retournant en mettant mon pied sur le premier travers de l'échelle de corde, mes dernières pensées me rappellent une phrase entendue lors du briefing qui avait précédé le départ des dirigeables : "Surtout, restez prudents. Ne cédez pas à l'excès d'optimisme!"

Aussi, j'enclenche mon communicateur et le bloque en mode continu :

– "Restons en contact"! Vous vous souvenez du fameux protocole présenté par Carlonicum? Iraa ou Farim', pourriez-vous profiter de cette petite pause pour contacter la centrale et faire le topo avec nos amis restés dans le lointain et demander au poste de contrôle du satellite s'ils peuvent nous renvoyer de nouvelles données? Normalement, un des ballons-sondes devrait plus ou moins suivre notre trajet.

Iraa me fait signe qu'elle s'en charge au moment où je quitte le pont, suivi par Enz'. Tout en jetant d'abord un œil vers le sol, je m'assure de descendre assez rapidement. Il faut laisser quelques barreaux libres entre les deux. Je lui lance :

– Espérons que nos pardessus soient adaptés. Je baisse ma visière, pas toi?

Je suis déjà loin en dessous et presque arrivé sur la mousse, quand Enz', qui a dû interrompre sa progression, me répond après avoir lâché un juron :

– Si, si! Merci de me l'avoir rappelé.

Évidemment, il n'est pas facile d'ajuster sa tenue, quand il faut se concentrer pour ne pas chuter.

La végétation a fortement muté. La première surprise, et je loue l'idée de la visière transparente, m'explose réellement à la figure! Je suis allé tout près d'une plante abondamment fournie d'immenses fleurs rosâtres et de bulbes gros comme le poing. Or, cette sorte de fruit réagit au moindre frôlement. J'aurais pu être aveugle en l'espace d'un instant!

Pendant que j'essuie ma protection, j'entends le cri d'Enz' qui a eu le temps de faire quelques pas dans la clairière :

– Nom de...!

Je le rejoins en deux enjambées, avec la crainte de le trouver blessé. Au lieu de cela, il est bien debout et entier en pointant l'index vers sa découverte.

– Regarde ceci Octa! Ça ne te rappelle rien?

La scène est improbable : de drôles d'animaux rampent et se tortillent sur la mousse. Ils sont tout près!

– Fichtre, oui! Des tardigrades : mais ceux-ci sont des géants de leur espèce. Au lieu du millimètre habituel, l'un d'eux va jusqu'à mesurer presque un mètre! Soyons prudents. Si les graines éclatent comme des bombes, il est possible que ces bêtes-là cachent une spécialité insoupçonnable!

Sur mes paroles, Enz' se fige.

– Ne bougeons plus! Un de ces "tardigradus-maximus" me flaire la botte et je n'aimerais pas qu'il y goûte!

Je chuchote :

– Celui-ci semble se diriger par un autre moyen que par la vue. C'est bon, il n'est pas intéressé. Tu dois avoir mauvais goût.

Sous son capuchon vitré, je distingue des froncements et une grimace de désapprobation.

– C'est cela, très subtile ton observation scientifique!

– Hmpf! Toujours à ton service, mon cher! Par contre, je n'irai pas caresser cet autre spécimen, là-bas. Je viens de le voir faire une méchanceté. D'ailleurs, vise cet oisillon, à mon avis il va recommencer. Le volatile doit être un malheureux néophyte à peine sorti de l'école des pilotes, il cherche de la nourriture en zigzagant et s'intéresse visiblement à cette fameuse "plante" et...

L'oiseau a disparu.

– Quelle détente! Je n'ai pas eu le temps d'observer le mouvement : elle l'a bouffé. La fleur a happé et avalé la créature en moins d'un instant!

– Manifestement, nous sommes au beau milieu d'un phénomène connu dans beaucoup d'autres régions, mais qui a pris de l'ampleur ici : une mutation généralisée de la nature pour s'adapter à la survie.

– Des bêtes microscopiques qui prennent la taille d'un enfant de huit ans, des fleurs-pièges carnivores, des graines explosives, j'ai tout enregistré. Mais, au risque que tu me taxes de trouillard, je préférerais remonter dans la nacelle!

– Trouille ou prudence élémentaire, je suis d'accord avec toi. D'ailleurs, nous avons déjà fait du beau boulot!

De retour sur le pont, nous plongeons, contre toute attente, dans une ambiance que je qualifierais de tendue.

– Il y a de quoi s'inquiéter en dessous, mais que se passe-t-il ici?

Farim', la mine sombre, répond :

– Iraa tente d'envoyer des messages. Or, toutes les communications éloignées restent sans réponses, comme coupées.

– Bigre! Il faudra bien y parvenir, au moins cette fois-ci. Il nous faut une dernière connexion pour faire le point. Ensuite, nous aurons l'occasion de planifier la suite de l'opération.

J'entends Tendlor dans mon oreillette :

– Nous devrions rapprocher nos coques et imaginer une stratégie.

Le reste de la journée passe rapidement et, le soir arrivant, nous en consacrons le reste à la planification.

Heureusement, nos réserves de tisane de verveine sont quasi inépuisables!

Assis devant leur tasse fumante, les membres des équipages décident d'un repli des dirigeables Deux et Trois, afin de retrouver une connexion. Ensuite, les navires prolongeront les distances qui les séparent avec le plus d'écart possible. Ainsi, ils serviront de relais de transmission au dirigeable Un. Le Trois stationnera en lisière de forêt, assez proche du barrage. C'est la dernière position, semble-t-il, qui permettait une communication satisfaisante avec la Station et le Manoir.

Un repas commun clôt le débat.

La nuit est calme.

Au matin, dès les premiers cris d'animaux, les individus s'extirpent de leurs sacs et couvertures et, après un rapide goûter, se mettent en route. Le dirigeable Un reste en avant seul, mais avec un équipage doublé, alors que les deux autres pivotent proue à poupe et s'en retournent à l'opposé, avec chacun deux personnes à bord pour les manœuvres.

Assis à l'arrière, vers le bastingage, j'observe les Deux et Trois s'éloigner. La situation me rend un peu nostalgique. Il aurait été tellement plus sympathique de continuer tous ensemble ! Mais il faut se rendre à l'évidence : les ballons-sondes sont hors service, déjà à partir d'ici.

Dans mon dos, Sari, Tasiilio, Enz' et Labor, Iraa et Farim', Tendlor, Bodza et Iséb s'affairent chacun à leurs tâches respectives. J'entends Enz' s'adresser à moi :

– Octa, forts de notre dernière expérience au sol, ne crois-tu pas qu'il serait adéquat de nous trouver quelques solides bâtons quand quelqu'un retournera par terre?

– Tu as raison. C'est assez typique de notre mentalité : nous n'avons, malgré les briefings et nos tentatives de réfléchir à toutes les éventualités, jamais pensé à nous munir d'armes!

– Les Gris auraient pu envisager la chose. Mais, militaires à la base, leur formation n'est probablement axée que sur des situations de conflits entre armées. Ayant perdu contact avec la nature sauvage, ils n'ont jamais imaginé qu'elle pourrait être leur "ennemie".

– C'est vrai. Toutefois, avec ce que nous avons vu, il faudra se méfier et ne pas prendre un serpent venimeux pour un vulgaire bout de bois!

– Au mieux, nous devrions profiter de chercher ce dont nous avons besoin pendant que nous sommes encore sur place, en attendant de vérifier le fonctionnement de notre plan de communication. Ici, nous connaissons au moins une partie des dangers. Ce soir, pendant le repas, nous devrions en discuter avec tout le monde.

– En effet. De toute manière, nous aurons largement loisir d'aller aux bois. Le Trois prendra un jour, au minimum, pour s'amarrer à quelques encablures du barrage et il faudra sûrement ajouter un jour rien que pour tester les distances compatibles entre relais.

– Aurions-nous pu prévoir le genre de problème auquel nous faisons actuellement face?

– Une fois en situation, il est facile d'imaginer que nous aurions dû l'envisager. Concevoir des ballons-relais à positionner en chemin et, surtout, ne pas oublier nos arcs! Tu verras, au fil des jours, nous allons trouver stupide de n'avoir pas emporté exactement le matériel qu'il nous aurait fallu!

– ... des tonnes de marchandise en plus et des dirigeables deux fois plus grands à construire!

– Trop énorme: les ballons auraient des dimensions telles que l'engin serait parfaitement impossible à piloter.

Sous son large chapeau conique, qui empêche les braises et la chaleur de faire mumuse avec les hectolitres de gaz qui le surplombent, le brasero vissé au milieu du pont éclaire nos visages. En bonus, les flammes éloignent divers volatiles importuns, dont certains moustiques qui se montrent passablement voraces.

Iraa a toujours été une fille de caractère. Il est, par conséquent, assez normal qu'elle mène le bal.

– Si demain, j'arrive à entrer en contact avec le Village, on fixe le plan comme discuté. Pour continuer intelligemment, il nous faudrait une vue générale prise par un des télescopes de la Station. Un replat isolé ou une plaine bien dégagée seraient l'un comme l'autre idéal pour y établir une base sécurisée. En attendant, comme ils le proposent, Octa et Enz' iront trouver quelques pièces de bois. De grands bâtons bien solides, mais aussi des branches avec de belles fibres pour fabriquer des arcs résistants, ainsi que des flèches bien droites.

À défaut du Mur du Village et de nos Dés, pour déterminer nos disponibilités, la discussion se termine sur la répartition des tâches pour le lendemain.

La nuit s'installe et les bruits de la forêt changent.

Une demi-sphère de métal, debout sur ses trois pieds, finit de consumer ses braises. Je suis resté à la surveiller, seul sur le pont, prêt à mettre le couvercle sur les cendres du brasero. Une fine couverture me protège des rares insectes aux velléités de vampires. La Lune n'est qu'un mince croissant. On voit très bien les étoiles, peut-être mieux que du Village. Serait-ce l'humidité de l'air qui ferait effet de loupe? Cette pensée me rappelle d'autres phénomènes visuels : les hallucinations. Diantre! Quelle incroyable expérience n'ai-je faite lors de ma quasi mort dans cette chambre de la Station! Dolcat, une fieffée fanatique religieuse avait tenté de m'empoisonner. Or, j'en suis revenu et maintenant, je suis assis là sur le pont d'un dirigeable, au-dessus d'une région inconnue à regarder alternativement s'éteindre les dernières braises et le ciel piqué de milliards de soleils. Décidément, cette existence est aussi variée que singulière. À l'horizon, je vois tranquillement passer la Trotteuse. Comment se fait-il que nos communicateurs ne puissent l'atteindre depuis ici? C'est vraiment bizarre! Je sors le mien pour essayer. Il fonctionne. Les liens avec les communicateurs les plus proches sont parfaitement visibles sur les témoins lumineux. Pour le reste, on pourrait croire qu'une cloche de silence nous isole de toute connexion. Dans cette région du monde, les ondes ne passent pas.

Il n'y a plus de braises. Je mets le couvercle et vais me coucher. En descendant, le plus silencieusement possible dans la cabine, je réfléchis à un moyen de remplacer le dangereux brasero par un système électrique. Fichtre! Un coup de malchance, une braise maligne, et boum! C'en est fait d'un dirigeable et de toutes les personnes qui s'y trouvent. Cela me rappelle un article très ancien que j'ai eu l'occasion de lire à la Bibliothèque, une histoire de zeppelin, je crois. Il faudra, à terme, changer de type de gaz. Celui-ci n'est pas assez léger en plus d'être dangereux.

L'expédition continue sa route vers le Sud. Notre actuelle position est plus enfoncée dans une région occupée par une jungle dense. La nuit a été plutôt agitée, comme si en dessous, les animaux étaient contrariés de notre présence et voulaient nous en punir de leurs bruyantes manifestations.

Labor a préparé le p'tit déj et fait l'inventaire.

– Et bien, mes bons amis, j'ai vérifié notre consommation. Il va falloir se calmer. Car, à moins d'une diète sévère, nous reviendrons tous le ventre creux! Il y a plus d'arrêts que prévu et il faudra remédier au problème!

Iséb intervient :

– Ne faudrait-il pas descendre en même temps qu'Octa et Enz' et trouver de quoi se nourrir dans toute cette verdure, sans continuellement piocher dans les réserves?

Les préparatifs terminés avec des combinaisons renforcées et un équipement plus adéquat que la dernière fois, j'accompagne Enz', Iséb et Farim'. Les tardigradus-maximus ont disparu et les plants de fleurs-pièges semblent aux aguets, comme entortillés sur une tige centrale. Je sors ma machette de l'étui.

– Il ne va pas être facile de trouver le bon bois dans toutes ces essences mutées! Enz' acquiesce.

– Tout est trop vert! Il nous faudrait un tronc bien brun, bien reconnaissable!

– Là, regarde, ces branches-là sont plus grisâtres, mais il faut traverser ce bouquet de grandes feuilles. Avant d'y aller, je vais faire un test avec le détec, si tu veux bien.

– Sois prudent, la plante est peut-être carnivore, elle aussi!

Je fais deux pas et présente la feuille au détec avec le bras bien tendu et prêt à le retirer.

– Tout va bien! Rien de toxique.

Ce qui ne m'empêche pas de me frayer un chemin en écartant les fourrés à l'aide de mon bâton de deux mètres, avant de me frayer un chemin en prenant soin de tailler assez largement dans les bosquets.

Effectivement, les jeunes troncs gris sont faits d'un bon bois, à la fois dense et relativement souple.

– Je crois même qu'on pourra aussi en faire des arcs.

Farim' se relève et s'adresse à nous tous :

– Voilà! Ces feuilles sont comestibles, mais on va en rester là avec la cueillette. Le fait que cela puisse se manger ne signifie pas que le goût en soit acceptable!

Il quitte Iséb pour venir nous rejoindre.

– Gouttez-en deux-trois. C'est un peu amer, mais cuit, ça ne doit pas être si mauvais. En effet, la texture est très bien, l'amertume supportable et l'arôme, bien que spécial, pourraient donner un bon souper.

Farim' reprend :

– Par contre, on n'en connaît pas encore les effets laxatifs! Hé, Iséb, tu peux t'arrêter.

On en a ass...

Un appel de la coque interrompt la phrase. Iraa est penchée sur le bastingage avec ses mains en porte-voix :

– Il y a des nouvelles du Village!

Distraction particulièrement bienvenue. Mon cœur en bondit autant que mes jambes!

Me voilà déjà six échelons d'avance sur Enz' qui me suit avec un enthousiasme évident. Je l'entends dire à Farim' :

– Ça tombe bien. Le temps passe vite et j'ai faim!

Bodza est notre cuistot de service aujourd'hui, et les légumes autochtones s'avèrent très mangeables, mais loin d'être un délice! Il n'y a qu'Iséb qui ne les aime pas du tout et refuse d'en avaler.

Après le repas, nous redescendons tous les quatre.

Pendant que nous jouons aux bûcherons, Farim' et Iséb continuent leur quête de nourriture. Je les vois récolter les mêmes petites pousses qui font penser, de loin, à des épinards. J'y regarde à deux fois, parce qu'une impression d'étrangeté m'envahit. Je n'arrive pas immédiatement à voir ce qui a changé. Enz' me tape sur l'épaule, mais je ne me retourne pas.

– Il y a un truc qui te turlupine, Octa?

Avant que je ne lui réponde, mon attention est revenue vers l'échelle, à côté de laquelle Iséb se tient. Je l'interromps :

– Les fleurs jaunes, là... voilà ce qui a changé. Elles n'y étaient pas tout à l'heure! Au même instant, plusieurs de ces "fleurs" se détachent des ramages.

Iséb qui vient de fermer son filet de récolte s'exclame :

– Des papillons! De beaux grands papillons jaunes. Ils sont merveilleux!

Il y en a des dizaines qui se mettent à virevolter. Subitement, l'un d'entre eux fonce sur Iséb.

– Aïe! Je me suis fait piquer! Ces papillons jaunes ont des dards! Aah, saleté et ça fait mal!

Nous courrons à l'échelle alors que plusieurs papillons agressent à nouveau Iséb. Pendant qu'Enz' pousse Iséb et l'aide à monter au plus vite, je me positionne au pied de l'échelle et fais chanter le plus long de mes bâtons. Frappés, des volatiles jaunes giclent dans tous les sens. Apparemment, ces insectes ont choisi de ne s'en prendre qu'à un seul d'entre nous. Aucun ne m'attaque vraiment, c'est exclusivement à Iséb qu'ils en veulent! Heureusement pour nous, ces bestioles ne s'élèvent pas à plus de deux mètres au-dessus de la végétation si bien que le reste de la montée vers le pont se termine sans devoir lutter pour éviter d'autres piqûres.

Quand j'arrive au haut de l'échelle, Iraa, Tendlor et Sari sont occupés à ausculter Iséb. Tendlor murmure :

– Je n'ai jamais vu ça!

L'air hagard et respirant par saccades, Iséb est assis sur une caisse. Devant lui, Labor fait de son mieux pour l'y maintenir.

À peine le temps de remonter sur le pont, les effets des piqûres sont déjà effroyablement évidents et visiblement pas terminés. De vilaines boursouflures couvrent une partie importante du bras gauche et un quart de son dos, au niveau de l'omoplate droite. Les gonflements semblent animés d'une vie propre.

Sari qui excelle en médecine est tout autant perplexe :

– Ce n'est pas que du venin. Je crois plutôt que cette bestiole lui a injecté ses œufs et qu'il sont en phase d'éclosion! Je vais devoir inciser pour les extraire. Il n'y a rien d'autre à faire. Iraa, je crois qu'il faut qu'il retourne au Village le plus vite possible!

De fait, Iraa, son transmetteur entre ses doigts, avait anticipé cette nécessité. Le Manoir est à l'écoute.

– Oui, Sari, j'y suis. Rolsar, Iséb est gravement en danger suite à une piqûre. Il a besoin de soins immédiats, ce qui implique un transporteur d'urgence; qu'il se dirige sur la balise du dirigeable Trois. Fais passer le message et demande au pilote de nous confirmer son décollage et de communiquer le moment de son arrivée! Merci.

Le bref moment de silence qui suit suffit à laisser une impression d'insupportable lourdeur. Une voix ténue s'échappe du transmetteur; elle y répond et se tourne vers nous :

– Bien! Nous attendons. Terminé. Les amis, Eragadi fonce à son engin et devrait être dans les parages dans moins d'une demi-journée avec une équipe médicale.

Moins d'un quart de jour plus tard, le teint blafard, couché sur un brancard improvisé avec son bras et son dos bandés, Iséb se met à marmonner :

– Des papillons... de jolis papillons...

Pris de fièvre, Iséb a de plus en plus besoin de soins que nous ne pouvons lui prodiguer sur place. L'atmosphère contient plus d'inquiétude que d'air. Le malade est transféré sur le dirigeable Deux, qui fait office de navette entre le Un et le Trois. En attendant, il devra retourner à son poste sans tarder, pour assurer le relais des transmissions. Un transporteur fera le trajet jusqu'à l'ancien barrage pour prendre en charge Iséb et l'amener immédiatement au Manoir ou à la Station, où les équipements médicaux sont les meilleurs. Iraa a pris soin de préparer un échantillonnage de cadavres de papillodards. Les bocaux accompagnent Iséb à son départ. Il est possible qu'on puisse en extraire de quoi produire un antidote.

Le soir même, un débriefing s'impose.

Chacun partage ses observations et ses remarques. C'est à mon tour.

– Avez-vous constaté, comme moi, qu'alors que nous étions quatre en présence des papillodards, seul Iséb a été agressé? Se pourrait-il que ces insectes soient attirés par un parfum ou un groupe sanguin en particulier? Quoi qu'il en soit, nous devrions lever le camp et trouver un point d'ancrage plus engageant, tout en restant à portée de communication. Iraa, qu'en est-il des nouvelles images satellites?

– Elles sont arrivées et je crois avoir trouvé un lieu idéal où nous poser. Le Deux a repéré le point de rupture de la portée de nos communicateurs. Il ne devrait pas y en avoir, mais nous ne savons toujours pas pourquoi ces appareils dysfonctionnent. Théoriquement, même sans ballons-sondes disponibles, notre Un devrait pouvoir s'éloigner d'au moins cent kilomètres avant de perdre contact avec les relais.

Le fin croissant de notre Lune s'est timidement affiché et les bruits des multiples activités nocturnes remontent le long de la coque, Sari me rejoint au bastingage tribord. Les deux, coudes appuyés sur le garde-fou, contemplons les étoiles.

– Tu sais, Octa, je vous envie toi et Tani! Quand nous avions essayé d'avoir une relation, j'ai vraiment regretté que tu ne sois attiré que par ma moitié féminine. Tu es quelqu'un avec qui j'aurais aimé rester.

– Oui, Sari, j'en suis conscient. En fait, tu es une femme pratiquement aux trois quarts, mais il se trouve que je suis né avec une programmation ADN qui fait de moi plutôt un hétéro à quatre quarts; vois-tu? Tu as un charme fou, je l'admets et Narkl

74

ne s'y est pas trompé : lui aime tes deux aspects réunis.

– Narkl me donne du bonheur, bien sûr (soupir). Mais j'aurais aimé plaire davantage. Cela t'étonne-t-il?

– Aucunement! Chaque être au monde voudrait goûter aux plaisirs d'un succès sentimental sans limites, d'exercer plus d'attirance et avoir ses plaisirs et ses désirs partagés dans une parfaite réciprocité. Pourtant, comme nous le savons tous, les rêves ne sont pas supposés se réaliser dans leur totalité... et d'ailleurs, si cela devenait le cas, nous y perdrions tout le côté mystérieux que la rêverie apporte dans nos vies!

Sari se redresse, les mains sur la rambarde et me regarde.

– Ah, Octa! Comme...

Elle-il se tourne avec ce qui peut ressembler à une larme.

Elle-il ajoute en partant :

– Je te laisse. Il faut que j'aille me coucher.

Bien évidemment, l'amour aurait été possible... avec un grand "si". Or là, j'inverse les rôles et réponds comme quelques-unes des femmes dont je suis tombé amoureux au fil des Cycles, en justifiant mon refus avec les mêmes paroles aussi creuses que cruelles :

– C'est comme ça, désolé.

CHAPITRE 4

RENCONTRES

Tant de verts

Le lendemain, notre vaisseau d'exploration Un reprend sa route avec une correction en direction du Sud à basse altitude.

Pour une raison inexplicable, les transmissions nous reliant au dirigeable Deux s'affaiblissent. C'est Iraa qui s'est chargée des vérifications.

– C'est incompréhensible! La distance qui nous sépare du Deux est le tiers de celle qu'il y a entre le Trois et lui. Nous devrions parfaitement recevoir les signaux; or, je n'arrive à communiquer que par bribes!

Cela me fait réfléchir.

– La région aurait-elle des pertes magnétiques d'origine tectonique? Nous pourrions profiter d'aller cueillir quelques kilos de faux épinard et, pendant ce temps d'établir une dernière connexion de mise au point avec le reste du monde connu. Avec Enz', nous sommes les plus expérimentés. Filons endosser nos combinaisons. Cette fois-ci, prenons chacun arc, flèches et bâton!

– OK. Allez-y! En attendant que vous soyez prêts, nous retournons de quelques kilomètres. Due aux courants différents, cette trajectoire nous fait survoler un tracé que nous ignorons encore, mais permettra de nous placer à portée du dirigeable Deux, ce qui va améliorer la communication.

C'est sur ce court trajet, en rebroussant chemin, que Tasiilio aperçoit un morceau de tissu brillant accroché aux branches supérieures d'un arbre :

– Stop! Il faut s'arrêter! Il y a quelque chose sur les feuillages et il me faut un grappin! Je crois que ce sont les restes d'une sonde!

Labor accourt, Enz' sort les voiles latérales pour freiner le dirigeable, Iraa catapulte une ancre vers l'arrière à l'aide d'un des propulseurs et Tendlor a déjà en main un filin et le crochet, prévu pour la pêche aux échantillons, quand il questionne Tasiilio :

– Qu'est-ce et où as-tu repéré l'objet?

– Là! On le voit clairement et il doit être facile à agripper.

– Parfait, laisse-moi œuvrer. Sous les ordres d'Iraa, je suis devenu un véritable expert en grappin!

La coque maintenue à l'aplomb de la cible, nous nous approchons tous du bastingage tribord.

Tendlor manie ses crochets avec une habileté admirable et un grand morceau de tissu est remonté en un rien de temps.

En effet, il s'agit bien d'un ballon-sonde. La poche en est crevée. Mais le plus étrange est l'absence de la caméra et de la plaque de retransmission avec son panneau solaire. D'après les traces, on aurait coupé, avec précision et à l'aide d'un outil très bien aiguisé, le cordage ainsi que la toile pourtant particulièrement résistante.

Le mystère est entier.

Bodza profite d'une communication momentanément rétablie avec la Station pour rendre compte de la découverte. La première conclusion est simple : les sondes ne disparaissent pas par accident!

Après avoir pris des nouvelles de Iséb, soigné au Manoir, mais sans amélioration de son état, nous repartons vers le sud.

En compagnie d'Iraa, de Sari, de Tendlor et d'Enz', debout à la proue, je nous vois foncer vers l'inconnu. Il n'est plus question de compter sur les communications avec la Station ou le Manoir. Cette possibilité est désormais bien distante, quelque part, là-bas, derrière notre barque.

Je me sens comme au début de ma vie d'adulte quand, à seize Cycles, je suis sorti la première fois en éclaireur. À trois jours de marche dans une région à cartographier, j'avais l'impression d'être loin de tout, à la merci de mes seules compétences et sans aucun moyen de prévenir qui que ce soit s'il m'arrivait un pépin.

On y survit très bien... mais trop de commodités font oublier la simple confiance que l'on peut garder envers la vie.

Le soleil se couche à tribord. Il est temps de trouver un bon ancrage, manger un morceau et se reposer pour demain.

Chants d'oiseaux et cris sylvestres mettent en évidence une nuit passée sans rêve, apparemment. Aucun souvenir onirique, mais une forme du tonnerre qui me réjouit.

Il semblerait que personne ne se soit réveillé en même temps ce matin. Si bien que chacune et chacun a plus ou moins grignoté quelque chose sur le pouce et tout en vaquant à ses diverses occupations, ou en vitesse, juste avant de démarrer sa journée.

Tendlor finit de coudre des écailles de pives géantes sur un manteau. C'est une excellente initiative, ne serait-ce que contre les piqûres de papillodards. Par ailleurs, nous ignorons tout des dangers qui vont peut-être encore se dresser sur notre chemin.

Il est vrai qu'il faut aller prospecter au sol, y trouver de la nourriture et d'éventuelles fournitures utiles à quelques bricolages qui ne manqueront pas de s'imposer selon les circonstances.

Comme à l'accoutumée, chaque personne étant attentive aux nécessités immédiates, tous les préparatifs sont prêts en quelques instants. Il y a ici, j'en suis sûr, en chacune et chacun, cette même excitation d'être efficace et ce profond sentiment de satisfaction face à une tâche bien réalisée.

Sentiment que j'adore aussi. Par conséquent, je me porte volontaire pour une nouvelle mission. C'est évident!

Au moment de dérouler l'échelle, je jette un coup d'œil à la clairière qui se présente sous la coque.

– Bigre! Nous ne serons pas seuls dans la sylve : c'est très jaune en bas!

Malgré les blindages supplémentaires ajoutés spécialement sur nos deux par-dessus par Tendlor, des frissons d'inquiétude me grimpent le long du dos en vagues successives. La vision des pustules énormes sur Iséb tente de m'envahir.

Inspire... Expire... Inspire... Octa, mon gars, calme-toi et continue de poser tes semelles sur ces échelons. Inspire... Expire...

Arrivés au sol, étrangement, ni Enz' ni moi ne sommes agressés par les "papillodards". Ils sont bien là, tout autour, vaguement frétillants des ailes par moments.

Nous ne traînons pas pour autant. Quelques "minutes" suffisent à remplir nos quatre filets de feuilles bien tassées. En remontant, il semble que les jolis monstres jaunes commencent à devenir plus nerveux. On pourrait les croire frustrés. Quelques-uns font mine d'attaquer. Ils pointent leur dard, mais hésitent et rebroussent chemin au dernier moment. De simplement balayer mollement l'air de nos bâtons suffit à les décourager.

Une fois le haut de l'échelle atteint, nous nous dépêchons de l'enrouler avec sa manivelle. Enz' et moi retrouvons tous les autres dans une piètre ambiance. Les mines sont abattues et la plupart pleurent.
Iraa vient vers nous et nous serre dans ses bras. Avec une voix cassée, elle nous annonce :
– Nous avons reçu un dernier et très faible message et l'on nous a appris qu'Iséb a succombé aux piqûres de papillodards!

Les émotions se succèdent, mais ne se ressemblent pas!

Inspire... expire... inspire... La nouvelle est rude et je dois me replonger dans ma quiétude intérieure, pour ne pas ressentir un choc aussi terrible que si l'on me plantait un couteau dans le ventre.

Nous pleurons ensemble. La mort nous attend tous. Nous la savons naturelle et inévitable. Mais cette manière dramatique de s'en aller est d'une grande cruauté. Je suis sidéré! Simultanément, mon cerveau bouillonne comme à la recherche de tous les indices pouvant mener à comprendre les tenants et aboutissants de ce triste dénouement. Cette hypercogitation déboule sur une hypothèse. Je m'exclame :
– Il n'y a eu qu'une seule victime : la personne qui n'a pas voulu manger les "légumes" préparés par le cuistot!
Iraa et Enz' posent la même question en même temps :
– Comment ça?
– Enz' et Iraa, rappelez-vous, visualisez bien les scènes qui ont précédé le drame et mettez-les en parallèle : que s'est-il passé aujourd'hui, quand nous sommes arrivés au beau milieu des papillodards?
– Heu! Rien.
– Justement : rien, ou presque! Apparemment, les papillodards n'aiment pas les "épinards"... Ces feuilles doivent contenir une

82

substance qui les repousse. Malheureusement, nous ne sommes pas équipés pour connaître ce que c'est. Un laboratoire itinérant, capable d'analyser des essences végétales, n'a jamais été prévu. Mais une chose est certaine : il faut continuer à manger ces fameux légumes, et nous forcer à en absorber davantage, aussi longtemps que des papillodards sont dans nos parages!

À l'annonce du repas de mi-journée, nous formons le cercle. Chacune et chacun prononce quelques mots en souvenir d'Iséb. Dans une atmosphère endeuillée, Tasiilio et Sari montent les plats venus de la cuisine, la coloration d'un vert très soutenu de la nourriture ne laisse aucun doute quant à la composition du menu. Labor, qui s'est évertué à nous faire à manger en y mettant toute son attention, arrive en dernier avec une grande marmite remplie de faux épinard haché. Il s'agit d'un deuxième service.
Nous mangeons en silence avant de ranger et préparer notre prochaine étape.

Le signal de départ est donné. Avec mes huit coéquipiers, je me tiens à la proue, le visage fendant l'air.
– Et voilà, que notre cœur soit lourd ou non, le dirigeable Un continue son chemin comme les explorateurs du Village avant leur collaboration avec les Gris : sans le moindre outil de communication, son équipage ne pourra compter que sur son instinct et son pouvoir d'adaptation.

Je sens des mains sur mes épaules. Je suis empli d'un sentiment de tâche à accomplir. C'est intéressant, car deux impressions se superposent et sont vécues simultanément : celle d'une identification totale à une situation poussant à ressentir une sorte d'appartenance et celle d'une conscience de sa relativité fondamentale!
Serais-je devenu un extraterrestre?
Quoi qu'il en soit, dans la réalité actuelle, je prends mon poste dans le rôle de timonier, tout en sachant que l'Individu n'est pas ce qu'il fait.
Il ne se passe guère plus d'un quart de matinée avant qu'un problème ne surgisse : après quelques kilomètres parcourus, une avarie est constatée. Le vaisseau perd subitement de l'altitude et

le largage de ballast n'y change rien. Bodza, aux commandes, a beau tirer sur le grand volant, le dirigeable refuse de remonter. Je dois donner la consigne d'atterrissage.

– Que tous se préparent : il y a une clairière qui se présente à moins de deux kilomètres devant. Bodza, peux-tu virer de huit degrés à tribord! Labor, braque les quatre propulseurs vers le bas et fais tourner les hélices à plein régime!

L'effet des manœuvres n'est pas immédiat, mais finit par se manifester. Bodza jubile :

– Ça marche! Nous descendons à une allure gérable en vue d'un contact relativement confortable avec le sol. De plus, je ne vois ni rocher ni obstacle dangereux, il n'y a que le manque de marge qui me donne du souci. Je vais redresser les propulseurs avant à quarante-cinq degrés et m'en servir pour caser le gros joujou le plus au centre possible de cet espace restreint.

Pour assurer les manipulations, Sari rejoint Bodza au pilotage.

Le Un descend tout en douceur et se pose comme une fleur.

Bodza lâche le volant et l'air inquiet, se retourne vers le pont pour nous faire face :

– En premier lieu, nous devons comprendre d'où vient le problème. Je suis sûr qu'une poche a dû se déchirer. Il faut inspecter les ballons de chaque partie du grillage et repérer d'où le gaz fuit.

Enz', regard vers le haut, est perché sur le bord du bastingage bâbord. Il se tient au filet, bras tendus, penché vers l'extérieur et nous hèle :

– Il ne faut pas chercher très loin! Quelqu'un pourrait m'aider à m'agripper aux mailles?

Malgré le dégonflement des poches, il me manque un bon mètre pour y grimper. Tendlor, qui est le plus long de tous, joint ses mains, entrecroise ses doigts pour lui faire la courte échelle et le soulève. On entend ahaner Enz' puis :

– Voilà, je l'ai!

Quelque chose rebondit deux ou trois fois sur les planches avant de s'immobiliser. Enz' suit en sautant sur le pont.

Nous regardons tous l'objet, médusés.

– Je l'ai remarqué au moment où Bodza s'est retourné. C'est un javelot, n'est-ce pas? Rien d'étonnant à ce que nous perdions de l'altitude : ce n'est pas le seul à avoir atteint une des poches gazeuses.

Iraa:

– On nous a tiré dessus!

Sari :

– Si ce sont des chasseurs, ils sont drôlement habiles pour toucher une cible à presque quarante mètres! Bodza:

– Et en hauteur, en plus!

Comme j'ai justement une de ces lances en main, je remarque :

– Attendez, regardez la forme et la longueur de la hampe... Ce projectile n'a pas été lancé à main nue. Les gens qui nous ont abattus ont utilisé une sorte d'arbalète, et elle n'était pas petite!

Tendlor pâlit :

– L'attaque s'est produite alors que nous étions à environ une trentaine de kilomètres d'ici. Il est donc probable que les boucaniers, qui nous ont pris pour proie, ne puissent nous atteindre.

Farim' fronce des sourcils :

– Si ce n'est que pour le plaisir de tirer sur un engin volant, sans aucune chance de capturer ses occupants ou de piller les marchandises, leur geste n'a pas de sens!

Mais Tasiilio n'a pas l'air d'accord et intervient à son tour :

– De vouloir protéger un territoire contre des intrus peut être une motivation suffisante! Nous avons peut-être franchi une frontière, alors qu'il aurait fallu en négocier le passage. Nous pouvons échafauder des centaines d'hypothèses qui ne serviront pas à grand-chose. Inutile de traîner ici sans rien faire. De toute manière, nous devons établir un plan.

Enz':

– Nous ne pouvons qu'explorer les environs et garder le Un comme base de repli, en attendant de procéder aux rafistolages des poches. Il reste suffisamment de gaz comprimé sous sa forme liquide pour réussir à décoller. Ensuite, il vaudra peut-être mieux rejoindre le Deux et entièrement repenser la mission.

Effectivement, je me dis qu'Enz' a raison et je ne dois pas être le seul à approuver le principe.

– C'est bel et bien ce que nous devrions faire. Peut-être que Tendlor, Tasiilio et Enz' pourraient s'occuper de vérifier l'ampleur des dégâts et imaginer le meilleur moyen de reboucher les trous, pendant que plusieurs d'entre nous vont sur le terrain?

Acquiescement général.

La clairière a quelque chose d'étrange par son aspect exemplaire. Sa surface est plane et l'herbe de faible hauteur est d'une qualité homogène qui pourrait faire penser qu'elle bénéficie d'un entretien régulier. Le seul ennui réside dans l'odeur! Tendlor, qui est à côté de moi, est le premier à y réagir :

– Pouah! Quelle puanteur, on se croirait dans un dépotoir!...

J'ajoute :

– Ou le nez au-dessus de la Grande Cuve du Village. Disons-le simplement : ça sent la merde! Mais, as-tu remarqué un autre détail : visuel celui-ci?

– Voyons, Octa, tu parles de la clairière elle-même? Hum!... À part l'herbe qui ressemble à celle du Central de la Station... Hey, Iraa et Farim', venez donc vers nous! Octa semble avoir une devinette à élucider.

Le couple nous rejoint et je répète ma question :

– Ne notez-vous rien de particulier, par ici?

Farim' regarde de gauche à droite et l'inverse, alors qu'Iraa fait un tour complet sur elle même et s'exclame :

– Des centaines de papillons jaunes, sûrement des papillodards! Ils restent stationnés sur leurs branches, mais ont une manière de se tenir là, leurs ailes plaquées vers le haut, comme s'ils retenaient une intense excitation. Je pense qu'il faut éviter de les provoquer.

Je fronce en élevant un sourcil au-dessus de l'autre.

– Et pourtant, je me demande justement si, au contraire, il ne faudrait pas tenter une expérience.

Avec mon bâton de presque deux mètres de long, je m'approche du bord et, les bras bien tendus, je vais bousculer l'insecte le plus facilement atteignable.

La réaction est instantanée : ma victime frétille et se met à voler de manière totalement anarchique. Son manège semble n'énerver que ses voisins immédiats d'abord, puis tous les autres se déchaînent dans une furieuse agitation. Les battements d'ailes de tous les papillodards génèrent une clameur inouïe. La scène est inquiétante, au premier abord. Toutefois, pas le moindre de ces insectes ne dépasse le pourtour de la zone dégagée.

Farim' doit presque crier pour se faire comprendre.

– L'herbe! Est-ce que cette herbe a les mêmes propriétés que le faux épinard?

Je lui réponds en hurlant dans l'espoir que les autres m'entendent aussi :

– Je ne crois pas! Je pense plutôt que cela vient de cette horrible odeur! D'ailleurs, elle me poursuit!

Iraa est à la limite de rire, mais au lieu de tenter parler, elle me tapote un mollet en faisant une grimace de dégoût. La proximité et la ténacité de la puanteur s'expliquent : je regarde ma botte en soulevant le pied. Une masse brune, très foncée, est collée à ma semelle.

– Aah! Dégueulasse, j'ai marché dedans! Mais cela me donne une idée.

Sans plus de commentaires, malgré une accalmie du vacarme du fait des papillodards qui reprennent leurs positions de sentinelles, je parcours toute la bordure de la clairière en me bouchant le nez. Ceci fait, je fais signe à tous de me rejoindre à côté de la coque.

– Des amoncellements d'une matière fécale, manifestement un puissant répulsif contre ces tyranniques insectes, ont sciemment été placés pour délimiter cet endroit. Les papillodards sont sensibles aux odeurs et il est temps de vérifier une hypothèse à l'aide de l'olfactoscope. L'as-tu sur toi, Iraa?

– Oui, je l'ai à mon cou avec mon communicateur. Si je comprends bien, il faut trouver quelle est la similarité entre l'élément aromatique du faux épinard et de ces défections. J'ai déjà les données de notre légume favori et ta semelle tartinée de fiente suffira pour la comparaison. Attendez, c'est une affaire de quelques instants.

Effectivement, Iraa a tôt fait d'obtenir un résultat.

– Bien! Il y a une similitude, mais les molécules concernées n'ont pas exactement la même structure. Je dirais que les feuilles comestibles sont non seulement beaucoup moins efficaces, mais il y a un autre élément qui doit être déterminant.

Labor, qui apprécie d'être notre cuisinier, lance une boutade avec son habituel humour :

– Ne comptez pas sur moi pour vous faire des plats avec la variante prédigérée!

Je reviens à la conversation :

– Au moins, maintenant, nous savons comment quitter les lieux. Nous allons nous armer

de courage et de... caca! Mais il nous faudra des masques... et des gants! Sari est offusqué-e :

– Il n'est pas question que je m'enduise quoi que ce soit avec ça!

Elle-il me fait bien rire avec sa coquetterie, mais elle-il a raison. Je m'empresse de la rassurer.

– Bien sûr que non! Nous allons confectionner des frondes, projeter des morceaux de cette saleté à plusieurs mètres devant nous et ainsi nous faire un chemin anti-papillodards.

Toutefois, Tendlor nous met en garde :

– Il faut une meilleure diffusion de la molécule. De simples boulettes ne suffiront pas, de plus, moins on sera en contact avec ces excréments et mieux on se portera. Je propose que nous fabriquions de petites bombes! Il reste bien assez de gaz.

Bodza, une véritable fanatique du bricolage saute sur l'occasion.

– Il faudrait des ballonnets contenant du méthane, de la fiente et une amorce de phosphore. On a tout ce qu'il faut!

Sans perdre de temps, des grenades fécales sont confectionnées pour éloigner les volatiles aux grandes ailes jaunes. Le pire ayant été rendu possible, l'efficacité répulsive du fameux "composant" puant est mise en pratique. Toujours enclin au bénévolat, je me retrouve en tête de file de l'équipe qui s'enfonce lentement dans la forêt, entourée de papillodards devenus inoffensifs, mais également de l'odeur pestilentielle diffusée par un crépi de caca sur les troncs et les branches!

J'ai connu des chemins de promenades... tous plus agréables que celui-ci!

Farim' envoie une autre boule explosive à environ huit mètres. La détonation chasse les animaux et le "doux parfum" de crotte met les monstres jaunes en fuite. Farim' s'excuse :

– Ha! Elle a pété fort, celle-ci. Un peu plus proche et nous y avions droit directement! Mais, c'est l'avant-dernière bombe, il faut que nous retournions au dirigeable en fabriquer d'autres. Avec moins d'une douzaine de projectiles prêts à l'emploi, nous n'allons pas loin et avons intérêt de faire une pause. À l'occasion, je veux bien qu'on change d'artilleur!

Farim' a parfaitement raison. Il reste en arrière-garde pendant que nous pivotons tous sur nous-mêmes. Je retourne en tête, en prenant bien soin de ne pas effleurer les feuilles éventuellement maculées de fiente en dépassant mes amis.

Tout en marchant devant la file, en sens inverse sur le sentier, des souvenirs me reviennent : la situation me rappelle les travaux de cultures qui sont fréquents au Village.

Ces fameuses odeurs de pourriture et d'excrément sont particulièrement difficiles à supporter en début de journée. À la fin, souvent, on n'y prend même plus garde.

Il est probable que nous finissions par nous habituer à la puanteur ambiante.

Mais une surprise désagréable nous attend au retour.

Les bruits de pétarades ont chassé un problème en en amenant un autre. Nous avons de la visite!

Les intrus m'apparaissent au dernier moment. Mon geste de recul est entravé par mes suivants lesquels, involontairement, me poussent dans la clairière. L'équipe entière est à découvert!

Nous voici donc tous capturés par une quinzaine de petits hommes au teint d'un vert très prononcé. La plupart sont armés de lances, alors que d'autres tiennent, d'une main, un objet plus mystérieux. La forme me rappelle une illustration vue sur une page titrée "sport" d'un journal. Il est possible qu'il s'agisse d'un genre de "raquette".

Quoi qu'il en soit, nous sommes encerclés et les pointes acérées nous invitent manifestement à ne pas bouger!

La suite de la mission a du plomb dans l'aile.

Jusqu'ici, toute la scène s'est déroulée dans un silence quasi total.

Subitement, nos agresseurs se mettent à parler entre eux et je crois même pouvoir comprendre leur babillage. Par moments, leur langage ressemble au nôtre. C'est l'intonation et la manière de n'utiliser les mots que sous des formes tronquées qui rendent leur dialecte si particulièrement difficile à interpréter.

Et comme le fait qu'ils ne nous aient pas déjà tués est un signe encourageant, il y aura peut-être un moyen de négocier!

Regroupés, debout à côté de la coque, nous les observons aller et venir sur le dirigeable. Le pillage est modeste et ils n'ont apparemment pas envie de tout saccager. Ils papotent énormément entre eux sur un ton qui est à l'échelle de leurs cordes vocales : haut perché.

Dans la cacophonie produite par les guerriers verts, je parviens à murmurer :

– On arrive presque à comprendre de quoi ils parlent. Je crois qu'ils doivent nous emmener ailleurs. Il est souvent question de reine. Je pense que nous avons tout avantage à obtempérer et espérer ne pas devoir traverser un essaim de papillodards.

Un des agresseurs passe à côté de moi en regardant le ciel. J'en profite pour lui dire :

– Soleil pas long nuit bientôt.

Il se tourne vers moi et met ses poings sur les hanches. Avec le plus grand sérieux, il me répond :

– Pas parler court! Pige langue longue!

– Vous comprenez quand nous nous exprimons normalement entre explorateurs?

– Si, si! Facile! Connu... mais normal non-non!

– C'est formidable! Alors, puisqu'il va faire nuit dans peu de temps, ne voudriez-vous pas vous joindre à nous pour le souper? Nous avons d'excellents cuisiniers.

Le bonhomme reste coi un moment, avec d'immenses yeux écarquillés. Ma proposition l'a pris de court, mais j'ignore comment il va la considérer. Mais sa réaction me désarçonne par un changement de ton radical.

Subitement, il perd son attitude de redoutable guerrier et, avec un large sourire harangue ses compagnons :

– Hey là! Soir offre mange. Nous va demain mange dort d'ab. Fais hourra là.

Nos agresseurs jubilent. Il ne reste pas la moindre trace d'agressivité. Les lances sont abandonnées, appuyées contre le flan du dirigeable. Les bonshommes verts viennent joyeusement nous entourer.

Tendlor se penche vers moi.

– Mais qu'est-ce qui se passe?

Je n'ai pas le temps de répondre. Leur chef le fait à ma place :

– Accepte invite cool! fête c'est!

Ils seraient donc plutôt d'un naturel festif et pas si guerrier qu'ils voulaient le faire croire.

Comme pour les Gris, auquel j'avais attribué cette désignation à cause de leurs cheveux argentés, je propose que l'on nomme ces personnes nouvellement rencontrées, les Verts. Cela me semble logique, d'autant qu'il n'y a dans cette manière, basée sur une simple observation objective, aucun dénigrement.

Avec Labor et Bodza, nous formons la section cuisine et pendant que Tasiilio, Iraa, Sari et Tendlor sortent casseroles et ustensiles nécessaires pour cuire et ripailler à l'extérieur, Enz' et Farim' s'entraînent à la conversation avec les six Verts qui sont restés.

Curieux, je hèle Farim' :

– Demande-leur où sont passés les autres et s'ils reviennent pour manger!

S'ensuit un bref échange de mots, Le Vert en face d'Enz' doit répéter plusieurs fois ses explications, et je vois Enz' qui, enfin, fait le geste d'avoir compris. Farim' se tourne à nouveau vers moi :

– Il affirme que les autres sont allés chercher de la nourriture, car il est exclu qu'aucune contribution ne vienne de leur part. De toute évidence, ils ont des principes!

Voilà qui est bon signe! Au premier abord, je ne les aurais pas cru enclins à tant de sollicitude et m'adresse aux interlocuteurs de Enz' et Farim' :

– C'est formidable de participer, alors que vous êtes nos invités!

L'un d'eux répond :

– Faire bien doit!

– Effectivement, c'est très courtois de votre part. Merci!

Il se penche en avant, la main droite sur la poitrine... comme pour le salut des Gris!

En même temps, tout en cogitant sur les implications de cette similitude de geste, j'appréhende ce qu'ils vont ramener. Au mieux, d'autres variantes de légumes, au pire un de ces Tardigrades géants qu'ils vont dépecer sur place. J'en frissonne!

Me voici rassuré quelques moments plus tard, quand le reste de nos pseudo agresseurs reviennent chargés de paniers tissés pour la circonstance, je présume. Le ballot est posé sur le sol devant notre cuisinière à gaz portative, laquelle crée l'évènement à sa mise en marche! Il faut quelques instants pour que l'attroupement se calme. Plusieurs Verts, tout en continuant leurs commentaires excités au sujet du "feu contrôlé", dévoilent le résultat de leur récente chasse. Deux des poches d'herbes vannées contiennent de minuscules fruits ou légumes qui ressemblent à une variété de courgette et les deux autres s'ouvrent sur un étalement de grandes chenilles grises en train de se tortiller.

Iraa s'empresse de prendre quelques échantillons, c'est devenu sa spécialité durant ce voyage. Mais au moment de vouloir mettre une larve dans un bocal, un des Verts se dépêche de la transpercer.

– Pas grandir!

Et du doigt, il désigne un papillodard.

Après une grimace de contrariété, le visage d'Iraa s'éclaire :

– Ils mangent les larves des papillodards! Tout s'explique : les Verts sont leurs prédateurs et le font savoir par leur odeur. Ceci explique pourquoi les volatiles les évitent et pourquoi les Verts se servent de leurs excréments pour délimiter un territoire et se le réserver!

Je regarde ma semelle, celle qui exhale encore une pestilence certaine :

– Oui, et bien merci pour le gentil souvenir! Et comme nous allons commencer à cuisiner, nos nouveaux amis doivent nous montrer comment apprêter ce type de larves! Hop cuire! Un ou deux d'entre vous, les chasseurs!

Ces Verts consomment leur pire ennemi avant qu'il ne devienne dangereux. Cela me confronte à une réflexion éthique particulière. Toutefois, face à des différences culturelles, il est important de faire preuve de souplesse. En plus, ces autochtones sont de bonne compagnie et dotés d'un appétit solide, proportionnel à leur jovialité spontanée.

Sans leur contribution, avec les succulentes chenilles simplement frites à la poêle, notre repas aurait offert une bien piètre image de notre hospitalité!

Finalement, ce ne sont pas des coupeurs de têtes comme dans les vieilles histoires des livres et nous passons une agréable soirée... malgré l'odeur.

Quelles retrouvailles !

– Octa, sais-tu pourquoi ces gens sont tous verts? Même leurs dents et ce qui devrait être le blanc des yeux le sont!

– À vrai dire, Iraa, j'en ai une vague idée. Je pense que cela fait des générations qu'ils mangent principalement de faux épinards ou d'autres végétaux qui regorgent de chlorophylle et divers pigments de cette couleur. As-tu remarqué avec quelle désinvolture ils s'engagent sur des pistes constamment survolées par ces saletés de papillons? Les Verts, comme je les nomme par analogie aux Gris, ont également leur odeur particulière. Il serait intéressant de savoir s'ils sécrètent naturellement un répulsif contre les papillodards. Tu pourrais essayer avec Toltia, le chef des chasseurs-cueilleurs.

– Crois-tu que j'oserais sans le vexer? Mais c'est une voix aiguë qui répond :

– Toi peux!

Devant notre étonnement de le voir déjà là, il continue avec un grand sourire et visiblement content de lui :

– Oreille chasseur!

Iraa lui tend l'olfactoscope.

– Pourriez-vous le tenir un bref instant entre deux doigts?

– Dire compliqué quand facile! Voilà!

Iraa reprend la plaquette et compare les données.

– Tu as raison Octa! Autant que la fiente, mais l'odeur en moins! Iraa et moi sommes pliés de rire en même temps.

Le chasseur fronce du sourcil. Il n'est pas dupe et se doute bien qu'il est, du moins en partie, inclus dans le trait d'humour qui amuse tant les étrangers.

Sans se départir de son calme, Toltia tend le bras, index pointé vers le Sud.

– Allez là. Maintenant.

Le bougre serait vraiment prêt à partir sur-le-champ et nous devons négocier le bref délai qu'il nous faut pour préparer et emporter un paquetage a minima. Boisson, biscuits, quelques instruments de mesure, couteau, quelques bricoles et de quoi se changer trouvent leur place dans nos sacs à dos étanches.

Toltia attend avec une impatience affichée et soupir en levant les yeux au ciel quand, enfin, nous pouvons quitter la clairière et abandonner notre dirigeable pour rejoindre le groupe de chasseurs.

Bien entourés, avec une impression de sécurité mitigée, nous fendons crânement la végétation infestée de papillodards.

Nous avons marché presque toute la journée. Heureusement, il fait beau et sec. Pas trop humide non plus, la sylve distillant une agréable et rafraîchissante atmosphère quand on la traverse ou la côtoie. Je n'ose imaginer ce qui impliquerait de l'arpenter par temps de pluie!

Les Verts ont d'immenses connaissances et pourraient tous être d'éminents enseignants pour tout ce qui touche à la flore et à la faune. En peu de temps, ils ont démontré comment survivre dans cette jungle. À la pause de midi, Potia, un autre chasseur, a coupé une sorte de bambou d'environ douze centimètres de diamètre pour nous donner à boire. Elle contenait de l'eau pure qu'ils appellent du "purju". Les Verts ne s'abreuvent jamais de celle des courants, des ruisseaux ou des lacs. Celle des tiges est filtrée et ne transmet aucun parasite. Ils mangent des larves, aussi, raison pour laquelle ils ont tant apprécié nos galettes de protéines. Il y a néanmoins eu un acte de sauvagerie impensable, pour nous : ils ont massacré trois bêtes. Elles ressemblaient à celle dont j'avais fait un croquis lors d'une de mes explorations au nord-ouest du Village : cochon, sanglier ou une espèce de type similaire.

Aïe! Pendant un instant, je redoute l'incident diplomatique. Mais, très spontanément, Toltia a remarqué nos grimaces et ne nous propose pas de manger leur viande.

Sur pieds en un rien de temps, la pérégrination se poursuit et rapidement nous voici en terrain découvert.

Là où s'arrête la forêt, s'arrête aussi toute présence des insectes jaunes.

Soulagement, oui, mais de courte durée : un soleil de plomb s'abat sur têtes. Il tape dur, c'est inouï. Le choc thermique est terrible et je loue l'initiative de Dird, du Village. Ses casquettes à visière et protège-nuque vont, à coup sûr, nous éviter une dangereuse insolation!

Autre élément en notre faveur : l'astre est assez bas. L'après-midi tire à sa fin et le pire nous sera donc épargné.

Je suis en train de maugréer, épuisé par cette longue marche et les mollets douloureux, quand Enz', par un coup de coude dans les côtes, me sort de mes réflexions.

– Octa, regarde-moi ça!

– Bigre! Tout ce pan de village est construit accroché à ces fameuses immenses tiges ressemblant au bambou. Crois-tu que cela correspond à nos puits? C'est une bonne méthode pour avoir l'eau courante chez soi! Cette partie doit être la plus récente.

– Par contre, le reste...

– Le reste est un groupe de maisons anciennes qui ont été épargnées lors de la Grande Destruction! J'en suis abasourdi, Enz', et c'est précisément où nous mène l'équipe de chasseurs!

Toltia, à qui rien n'échappe, nous a évidemment entendus.

– Reine et reine!

Enz' et moi nous regardons interrogatifs.

Arrivés à moins d'un demi-kilomètre du village suspendu, nous sommes rejoints par une bonne trentaine d'enfants de tous âges et d'une douzaine d'adultes, tous plus excités... et plus verdoyants les uns que les autres.

Iraa se met à rire :

– Nous sommes l'attraction de la décennie, pourrait-on croire! Hey! Mais ils nous entraînent, nous tirent par les mains, les bras et les habits. Toltia! Que devons-nous faire?

– Suivre, laver. Toltia attend haut!

Effectivement, au pied des immenses tiges qui servent de piliers aux habitations dans les végétaux se trouve une mare. Son contenu, couleur algue, et son aspect visqueux n'invitent guère à la baignade... Nous "laver" donc, c'est bien ce qu'il m'avait pourtant semblé entendre... Bref! Respectons les coutumes des lieux et tant pis pour les haut-le-cœur qu'il faut savoir supporter! C'est assez dégoûtant pour se demander s'il faut vraiment obtempérer.

Je réfléchis et me donne la réponse à haute voix :

– Bien sûr! Pour notre bien, pour ne pas être mis en danger par les papillodards, par exemple, nous devons nous imprégner de cette odeur. Pour eux, cela représente forcément un "bon" parfum!

D'abord extrêmement réticents, nous nous glissons prudemment, un à un, dans la purée.

Iraa est la première à faire une remarque :

– Elle est bonne!

Nous rions tous les neuf en pataugeant de plus belle dans cette espèce de boue. Les Verts, autour, rigolent aussi et quelques enfants viennent nous rejoindre en sautant dans la même gadoue.

On s'y plairait presque!

Il est vrai qu'après notre périple, cette purée détend bien les muscles. Il est même probable qu'elle contienne nombre de sels minéraux et autres propriétés bienfaitrices.

Finalement, Toltia descend de la proche colline en marquant de l'impatience :

– Venir! Reine et reine attendre!

Nous sortons précipitamment de notre bain de santé et grimpons, dégoulinants, le chemin qui mène aux maisons rectangulaires et couvertes de tuiles orange, sans même nous débarbouiller.

Heureusement, l'air est chaud. Le soleil est encore assez haut dans le ciel pour nous sécher.

Inquiet de nos allures, je dois me rassurer :

– Mais, Toltia, ne devrions-nous pas nous rincer, ou pour le moins nous essuyer avant d'apparaître devant une reine?

Notre guide s'arrête et écarquille les yeux. Je crois que sa mâchoire inférieure va toucher le sol. Finalement, il se reprend.

– Comme ça bien, pas autrement!

Ben voyons... C'est tellement évident.

Notre destination est la plus grande et imposante bâtisse du village. Minuscule comparée au Manoir, elle n'en donne pas moins, dans ce contexte, cette impression de pouvoir. Toltia lève le bras au moment d'accéder au large escalier de pierre taillée. Debout sur la première marche, il me regarde.

– Toi va! Autres attend.

Voici qui est bizarre! Pourquoi moi et pas le groupe entier... ou n'importe qui d'autre parmi nous?

Haussant les épaules, j'obtempère, monte les dix degrés et entre par une porte voûtée et à deux battants, modèle réduit de celle des anciens appartements du Tigre. Quelqu'un ferme derrière moi.

Une femme se tient droite, de dos, presque à contre-jour. Ses cheveux longeant la colonne vertébrale sont maintenus en torsade apparemment avec la même boue dans laquelle tout le monde, ici, se trempe. Elle est grande avec un corps bien sculpté, elle est verte, comme tous ceux du coin, sans avoir pourtant la manière de se tenir des Verts rencontrés jusqu'ici.

Puis, elle se retourne. Elle est belle, à sa façon, et me salue :

– Salut Octa! Ainsi, tu as survécu!

– Dolcat! Méconnaissable, mais, tu es bien Dolcat!

– Oui et je te devrais probablement des excuses, si je n'avais déjà chèrement payé par ce que tu as provoqué!

– Ça se discute.

– Non, Octa, pas avec une reine!

– C'est une autre menace?

– Une mise au point, pas une menace. Je tiens juste à te prévenir que tu ne vas pas réussir à démolir mon style d'existence une deuxième fois. Je ne le tolérerai pas!

– Ça n'est pas mon intention première. Mais, toute reine que tu es ici, sache que moi, Octa, celui que tu sembles accuser de tes malheurs passés, n'accepterait pas non plus que tu nuises au Village, au Manoir, à la Station ou à quiconque faisant partie de celles et ceux que j'aime!

– Hum! Je vois que tu n'as pas changé... Je tiens à te rassurer, la Dolcat que tu as devant toi, elle oui, est bien différente de celle que tu as connue.

– Comment as-tu surmonté l'effondrement de l'Ordre, la fin de Yoser et l'abandon des croyances religieuses qui y étaient liées?

– Mal, Octa, très mal! Ma première idée a même été de terminer ce que Yoser avait en tête. J'ai volé un transporteur, pour ça... un vaisseau de guerre, puissamment armé... suffisamment pour détruire le Village et le Manoir. Mais, par chance pour tout le monde, moi compris, une mauvaise manœuvre m'a dévié et au comble de ma rage, j'ai manqué m'écraser au sol. En pleine forêt, je suis sortie de mon appareil et j'ai glissé dans une légère combe, réduisant en bouillie les feuilles qui poussaient tout le long d'une pente. Mes futurs sujets m'ont appris, par la suite, que cela m'avait sauvé la vie : pendant que je faisais des réparations de fortune sur ma machine, j'étais encerclée de grands papillons jaunes! Tu dois savoir ce que cela implique. Cela ne m'a pas évité d'être mordue par de sales fleurs avec des dents. Avec un véhicule ayant subi des dommages et moi-même avec une forte fièvre, j'ai pu atterrir sur le replat rocheux qui domine ce village.

C'est mon amie actuelle et deuxième reine Ètschè qui m'a secourue et respectueusement soignée. Comme j'étais venue du ciel, les autochtones m'ont immédiatement considérée comme une sorte de demi-déesse. Ce nouveau statut social m'arrangeait bien! Je l'ai renforcé par la mise en pratique de mes connaissances techniques et scientifiques. Je pensais tirer profit de la situation pour lever une armée. Je me suis d'abord sentie extrêmement contrariée par l'immense distance qui me séparait de ceux que je percevais comme ennemis à abattre. Puis, je suis tombée amoureuse d'Ètschè. J'ai ressenti de la tendresse, j'ai trouvé la population d'ici tellement candide que je me suis surprise à les aimer aussi. Et mes anciens projets se sont transformés.

– C'est merveilleux, Dolcat! J'en suis vraiment heureux pour toi!

– Oui, oui... le coup de l'empathie, hein?

– Pourquoi pas? Mais j'aimerais revenir sur le changement de tes anciens plans : qu'en as-tu fait?

– Je ne voulais plus vous détruire. Par contre, je voulais m'assurer de pouvoir me reconstruire! Et pour refaire ma vie, je devais prendre des décisions drastiques. Avant, je prévoyais d'utiliser les ballons-sondes et toutes les communications afin de vous espionner. Mais si moi je pouvais voir tout ce qui se passait, la Station pouvait aussi me retrouver. Il fallait, par conséquent, que je me crée un havre de paix et pour cela je devais devenir invisible. J'ai donc tout mis en place pour neutraliser les ballons-sondes trop curieux et empêcher les intrus, quels qu'ils soient, de signaler ma présence s'ils me découvraient.

Avec le canon laser du vaisseau emprunté, j'ai crevé les ballons de haute altitude de manière à les faire chuter, en douceur si possible, près des contrées habitées par les autochtones. Avec Ètschè, nous sommes reines d'une douzaine de villages éparpillés sur des dizaines de milliers de kilomètres carrés. J'ai donné l'ordre qu'il fallait me les retrouver, si bien que des chasseurs de tous azimuts m'apportaient les appareils, bien emballés, dans de grossières feuilles de plomb.

Ce qui est intéressant avec les gros transmetteurs comme ceux des sondes, c'est qu'ils font de puissants brouilleurs dès qu'on inverse quelques circuits!

– Ça a plutôt bien fonctionné... sauf que trop de vide attire l'attention.

– Exact! Le désavantage majeur, c'est que par la même occasion je suis devenue aveugle de ce qui se tramait! Quand j'étais en service à la Station, puisque le but était de créer de la relève pour l'Ordre, tout était concentré sur les parties du monde que l'on savait être habitées. Je n'aurais pas imaginé que les envois de ballons-sondes sur d'autres régions prennent autant d'ampleur.

– Pourtant, tu as dû en remarquer une nette recrudescence?

– Il arrivait assez souvent d'égarer des caméras, à l'époque... Bref! Le problème est le même concernant le brouillage.

– Que vas-tu faire?

– Je ne sais pas. Je dois en parler avec Ètschè. Mais c'est un dilemme! J'ai dessiné les plans et fait construire les arbalètes géantes, mais rien ne me défendra contre la vengeance de la Station, mon arrestation et ma condamnation!

Dolcat se prend le visage dans les mains et pleure.

– Ne t'en fais pas pour ça! Dolcat, Darin' n'est pas Togal. La situation n'a rien à voir avec celle que tu as connue. Es-tu en train de martyriser une population? As-tu créé une dictature sanglante? Ces autochtones qui te veulent pour reine, sont-ils forcés et contraints et malheureux sous ton joug?

– Non!

– Alors, selon l'éthique et l'empathie, il n'y a strictement aucune raison pour que tu ne puisses rester ici!

– Mais, Octa, j'ai fait du mal! J'ai essayé de te tuer!

– Et grâce à cela tu m'as rendu service!

– Comment cela?

Je regarde attentivement Dolcat, sachant que le choix des mots que je vais utiliser va avoir un effet déterminant.

– Vois-tu, en tentant de me liquider, tu m'as véritablement liquéfié! Oui, je t'assure, au propre comme au figuré! Il m'arrive encore souvent, dans des moments que je ressens comme privilégiés, de pouvoir refaire une splendide expérience intérieure. Simplement fermer les yeux, oublier de penser et plonger dans un univers infini de pure lumière.

– C'est impossible! Personne ne peut atteindre cela sans croire à une bonne religion!

– Au contraire, ça l'est d'autant plus, parce qu'il n'y a rien à "atteindre", mais à laisser être! Il n'y a aucune distance entre l'infini et ce que l'on est déjà en réalité. Et je suis sûr que n'importe qui peut être ce qu'il est au fond, s'il n'y fait pas soi-même obstacle. Car nous sommes, par nos croyances, chacune et chacun le seul barrage à lui-même! Si tu le désires, je te mets en contact avec d'autres EMInautes, des ermites de la Salière près du Village. Ils te tiendront un discours similaire.

Mais, nous discutons depuis longtemps et mes coéquipiers sont toujours au bas des escaliers, à attendre le bon vouloir de la reine.

– Tu as raison, et nous ne reprendrons cette conversation qu'en compagnie de ma reine... la deuxième... enfin : la première, en réalité!

Nous nous dirigeons vers la porte. Je fais le geste de l'ouvrir, mais Dolcat me fait un signe de négation. Elle tire sur un ruban suspendu depuis le plafond. Une cloche retentit et les montants tournent sur leurs gonds. Dolcat sourit et avec un clin d'œil chuchote :

– Il faut faire les choses dans les règles Octa... Il y a une hiérarchie à respecter, voyons!

Je réponds à voix basse :

– Une "étiquette"! On appelle cela une étiquette à laquelle obéir.

Je ne dois pas rire. Pourtant, il y a un côté tellement loufoque dans cette situation.

Plus tard dans la soirée, les neuf ex capturés, devenus les invités d'honneur des reines, sont rejoints par Toltia qui leur annonce qu'ils sont conviés à la Grande Célébration qui aura lieu le lendemain. Selon la coutume, les altesses se sont retirées dans leur palais. Toltia explique que nous, les explorateurs, sommes répartis dans les trois maisons de pierres les plus proches de celle des nobles souveraines. Cela ne s'était encore jamais produit de l'Histoire des Verts!

Trois accompagnants sont désignés. Sourires d'un vert éclatant, ils sont prêts à nous mener à nos hébergements.

Iraa, Farim' et Tendlor partent les premiers, suivis par le groupe d'Enz', Labor et Bodza.

Sur le chemin que nous parcourons, c'est un Vert tout excité d'avoir été choisi pour nous guider qui nous précède. Sari, Tasiilio et moi, discutons de la tournure des événements. Tasiilio est le plus étonné des trois.

– Et tu as pu parler de tout cela avec Dolcat? Quel retournement de situation : c'est tellement inattendu! Depuis combien de temps est-elle ici, cinq Cycles environ et elle serait devenue presque aussi verte que les natifs de la région? C'est incroyable! Comment tout cela va-t-il finir?

Je lui fais un clin d'œil :

– Ou commencer... Il me semble que le moment est propice pour tourner la page. Après tout, il ne reste probablement pas grand-chose de l'ancienne Dolcat. Sans s'en rendre compte, elle s'est débarrassée de quelques tonnes de concepts et de conditionnement. On verra demain. Cette histoire de "célébration" a un côté louche et me fait penser au culte de l'Ordre. J'espère que ce sera beaucoup plus léger. Les Verts ne me paraissent pas perclus de bigoterie, en tout cas! De toute manière, j'ai rendez-vous avec les deux reines après cette fameuse cérémonie et je pourrai me faire un tableau assez complet de la situation psychologique. Mais nous voici arrivés. Merci, l'ami!

Je prends la main de notre guide et la serre. Tout étonné, il me regarde les yeux ronds.

– Comment vous appelez-vous?

Ses orbites s'agrandissent encore.

Je reformule :

– Heu! Je veux dire quel est votre nom?

– Ah! Motia c'est.

– Alors, bonne nuit, Motia, et merci.

Sari le salue d'un geste, et nous allons tous vite larguer nos courbatures. Somme toute, nos gambettes auront parcouru près d'une cinquantaine de kilomètres, rien qu'aujourd'hui. M'est avis qu'il faudra plus d'un bain de boue relaxant pour que disparaissent les effets pervers de notre longue marche!

* * *

Je ne me souviens plus de ce qui suit. J'ai dû sombrer dans le sommeil à peine tombé à l'horizontale.

Toujours est-il qu'à mon réveil, j'ai toujours mal aux jambes! En plus, les effluves du bain d'hier sont, comme pour me narguer le museau, encore de la partie. Paradoxalement, une idée saugrenue me titille l'esprit : malgré cette odeur putride, je me demande dans quelle mesure je n'irais pas retremper mes membres douloureux dans l'abominable fange de l'étang!

Pourtant, ce ne sont pas mes mollets qui, de leurs feux, m'ont éjecté d'un sommeil pseudo réparateur... Dehors, pas de bruits d'animaux, mais pas moins de tintamarre non plus : Pépiements, feulements, cris et claquements ont tous été remplacés par un concert dissonant de clochettes en tous genres!

C'est la première fois de ma vie que mes oreilles sont témoins d'une pareille catastrophe acoustique! Je rêve que ce ne soit qu'un cauchemar m'invitant à émerger dans le monde réel.

Hélas, il n'en est rien!

Je saute dans mes habits pour aller regarder ce qui se passe depuis le perron. Tasiilio y est déjà, et Sari suit. Elle-il hurle, pour qu'on l'entende :

– Quelqu'un sait-il à quoi ça rime?

Au loin, je vois Toltia avec, à ses trousses, une traînée de poussière que ses pas soulèvent dans sa course.

Je m'égosille :

– Voici notre ami chasseur-guide qui arrive. Nous allons être affranchis!

Même pas essoufflé celui-ce se plante devant nous :

– Hey! Grand'céléb c'est! Hop!

Et il repart, le bougre!

Sari le suit :

– Il peut bien courir. Je suis d'accord d'y aller, mais avec mes gambettes en roche de Salière, je vais me précipiter avec modération!

Nous sommes tous d'accord à ce sujet et il n'y a pas, chez nous, une seule paire de jambes qui voudrait en faire plus qu'il ne faut.

Tout se passe de l'autre côté de la colline. Nous n'avions aperçu, jusqu'à présent, que la partie ouest de ce territoire. Ce qui s'offre à notre vue, cette immense et large vallée, creusée dans une débauche incroyable d'arbres gigantesques et de verdure chatoyante, a beau être visuellement superbe, elle ne nous inspire pas moins un profond désespoir. Sur nos visages on peut lire : "Oh, non! Pas encore des kilomètres à n'en plus finir"! Visiblement, le langage exprimé par nos faciès est universel. Parce que voici Toltia qui revient, toujours en courant, s'il vous plaît. Il a l'air parfaitement sidéré de nous voir là et saute de l'un à l'autre en nous tirant chaque fois le bout d'une manche :

– Venir! Oh là! Vite : pas loin!

D'abord rassurés, il a rapidement fallu déchanter. Mine de rien, son "pas loin" n'est pas si près que cela non plus!

Écœurés de la marche, nous finissons par atteindre le sanctuaire dédié à leur "Grande Célébration".

Le Temple Extraordinaire n'est autre que le reste d'une autoroute d'avant la Destruction. Ce devait être un grand aqueduc, écroulé depuis fort longtemps, ne laissant debout qu'un tronçon soutenu par deux immenses piliers d'un béton méchamment rongé. À l'origine, l'ouvrage devait sûrement relier les deux parois de rochers opposés de cette profonde vallée. Une construction aussi gigantesque que celle du barrage survolé, au nord, mais dans un état de délabrement bien plus critique.

Je ne peux retenir un commentaire :

– Organiser une manifestation, quelle qu'elle soit, là-dessous est déjà dangereux en soi. Mais que ce soit, en plus, à caractère religieux est franchement criminel! Pourvu qu'ils ne se mettent pas à secouer leurs clochettes. Parce qu'avec les vibrations sonores le risque d'effondrement est énorme! C'est une attitude suicidaire assez typique à toute forme de superstition, hélas!

À peine ai-je terminé la phrase, que le même épouvantable tintamarre de ce matin recommence de plus belle!

Tous explorateurs que nous sommes, nous reculons courageusement pour passer au-delà du dernier rang de participants.

Rien ne bouge. Mais le bruit est moindre, c'est déjà ça!

Iraa a gardé une caméra bricolée par un fervent admirateur de Yaro. C'est la première fois que je la remarque.

– Tu as tout filmé, avec ça?

– Presque, enfin, à chaque occasion où j'avais les mains et la tête libre. Les images du début de l'expédition ont été envoyées juste après le passage du barrage. On verra quand les prises pourront suivre! En attendant, le spectacle est assez distrayant. Il paraît que ça a trait à leur mythologie, mais je n'y constate rien de particulièrement religieux.

– Oh! Les croyances sont malignes. Elles se cachent souvent sous des masques habilement sympathiques. Le paradoxe réside dans leur stratégie... diabolique! Ha! Ha!

Ce qui tient lieu de cérémonie est de courte durée et tout le monde retourne, en désordre, vaquer à ses petites affaires. Le pire étant l'idée de retourner à pied. Pff! Refaire tout ce chemin en sens inverse, c'est d'une cruauté!...

Le trajet est un véritable supplice. Pourtant, arrivés à bon port, une agréable surprise nous attend : devant notre maison, installées sur la terrasse, des chaises longues nous attirent irrésistiblement.

Aah! Poser ses jambes, légèrement surélevées, comme ces

sièges le permettent, est un pur délice. À tel point que je m'endors en quelques respirations. Je rêve que notre dirigeable est pris dans une tempête. Les secousses sont terribles et il n'y a plus de sangles pour s'attacher. Je m'accroche pour ne pas être éjecté du pont. En plus, le vent hurle :

– Y aller! Y aller! Y aller!

Je me réveille en sursaut avec la figure de Toltia à dix centimètres de la mienne.

Je n'ai jamais supporté les siestes. Elles me rendent toujours si vaseux.

– Quoi! Que... quoi?

– Y aller, Octa, reine et reine!

Quelqu'un m'a remplacé la cervelle par de la bouillie d'algues visqueuses! Je patauge.

– Bigre! J'en suis où, là!

– Reine et reine attendre!

Je me secoue, mais en dedans, et répond avec la voix encore pâteuse :

– Là! Oui, oui, oui : hop! Je viens, je viens...

– Hop! Reine et reine : hop!

Je suis mon tortionnaire en mode zombie. Arrivé au pied des marches du perron des Altesses Royales, Toltia reste sur la première marche tout en me poussant dans le dos au plus loin qu'il puisse. Il doit y avoir une caméra de surveillance, car la porte s'ouvre au moment de poser mon deuxième pied sous le porche.

C'est le moment, fort opportun, qu'une montée d'adrénaline choisit de me venir en aide. J'émerge enfin!

Dolcat veut manifestement sauvegarder l'étiquette. Je distingue les deux souveraines assises sur leur grand fauteuil qui fait office de trône et moi, petit visiteur qui a l'honneur sublimissime d'être leur invité, je dois humblement parcourir la distance jusqu'à leurs pieds. Pour dire les choses plus simplement : elles se la pètent. Si au moins elles avaient pris la peine de consulter les anciens documents à ce sujet, elles sauraient à quel point il faudrait refaire la déco!

Bon! Le protocole n'a pas l'air si rigide que cela puisque, avant que je n'atteigne leur estrade, elles descendent toutes les deux pour me serrer la main!

– Désolé si je vous ai fait attendre, mesdames, mais un coup de fatigue et un siège extrêmement confortables ont eu raison de ma résistance et je me suis stupidement assoupi!

C'est l'amoureuse de Dolcat qui me répond :

– C'est naturel. Nous avons profité de votre sommeil pour discuter.

– Mais, reine Ètschè, vous parlez très bien le langage de mon Village!

- Hi! Hi! J'essaye, les cours donnés par Dolcat sont bons.

– He bien, Dolcat, je constate que tu as été très assidue!

– Oui, Octa, et très motivée aussi!

Ètschè adresse un charmant sourire à Dolcat :

– Et moi, motivée aussi, pour toi!

– Vous êtes vraiment adorables les deux!

Elles se tiennent la main et Dolcat, de celle qu'elle a de libre, me prend le bras.

– Viens, passons au salon. C'est plus confortable. Assieds-toi, je fais apporter un thé. À sa proposition, je lève un sourcil en jetant un regard faussement accusateur à mon empoisonneuse de service.

Elle me répond par un sourire en coin et un léger haussement de l'épaule. Il n'y a aucune inquiétude à avoir.

Sur la table basse de la pièce, entre deux grands canapés de fibres tressées, sont alignées plusieurs clochettes. Dolcat en saisit une et la fait teinter. Puis, toujours en tenant la main d'Ètschè, Dolcat commence la discussion avec une voix mesurée et douce que je ne lui connaissais pas.

– Ètschè et moi avons beaucoup parlé, hier au soir et ce matin, et nous ne voulons vraiment pas être séparées. Or, la situation, par ta simple présence et celle d'habitants du Village, du Manoir et même de la Station, a si diamétralement changé la donne, que nous devons réagir. Pour ne pas tout perdre, et surtout nous perdre l'une l'autre, nous devons répondre aux événements de la bonne manière.

J'ai essayé de transmettre au mieux ton message d'hier à Ètschè et je lui ai expliqué ce que j'ai fait par le passé.

Ètschè caresse la joue de Dolcat, celle-ci sourit tendrement et continue :

– Elle m'a parfaitement comprise et je sais qu'elle me fait entièrement confiance. Ainsi, nous avons décidé de ne plus détruire ni détourner des ballons-sondes et de cesser de nous cacher. Nous sommes conscientes que nous ne serions pas de taille, si nous voulions lutter contre vos influences. Aussi, nous serions reconnaissantes si vous n'abusiez pas de votre supériorité. Nous sommes d'accord d'être, pour vous, les "Verts", comme j'ai été une Grise pour le Village. Mais nous vous prions de nous laisser évoluer selon notre rythme. Crois-tu, Octa, que tu pourras faire passer notre demande?

– Soyez certaines que ce ne sera pas difficile! Il n'y a aucune velléité de conquête ni domination chez aucune des parties qui prennent part à la présente expédition. Il y a une seule chose qui me chiffonne. Dans quel but avez-vous créé cette célébration qui ressemble à une nième religion, malgré tous les méfaits que les mensonges qui y sont inévitablement liés provoquent? Il me semble que spécialement toi, Dolcat, tu devrais en avoir assez vu avec ce qui s'est produit dans la Station sous l'influence du fameux révérend!

Dolcat se mord les lèvres. Ètschè lui tient la main en y rajoutant sa deuxième. Dolcat réprime un sanglot et parvient à rétorquer :

– La croyance apporte de l'espérance. Puisque c'est là sa principale tâche. Avec le Temple Extraordinaire et la Grande Célébration je leur donne la possibilité de croire en une abstraction à laquelle ils peuvent se raccrocher chaque fois que la réalité les déçoit! J'avais besoin de ça, moi aussi. Quand j'ai perdu ma foi en Yoser et en l'établissement de l'Ordre, j'ai failli en mourir!

– Précisément Dolcat, c'est la raison pour laquelle il ne faut pas aller dans cette direction! Par ce que tu as vécu, tu devrais savoir qu'à l'origine des plus profondes crises de désespoir, on trouve toujours des illusions déçues! Cela n'est pas nécessaire. C'est un besoin programmé, une manière facile de sombrer dans une dépendance inutile. Quand la croyance remplace l'expérimentation personnelle, le retour de flamme est inévitable. C'est ce que tu as vécu... alors, ne le fais pas vivre à d'autres.

Ètschè se redresse, son regard glisse avec tendresse dans celui de sa compagne.

– Octa dit vrai, Dolcat. Notre peuple aime fêter, rire, chanter, exister content. Nous pouvons garder les festivités sans influencer nos sujets à propos de ce qu'ils devraient croire ou non.

Dolcat soupire :

– Vous avez raison tous les deux, même si j'ai de la peine à l'admettre. C'est dur d'accepter de s'être trompé autant en profondeur!

– Mesdames, savez-vous ce que nous devrions faire dès demain? Nous devrions remettre en état un ou deux transmetteurs des sondes, et annoncer à tout le monde que tout va bien et que Dolcat est devenue une femme formidable!

Les deux reines rient de bon cœur. Elles sont manifestement soulagées de la tournure que prennent les événements.

Des larmes mouillent leurs joues, des larmes libératrices.

Mais j'ai encore une chose importante à leur dire :

– Et de grâce mes chères majestés, ne faites plus vos fêtes sous ce bloc de béton qui risque de tomber à tout moment!

Nous finissons nos tasses dans la meilleure des humeurs qui soit.

CHAPITRE 5

LA BASE

Reflets

Octa, Cycle 140, Lune 5, jour 8 au soir

Alors que je me suis si bien accoutumé au rythme paisible de la vie parmi les Verts, les jours qui vont suivre ne manqueront pas de me faire l'effet d'un feu d'artifice.

Nous allons rentrer au Village!

Tout a été si différent, cette dernière Demi-Lune, que mes retrouvailles avec une supposée "normalité" risquent, tout au contraire, de me paraître bien exotique.

Iraa et Farim' sont allés jusqu'au dirigeable il y a quatre jours, avec un groupe de chasseurs, et ont pu le ramener en un seul morceau.

Les communications avec le monde de mes amis sont rétablies. J'ai pu parler avec Tani. Les contacts avec le Manoir ont suivi et enfin, comble de la civilisation, j'ai même pu converser avec Darin' en vidéoconférence directe avec la Station!

Mais, là où mon impatience devient véritablement douloureuse, c'est d'être de retour et de serrer Tani et Zin' dans mes bras, de les embrasser et... de refaire l'amour avec ma Reine, la seule, la vraie!

En ce moment, toute ma concentration est absorbée par les préparatifs du voyage au nord.

Je crois que Dolcat et Ètschè sont en pleine discussion avec Darin', en vue de tout mettre à plat et repartir sur d'excellentes nouvelles bases.

Bigre! Arriverais-je à dormir cette nuit? Demain, nous décollons!

Au petit matin, Sari, Tasiilio, Enz', Labor, Iraa, Farim', Tendlor, Bodza, et moi sommes debout avant tout le monde. Nos yeux pétillent, malgré leurs poches en dessous. Personne ne peut cacher que la nuit fut courte et de peu de sommeil.

Contrairement à tous les autres jours, nous voilà réveillés alors que les autochtones sont encore dans les vapes.

C'est le monde à l'envers!

Labor suggère, l'air plus sadique que malicieux :

– Et si nous nous armions de leurs terrifiantes clochettes pour encourager tous ces braves à sauter de leurs couchettes?

L'image est cocasse. Un fou rire nous fauche tous et ne se termine qu'au moment où, réveillés par nos gloussements intempestifs, des Verts égayés nous entourent.

Pendant un bref instant, cela nous calme. Mais avec l'arrivée d'un Toltia complètement ébouriffé et mal réveillé... C'est reparti!

Il ne faut pas rire autant : mon ventre en souffre!

Les Verts s'y mettent : c'est épidémique!

Aïe!

Mais tout s'arrête d'un coup.

Comme cela se produit souvent avec les fous rires.

Finalement, le résultat est celui désiré : nous pouvons amorcer notre départ.

C'est une foule impressionnante, avec les deux reines au premier rang, qui nous accompagne jusqu'au vaisseau. L'immense ballonnement du porteur jette son ombre sur l'assemblée. Les Verts sont fébriles d'assister à un merveilleux décollage, et nous le sommes parce que nous n'y tenons plus d'y aller pour retrouver nos proches.

* * *

Après un quart de jour, le dirigeable Un, complètement réparé grâce à l'incroyable résine dont les Verts ont le secret, rejoint les deux autres nefs juste après avoir glissé au nord du Barrage. Le vaisseau file à bonne allure avec, à son bord, neuf sondes avec leurs caméras pratiquement intactes et l'équipage d'origine, Sari, Tasiilio, Enz', Labor et moi- même. Nous laissons, derrière nous, Dolcat qui a réussi à faire la paix avec son passé, Ètschè avec qui elle partage son royaume et sa vie amoureuse, un transporteur dérobé à la Station, qui pourra être utile, là où il se trouve, ainsi que deux sondes, légèrement endommagées, mais qui fonctionnent très bien comme communicateurs, ainsi que toute une peuplade de braves chasseurs-cueilleurs qui, d'après nos observations, ne doivent pas manquer d'ocytocine parfaitement naturelle. Tous ces gens-là, bien sûr, ont la teinte des brins d'herbe sous une douce pluie!

Il nous faudra une semaine entière de vol non-stop pour rejoindre le Village. Mais, c'est le prix à payer pour ne pas griller du carburant de navette quand on peut l'éviter. Ce n'est pas une perte de temps, car ce mode de déplacement permet de prendre toutes sortes de relevés grâce à un détec ou un olfactoscope au bout d'un filin. Le report précis des mesures sur une carte va nous servir plus tard, certainement. En outre, plusieurs caisses d'échantillons de sol et de végétation sont en attente d'analyse dans la soute. Plus importants encore, la fiabilité de ce type de locomotion est maintenant avérée et les perfectionnements à y apporter sont dûment répertoriés.

Les crises d'impatience ainsi maîtrisées, il me semble que l'on peut qualifier cette mission de parfaitement réussie!

Arrivés à deux jours du Village, plusieurs dirigeables de taille habituelle viennent à notre rencontre. Tani, et Zin' sont sur le pont de l'un d'entre eux. Les retrouvailles sont mémorables, notre Un a failli se retourner sous le coup des embrassades! Heureusement, nous avions déjà pu nous laver un minimum. Les effluves restants étant mis sur le compte du voyage en terres sauvages.

Nous ne sommes actuellement plus qu'à un quart de journée de notre destination. Zin' n'est plus un bébé depuis belle lurette, mais elle dort néanmoins comme telle dans un des hamacs près de la cuisine. Tani et moi, collés côte à côte, appuyés au bastingage, nous nous laissons bercer par le balancement dû à un léger vent de travers.

Après avoir brièvement raconté quelques anecdotes avec, notamment la réapparition de Dolcat, je questionne ma douce :

– Dis-moi, Tani, qu'as-tu fait pendant tout ce temps?

– J'ai souvent été en contact avec Yaro, surtout à propos de la future pénurie de H3. Mais, avec le labo du Village, nous cherchons aussi comment retrouver du plastique en bon état, ou lutter contre les vers qui le bouffent, voire trouver comment fabriquer un matériau semblable. Si tu veux savoir : j'ai eu assez à faire pour ne pas, sans arrêt, angoisser à ton propos!

– Oh! Je ne t'ai pas encore tout raconté!

– Arrête! Avec la mort de Iséb, en plus de la perte de toute connexion, il y avait décidément déjà assez de quoi s'inquiéter!

– Oui, c'est juste! Iraa a envoyé le reste des images à la Station. Je pense qu'un montage des séquences sera fait et que nous aurons droit à un joli film d'action avec suspens.

Tani vient se frotter à moi.

– Oh! Mais tu sais que tu m'énerves, toi?

– Hum!

Impossible de répondre : j'ai une vraie Reine qui occupe ma bouche!

L'atterrissage est un modèle de douceur, et le comité d'accueil est formidable. Mais je doute qu'un seul explorateur réussisse à en apprécier toute la qualité. Je crois que leur état doit avoisiner le mien : je suis simplement tellement vanné, que presque plus rien ne passe au travers de ma barrière d'épuisement!

Quelqu'un d'autre se chargera de ranger le bazar. Personnellement, j'ai l'impression que j'ai assez vu de dirigeables, de ballons, de montgolfières et de tout ce qui peut voler avec des poches de gaz ou d'air chaud, pour un bon moment! Le fait d'être rentré au bercail me fait complètement décompenser. Tout ce qui compte, à présent, est de retrouver mon doux chez moi, le lit, Tani à côté, Zin' dans les parages et ciao : je suis loin, très loin... de l'aventure!

Le jour suivant, je me promène un peu comme un zombie. Contrairement aux premiers événements vécus dans le Manoir ou la Station, l'épisode expérimenté dans cette nature foisonnante a été beaucoup plus saturé. Il y avait tellement plus de choses à voir, tellement plus d'imprévus, tellement plus de stimulations et de chocs émotionnels violents. Ça a été vraiment très fort, autant sur le plan physique, que moral!

Quelqu'un a mis tous mes dés sur "absent" et tant mieux! Excellente initiative! Je pense qu'un tour au Manoir me ferait du bien.

En fait, j'y vais immédiatement.

J'emprunte même carrément le mythique Chemin des Cendres, tiens, tant qu'à faire! Comme depuis quelques Cycles, la grande entrée principale, la vieille en bois massif,

est accessible à tous. Je fais pivoter l'antique poignée. Le mécanisme, forgé à l'ancienne, grince et la porte s'ouvre sur le vestibule. Je reconnais ce parfum. Non pas un des mélanges truqués de feu le Docteur Arbor, mais celui des vieux livres, tout à l'autre bout, dans la bibliothèque. Mon nez détecte aussi la présence des montagnes de documents d'avant la Grande Destruction. Il y a, dans cette maison magique, des odeurs qui n'existent plus nulle part ailleurs sur toute la planète. Du moins, sur les parties praticables.

En fait, je suis venu en ce lieu plus d'instinct que par envie de retourner dans les caves où attendent toujours des dizaines de milliers d'articles de journaux. Des trésors à trier, où des tonnes de concepts, de principes et de réinventions restent encore tapis dans l'inconnu. Je me suis simplement senti attiré.

Et il s'avère que c'était une excellente inspiration, car j'y retrouve la Reine Fée de tous mes rêves :

– Tani!

– Octa, tu as l'air surpris de me trouver ici. Pourtant, tu sais que je fais des recherches.

– Réussir à te retrouver est toujours une expérience surprenante! La Bibliothèque est aussi un de tes repaires-pas-du-tout-secrets. Non? Mais qu'as-tu déniché là? Ah! des cartes lunaires! Bigre! Yaro voudra-t-il vraiment y aller?

– Mais, Trésor, lui ne pourra plus! Il est bien trop usé pour s'y rendre lui-même.

– C'est juste, j'oublie son grand âge!

Je prends quelques photos de cratères en main et me sens subitement de nouveau beaucoup mieux.

Tani se tord pour voir mon visage et me regarder dans les yeux.

– Octa... Tu ne vas pas recommencer? Tu viens à peine de revenir! Hum... Je connais cette expression, cette brillance de l'iris, cet air à la fois présent et lointain!

– Quoi? Mais quoi? Quelle expression?

– Ne t'avise pas de me refaire le gag de la courte escapade en dirigeable! Cette fois-ci, je ne te laisserai pas partir... sans moi!

Impossible de résister : il faut que je l'embrasse! Ceci accompli, je reste un moment à lui donner un coup de main, tout en profitant de l'atmosphère particulièrement studieuse qui règne dans ce grand dépôt rempli de vieux journaux. Que de découvertes, ou plus exactement de redécouvertes, y ont été faites. Que de richesses en connaissances anciennes auraient été perdues à tout jamais, si le grand-père du Tigre n'avait été chiffonnier ! C'en est presque à en avoir le vertige!

– Tani, on monte à la cafétéria?

– Oh là là! Pas maintenant trésor! Je te propose d'y aller seul. Je sais qu'il y a plein de monde, là-haut, que tu te réjouis de revoir. File! Nous nous retrouvons ce soir.

– Je te prépare une surprise : une spécialité exotique!

Un baiser, encore, et me voici en route pour me "tirer un café", selon l'expression manoirienne typique!

À force de vadrouiller, je dois avoir développé le "syndrome du voyageur compulsif". Incroyable comme le fait de s'intéresser à la Lune m'a revigoré! Pourtant je devrais avoir eu ma dose de déplacements en tout genre... assez pour en combler plusieurs vies, il me semble.

En arrivant au réfectoire, j'ai le plaisir de constater la présence de Tendlor et Tasiilio. Assis à une table bondée, ils sont entourés d'une foule d'admiratrices et d'admirateurs avides d'entendre les deux stars raconter leurs exploits. Ambiance de fête scolaire avec des mioches entre cinq et sept ans. Bref : une équipe de grands enfants n'ayant pas perdu leur aptitude à l'émerveillement. C'est un plaisir de les observer pendant que le café coule dans ma tasse.

En tentant de discrètement me glisser à l'écart pour profiter de la scène en spectateur, Tasiilio m'aperçoit entre deux épaules qui décident inopinément de se décoller.

– Hey Octa! Viens nous rejoindre!

Des mains tapent, il y a des ah! et des oh! Question discrétion, c'est loupé!

Par la magie de quelques subtils mouvements, alors que la foule semblait si compacte qu'un moucheron aurait eu grand-peine à trouver un passage. Des paumes, pleines de sollicitude, m'encouragent à prendre place sur une chaise fraîchement libérée. Installé quasi de force, je tourne vite la tête vers le haut. Vu de dessous, je reconnais les orifices nasaux de mon ami Rolsar, à qui je dois d'être assis.

Ça me fait rire, mais je me reprends :

– Salut Chacune et Chacun et salut les coéquipiers de la forêt! Vous avez aussi pris congé quelques jours?

Tendlor répond :

– Partiellement, oui. Mais, personnellement, je me suis entiché du vol en ballon! C'est majestueux, confortable, on a le temps de regarder passer les paysages...

Je lui coupe la parole exprès :

– Et on se fait rincer, abattre aux traits d'arbalète, attaquer par bêtes et chasseurs... Je plaisante, continue!

– Bon, il y a des moments piquants...

Tendlor s'interrompt. Il y a un petit instant de silence, puis, avant de laisser s'installer un vrai malaise, il reprend :

– Pardon pour Iséb! Je ne voulais pas faire un vilain jeu de mots. Mais, effectivement, des drames peuvent se produire... et d'autres être évités. Quoi qu'il en soit, il est question de trouver du plastique et de nouvelles fournitures de récupération en des lieux non contaminés, mais pas forcément proches ou faciles d'accès. Tani s'est occupée de cette problématique. Une équipe a établi une planification et je suis partant pour remplacer les transporteurs et navettes par des dirigeables. On fait d'une pierre deux coups : économie de carburant qui devient rare et amélioration de notre navigation aérienne.

Rolsar, toujours posté debout derrière mon siège, intervient de sa voix de stentor :

– Indiscutablement d'une logique incontournable!

Je change de sujet :

– Et vous, ici au Manoir, tout va bien? Vous vous êtes décidés à enfin fermer les robinets d'ocytocine?

Rire général.

Ces instants primesautiers sont une diversion opportune. Elle me permet de laisser tout ce beau monde à la cafétéria et je peux, ainsi, profiter d'aller rendre visite à Carlonicum, qui doit certainement se trouver à l'étage.

– Allez! Je vous laisse à la suite des aventures extraordinaires des trois dirigeables, perdus dans le Grand Sud, racontée par Tasiilio et Tendlor, qu'on applaudit bien fort!

Je joins l'acte aux paroles, et m'en vais en silence, quittant la foule bruyante.

Quelques signes de la main, un dernier regard en arrière pour voir le petit monde se resserrer, compact, autour des conteurs. Je file vers le large escalier. À mi-marches, je croise Erdezan' qui descend.

– Hello Octa! Comment te sens-tu après ces trajets épuisants?

– Pas si mal que ça! Bigre! Tu sais qu'on se remet vite de bien des choses, n'est-ce pas? Mais comment se fait-il que tu sois ici et non à la Station? Je croyais l'utilisation des navettes extrêmement réduite. Rien de grave, j'espère?

– Rassure-toi, les programmes des vols orbitaux sont limités, mais pas inexistants. Les transports sont organisés régulièrement avec de plus grands espacements entre les déplacements et un stationnement d'au moins deux semaines avant un retour. Je suis en vacances exotiques, en quelque sorte! En principe, les véhicules trop gourmands restent à quai et seule une navette à la fois est envoyée. Il y en aura une, justement, qui fera un aller- retour dans deux jours et j'en serai le pilote.

– Hum!

– Hum, quoi?

– Rien de précis... Une vague envie d'microgravité, peut-être...

Erdezan' sourit malicieusement et ajoute en jouant des sourcils :

– Bien! Alors, éventuellement à après-demain? Si jamais c'est le Commandant Général

d'honneur du Manoir que tu cherches, il est là-haut et sera sûrement ravi de te revoir! Je file. Ciao et bise à Tani, si je ne la croise pas d'ici mon décollage.

– À bientôt!

Et j'avale le reste des marches deux par deux. La porte des anciens appartements du Tigre est grande ouverte. Je perçois des voix qui s'en échappent.

Quand j'arrive dans la pièce feutrée qui sert de bureau, je constate que Carlonicum est seul face à la haute fenêtre de droite, celle qui donne sur les grandes serres derrière le Manoir. Il ne m'a pas entendu et continue sa conversation par communicateur.

– Si c'est vraiment le cas, il vaudrait probablement la peine de risquer du carburant pour jeter un œil sur place. Mais avons-nous l'équipement qu'il faut?

Son interlocuteur, d'une voix tranquille et parfaitement reconnaissable, réagit de manière inattendue :

– Tiens donc! Octa vient d'arriver.

Carlonicum se retourne et me salue immédiatement par une forte accolade :

– Hey, notre "Bigre" est en visite? Quelle bonne surprise! En plus tu tombes à pic!

– Je suis forcé de dire "bigre", maintenant! Yaro, tu nous vois, mais l'image est à sens unique. Comment vas-tu?

– Vieillissant, mon cher Octa. Ce n'est pas encore trop handicapant, mais je sens les effets de l'entropie! Pas grave, comme chacun le sait, venir au monde est une activité fatale! Hé! Hé! J'étais en train de rendre compte de mes derniers calculs et mes théories au sujet de la recherche de carburant. Mes conclusions sont toujours les mêmes : il n'y a que la solution, assez risquée, de prospecter sur notre bonne vieille Lune! Au pire, l'opération se solderait par un gaspillage de précieuses ressources, au mieux nous trouvons rapidement une méthode d'extraction de H3.

Carlonicum intervient :

– L'inquiétude réside dans le fait qu'avant de connaître exactement sous quelle forme on récoltera le minerai, nous ne pouvons pas implanter une usine de transformation des matières premières. Sur ce plan, nos documentations sont trop incomplètes. Malgré un travail de recherche acharné parmi les articles de presse des caves du Manoir ou dans les bases de données de la Station, la technique à mettre en œuvre reste à réinventer et c'est sans compter avec la construction et le démarrage des machines elles-mêmes!

Je grimace :

– Fichtre! Et cela va prendre du temps... beaucoup de temps, et de l'énergie en plus, alors qu'il nous en manque cruellement des deux! De plus, comment savoir dans quelle zone lunaire il est préférable de relever des échantillons capables de fournir une évaluation optimale?

Yaro, avec sa voix calme de bon augure, répond à sa façon :

– Je crois avoir trouvé par où commencer.

Comme Yaro aime soigner ses effets, il attend un instant avant de continuer :

– Vous ignorez peut-être à quel point j'ai toujours eu la faiblesse de m'attacher affectivement à mes bricolages. Par conséquent, je n'ai pas résisté à emporter mon fameux télescope quand j'ai rejoint la Station. Il m'arrive souvent de m'isoler avec lui dans l'une des cabines d'observation périphériques, là où la rotation du satellite est la moins dérangeante. Parfois, je n'y vais que pour y réfléchir en paix en regardant les étoiles. Toutefois, quand cela est possible, je profite d'une bonne orientation pour étudier les impacts des météorites sur la Lune. Cela peut durer quelques moments, avant que le satellite ne fuie hors de ma vue. Et un jour, j'ai remarqué un mystérieux phénomène : un reflet très net, comme celui d'un énorme miroir, m'est apparu pendant plusieurs instants. J'ai d'abord cru à un hasard, une anomalie unique. Mais, par la suite, je l'ai à nouveau capté. C'est bien une réverbération du soleil sur une grande surface probablement métallique, en lisière d'hémisphère, à la limite fluctuante, visible de la Terre, entre la partie exposée à l'astre et celle dans l'ombre. J'ai demandé à Tani de faire des recherches au sujet d'éventuels débris de fusées, d'une météorite brillante, voire d'une ancienne base lunaire. D'après ses derniers messages, il semblerait qu'elle soit sur une piste sérieuse et que l'emplacement exact de ce reflet puisse être tracé sur carte.

Carlonicum me regarde en biais avec un sourire amène :

– Sacrée Tani, n'est-ce pas? Une toute "bigre", cette femme!

J'entends le rire de Yaro sortir du haut-parleur invisible de la pièce :

– Ha! Ha! Quoi qu'il en soit, il faut déjà choisir un équipage en vue d'un alunissage. À ce propos, n'y a-t-il pas une navette qui devrait venir du Village, prochainement ?

Dans mon crâne, l'écho de la petite boutade de Tani résonne : "Tu ne vas pas recommencer? Hum... Je connais cette expression..."

Les lunatiques

Les ballons-sondes n'ont plus besoin de ballon! Des dizaines de boules de moins de vingt centimètres de diamètre circulent en flottant dans la pièce. Aucune ne rentre en collision avec une autre et toutes m'esquivent habilement. Elles ressemblent à des Stations miniatures. J'aimerais voir de plus près, mais mes doigts qui voudraient en attraper sont systématiquement évités. Il n'y a qu'un seul moyen d'en observer une à moins de cinquante centimètres : aller, bras écartés, tout doucement en coincer une dans un angle. Là! J'en tiens une! En fait, vue comme ceci, je me rends compte que ce n'est pas une boule qui "ressemble" à la Station : c'est véritablement la Trotteuse... en plus petite et... avec des cheveux! Tout est si bizarre. En plus, elle parle!

– Eh, Octa, tu peux me lâcher maintenant!

Je me réveille avec la tête de Tani dans mes mains.

Elle rit.

– Tu m'attrapes même en rêvant? Quelle preuve d'amour!

Je suis dans notre chambre. J'écarquille les yeux au maximum pour mieux émerger des brumes oniriques.

– Tani! Tu es rentrée plus tard que prévu et j'ai dû m'endormir. En fait, c'est la Station en miniature que j'avais réussi à choper.

– Toujours tes songes assez spéciaux, hein?

– Pff! Bigre! Oui... bon! Il fait nuit? As-tu mangé?

– Pas du tout! Tu sais, selon l'horloge du Manoir, je n'ai qu'une heure de retard. À ce que j'ai vu en passant, tu es à jeun aussi. Alors on y va? Je meurs de faim et j'ai des nouvelles.

– À propos : nous ne sommes que les deux. Zin' reste cette nuit chez Arl'.

– C'est une bonne chose qu'Arl' puisse profiter d'une jeune compagnie. Ça va lui faire du bien. Depuis combien de Lunes ne se sont-ils plus côtoyés, avec Yaro?

– Cela doit faire près d'un Cycle. D'ailleurs, je pense qu'elle devrait profiter de la navette d'après-demain.

– Comme nous, mon cher!

– Vraiment?

– Oui! Je viens d'envoyer les résultats de mes recherches à Yaro, raison pour laquelle j'ai tardé à rentrer, et la conclusion est sans équivoque : les reflets observés sur la Lune sont ceux des panneaux solaires d'une base lunaire centenaire! Chut! Je n'ai pas terminé! Comme je suis impliquée dans la découverte et que ma curiosité n'a rien à envier à la tienne, j'ai décidé que nous ferions les deux parties de la mission "H3". Nous alunirons ensemble!

– Y a-t-il un scaphandre à la taille de Zin'?

– Humpf! N'exagérons pas : elle nous attendra sagement dans la Station avec "tata Darin'".

Mon rire éclate dans la maisonnée. À cause de l'image de Zin' sur les genoux d'une commandante générale assise à son poste devant les dizaines d'écrans de contrôle, mais, aussi, par l'immense fossé qui s'est formé entre la mentalité actuelle et celle qui avait cours il n'y a que six Cycles. Quelle cascade de changements de paradigmes, c'est inouï!

Je caresse les boucles de ma Reine.

– Viens, allons déguster ce que tu n'as encore jamais eu l'occasion de manger!

Je cours au bas des escaliers et atteins les marmites avant même que Tani ne pose le pied au rez. En deux temps et trois mouvements, les assiettes dûment préchauffées sont servies.

Assis en face d'elle, j'attends le verdict.

Prudente, Tani commence par une petite bouchée de légume et la mâchouille consciencieusement, puis fait de même avec la friture. Rapidement, elle reprend l'opération. Mais, cette fois-ci, avec un morceau nettement plus conséquent. Tout en me lançant un regard pétillant, elle finit de déglutir :

– C'est absolument dé-li-cieux! Effectivement exotique, avec, concernant le végétal, un discret côté courgette dans la texture. Son goût et sa légère amertume dans le fond tiennent presque du topinambour. Par contre, la tendresse de la chair grisâtre et la force de son fumet restent un mystère. Ça pourrait être une viande, parce que j'y sens une présence de protéine, mais cela m'étonnerait de ta part. Un champignon, éventuellement? Non, je ne vois pas. Dis-moi!

– Une variété de larves. Elles sont prises fraîches, rarement séchées, simplement frites à l'huile! En sortant de son cocon, l'insecte est un très grand papillon aux ailes jaunes. Il devient alors extrêmement dangereux.

Tani me regarde :

– Inutile de me ménager! Je sais que les autochtones du royaume des deux reines mangent les larves du même papillodard qui a tué Iséb. Je pense qu'ils sont tout à fait en droit de le faire! Cela fait partie de l'équilibre naturel.

– Il aurait été bon de connaître la recette avant qu'Iséb ne fasse les frais de notre ignorance!

Ma compagne s'attelle immédiatement à éteindre le sentiment de culpabilité, ainsi que le remords d'avoir proposé précisément ce menu.

– Vous n'y pouviez rien! En tant qu'explorateurs, nous savons d'avance que nous prenons des risques et que nous aurons à les accepter. Et ceci ne va pas nous empêcher de profiter de ce qui est goûteux pendant que nous sommes encore en vie! Bon appétit!

Pour appuyer ses affirmations, elle attaque de plus belle la friture.

Elle a du cran. Bigre! Elle a vraiment du cran!

Mais elle a raison : victimes et prédateurs sont partie intégrante de la nature. Nous mangeons le reste de bon cœur.

Inutile de préciser que la vaisselle est restée exceptionnellement en attente, telle quelle.

Diantre! Il faut bien profiter de l'absence de notre enfant, pour pratiquer d'autres activités!

Dès le lendemain, les dispositions en vue de rejoindre la Station sont prises. Nos communicateurs chauffent à force de transmissions et la plateforme de décollage, autant que la zone du Grand Hangar, est en effervescence.

À l'ouest du bâtiment, on vérifie le volume de gaz des poches de l'Ascenseur, d'abord celles du pont de chargement, sur lequel est parquée la navette.

Les embouts de gonflage des cinq ballons de suspension sont faits de tubes rigides qui peuvent coulisser sur plus de quarante mètres le long des cordages de maintien. Une échelle double est prévue pour atteindre, au besoin, les bouchons de remplissage même lorsque le pont est à son plus haut niveau. De cette façon, quand la météo le permet, il est possible d'amener un véhicule orbital jusqu'à une hauteur de cinquante mètres. Ce système rend les décollages presque inaudibles depuis le sol.

À côté, le large terrain plat devant le Grand Hangar, offre une scène presque comique tant les pièces et les outils changent souvent de mains. Les essais, pour transformer les dirigeables en véritables chalands volants, nécessitent d'innombrables ajustements et d'échanges de morceaux partiellement préassemblés. Sans vouloir me moquer ni être péjoratif, cela me fait penser à une fourmilière!

Nos ancêtres, à l'époque frénétique de la quête du bien-être illusoire d'avant la Grande Destruction, étaient-ils aussi à ce point empressés et fébriles?

Je repère Tendlor, la mine aussi affairée qu'épanouie, parmi les excités. Même si cette équipe reste sur Terre, le cœur des individus est au firmament. Je les adore.

Bon! Assez observé ce que font les autres, il faut que je me bouge. J'ai aussi suffisamment à faire.

Plus tard dans la soirée, je reprends les cartes lunaires et essaye de mémoriser les données avant de rejoindre Tani. En m'apprêtant à monter les escaliers, je passe près de la porte de la chambre de Zin' qui nous est revenue. Je l'entends chantonner, mais sa voix se fait toujours plus douce et ténue. Elle est sur le point de s'endormir.

* * *

Presque en même temps que les pépiements des premiers oiseaux de l'aube, ce sont les cris de Zin' qui me réveillent :

– On y va? hey! On y va?

Pendant que je me sors du lit, un "Mmmmmm!..." s'élève d'une touffe grise enfoncée dans un oreiller. J'enfile ma tunique d'intérieur, encore étourdi et maladroit, je m'appuie sur le garde-fou donnant sur le séjour.

Je n'en crois pas mes yeux :

– Zin'! Mais qu'est-ce que tu fais? Tu es déjà tout habillée?

Elle sautille :

– On y va! Allez, on y va, maintenant!

– Mais chouchou, on a tout le temps! En attendant, sors couteaux, cuillères, assiettes et tasses. Je descends préparer le p'tit déj.

Je retourne me changer et Tani, sous la couette, s'est à moitié redressée sur les coudes, laissant paraître ses jolis seins. Souriante devant mon admiration, elle lance sur un ton faussement irrité :

– Elle est si impatiente que ça? Oh! Octa, nous avons engendré un vrai monstre!

L'occasion est trop belle : je me penche pour coller un bisou sur chaque téton de la ronchonneuse.

– Allons, debout ma Reine, l'Impératrice réclame notre présence!

* * *

En réalité, on pourrait définir Zin' comme "Infernal paradis". Elle est simplement "merveilleusement accaparante", "redoutablement angélique" ou "catastrophiquement adorable"! Et même dans la navette, dans la phase de démarrage qui triple presque notre poids, elle arrive encore à gigoter d'excitation! J'ai beau lui signifier de se calmer...

– C'est plus fort que toi, hein, ma puce?

Tani me corrige avec la voix ensommeillée :

– Pas "ma puce", mais : mon petit dragon!

Zin' ne s'en pacifie pas pour autant. Elle serre ses minuscules poings et s'exclame :

– Bigre! Bigre! Bigre! Que c'est bien! Que c'est géniaaaaaaaal!

Personne n'arrive à se retenir de rire haut et fort!

Arl, Dzab, Tasiilio, Olpa et Lenida avec Aréél, leur fille pourtant en bas âge, Oyssa et Balrom' avec Tidl, leur fiston, assis au fond de leurs sièges et même Erdezan' qui est pourtant aux commandes derrière une cloison, aucun ne résiste!

Mais tous se taisent dès le début de la seconde phase : la microgravité, quand l'accélération de navette est neutralisée par sa position, entre éloignement de la Terre et approche de la masse de la Trotteuse. Les regards sont rivés sur Zin' et les visages ont tous une mimique similaire et qui exprime la question de circonstance : "Que va faire Zin?'"

Notre cabotine de princesse, consciente d'être déjà une légende en ces circonstances, ne tarde pas à entrer en scène :

– Haa! Je me souviens!

Et elle essaye immédiatement d'ouvrir ses sangles dans l'espoir de flotter.

Mais elle fronce, et ne parvient pas à décrocher la boucle. Zin' l'ignore, mais heureusement ce genre de situation a été prévue dès la conception des systèmes de sécurité : il y a une commande à distance pour fiabiliser les sièges occupés par des enfants.

– Hé! J'aimerais voler! Papa! Comme la dernière fois... Han! Han! Han!

Je regarde Tani et reçois le signal en retour. J'attire l'attention de ma puce :

– Ne bouge plus Zin'! Attends!

Un faible cliquetis se fait entendre et comme je suis en face du dragonnet, je saisis le monstre à la taille et le place au milieu du couloir.

– Voilà, ma petite astronaute, mais prends garde à tes mouvements!

Elle répond tout en réussissant une vrille sur elle-même :

– Merci papa! Ouah, c'est extra!

Mais sa joie est écourtée : la Station n'est plus si lointaine et je l'attrape, avant qu'elle ne tente une poussée du pied pour atteindre le hublot ovale donnant sur la cabine de pilotage.

– Stop! Mon trésor, stop! Là, on ne va pas tarder à s'amarrer à la Trotteuse. Je te pose à ta place et tu boucles tes sangles, ma chérie!

Comme annoncé, la navette accoste la Station et les portiques des sas s'ajustent, pendant que les passagers se détachent pour se remettre sur pied, excepté Aréél qui reste harnachée sur la poitrine de son père.

Tout ce beau monde entre dans OSP-01. Il n'y a pas d'accueil particulier, cette fois-ci. Ce qui est parfaitement normal, puisqu'il y a moins d'un Cycle, nous étions venus à la Fête de l'Éveil.

En principe, les familles connaissent leurs quartiers, je prends Zin' comme un sac sur l'épaule et, avec elle amusée par sa position et Tani qui me tient la main, nous nous dirigeons à la cabine habituelle. Ma fille a pris du poids. Dix pour cent, exactement.

Nous n'en sommes plus qu'à quelques pas de l'objectif quand un officier, souriant, vient à notre rencontre. Tani, toute contente de voir une tête familière, s'exclame :

– Yolasi Parikal! Oh, pardon! Capitaine Principal Yol....

– Pas de ça entre nous Tani... surtout que si tu n'es "que" lieutenant, et non ma supérieure hiérarchique officielle, ça ne l'est que par oubli d'avoir ajouté des gallons sur tes manches! Heureux de te retrouver en forme et Octa et Zin' aussi! Vous avez tous l'air d'aller bien, et ceci malgré vos incroyables péripéties et vos épuisantes recherches. En fait, Darin' m'envoie pour vous intercepter avant que vous ne vous trouviez devant porte close! Attendez, ne faites pas cette tête, je vous explique : vos nouveaux quartiers sont plus près à la fois du Central et du poste de commandement, pour plusieurs raisons : premièrement, votre fille a grandi et il lui faut une vraie chambre, également pour la suite. Deuxièmement, Yaro a insisté pour que vous soyez au plus proche de son "Atelier" ou "Salle des Trésors", comme il aime appeler son antre de génie et troisièmement, Darin' veut vous avoir sous la main! Vous n'aurez pas à vous plaindre, votre appartement désigné est plus spacieux que l'ancien.

L'attention qu'on nous porte est vraiment touchante. Il n'en demeure pas moins que je me réjouis de connaître la suite du programme. Je profite des tortillements de Zin', qui font diversion, pour poser une question à l'officier :

– Dis-nous, cher Yolasi, sait-on déjà où et quand aura lieu un premier briefing?

– Désolé, je n'en ai pas la moindre idée. Je crois que notre Commandante Générale est avec Yaro en ce moment. Je suppose qu'ils sont précisément en train de tout planifier.

Zin' se laisse glisser le long de mon ventre, envieuse de retrouver le contact du sol, pendant que je place ma deuxième question, celle qui me turlupine bien davantage que la première :

– À propos de Yaro, comment va-t-il?

– Enthousiaste, comme toujours, par contre je le trouve très fatigué. Il pourrait bénéficier de plusieurs solutions médicales, mais il a tendance à considérer tout ce qu'on lui propose comme de l'acharnement thérapeutique. C'est une forte tête! Vous le verrez tout à l'heure. Pour l'instant, nous voici arrivés à vos appartements. Vous n'avez pas besoin de pass, l'entrée est programmée pour s'ouvrir en votre présence. Les quartiers de La CG Darin' sont juste là, derrière la troisième porte à droite. Un peu plus loin, en tirant toujours sur la droite, vous trouverez un des couloirs qui donne directement sur le Central. Le premier à gauche mène au commandement... Mais, Tani connaît parfaitement le chemin! Je vous laisse vous installer. À tout à l'heure!

Avec une caricaturale synchronisation, et du même geste nous sommes tous les trois à lui faire un joli "au revoir" de la main.

Effectivement, la porte s'ouvre à notre approche et nous restons un instant émerveillés dans l'encadrement. Zin' est, évidemment, la première à se lancer... au propre comme au figuré!

– Ouiiiiiii! C'est bien là! C'est un autre chez nous çaaaaaaa!

Ça n'est toujours pas aussi grand qu'un habitat normal du Village, mais il l'est néanmoins une fois et demi plus que celui que nous avions hérité d'un ancien haut-officier, disciple du révérend fou!

Nous sommes les trois, assis autour de la table ronde du coin-cuisine, et finissons de grignoter les galettes de protéines prises dans le placard des réserves. Tout en mâchant, je me fais une réflexion à haute voix, pour la partager avec mes deux chéries :

– J'ai bien aimé la remarque de ton collègue, juste avant qu'il retourne à son service : "Je vous laisse vous installer". Elle est bien bonne, tiens! Nous n'avons rien eu à emporter avec nous et ce que nous avions dans l'ancienne armoire a été très soigneusement rangé par nos hôtes!

Tani surenchère :

– Mieux que cela : les habits qui auraient été trop petits pour Zin' ont été remplacés. Sa garde-robe est neuve et parfaitement adaptée à sa taille!

Zin' a aussi son mot à dire :

– C'est tata Darin', c'est sûr. En plus elle connaît mes goûts!

Confrontés à cette démonstration inédite de coquetterie, les parents restent muets.

Que nous n'ayons rien dû mettre en place n'est pas si mal. Parce que, même avec le peu de vaisselle utilisée, nous avons

130

à peine réussi à la débarrasser, qu'une annonce résonne dans l'appartement !

"Pour toutes les personnes impliquées dans l'Opération Lune, la réunion d'information a lieu sur l'esplanade du Central. Vous êtes priés de vous y rendre dès maintenant. Merci."

Je me tourne vers Zin'.

– OK, ma puce. Tu préfères rester jouer ici, ou trouver des complices en bordure du Central?

Ma fille fait de grands yeux et prend un air offusqué :

– Mais, je viens à la réunion. Je veux savoir, pas me distraire à des bêtises!

Tani et moi nous regardons et haussons les épaules avec un sourire qui tient plus de la fierté que de l'amusement. Tani pose sa main sur la tête de la petiote.

– Allons-y, alors!

Il y a une différence notoire, entre mon premier séjour dans la Trotteuse, et aujourd'hui : la transparence.

Jamais, au grand jamais, Yoser et sa clique de fanatiques n'auraient pu tranquillement tenir une réunion officielle, pendant laquelle des décisions sont susceptibles d'être prises à haut niveau, entourés d'un public curieux de se tenir informé.

Il doit y avoir près de trois cents personnes assises en demi cercle autour de l'estrade permanente placée, plus ou moins, à l'aplomb du simili soleil suspendu au milieu de l'énorme cylindre au cœur de la Station. Pourtant, le projet prévu n'en concerne directement qu'une cinquantaine.

Les explorateurs, les pilotes et les principaux techniciens et scientifiques sont assis devant.

Pour la petite histoire, je viens d'apprendre qu'on nous a déjà trouvé un sobriquet : les lunatiques.

Bref!

Avant de nous installer à nos places réservées, ce qui est une précaution qui m'étonne beaucoup, Tani et moi avons eu l'occasion d'embrasser notre ami Yaro. Zin' a, par la suite, bien résumé notre impression commune :

– Oh, là là! qu'est-ce qu'il est vieux cet ami!

Comme c'est vrai! Je me souviens de l'inventeur infatigable et fringant, alors que maintenant... Je dois arrêter ces cogitations qui m'empêchent d'être à mon affaire! Darin' nous a déjà expliqué l'utilité de visiter le grand satellite, mais voici justement Yaro qui prend la parole :

– Vous avez abondamment été éclairé quant à la nécessité de l'Opération H3. Aussi, laissez-moi entrer dans le vif du sujet et vous transmettre quelques informations plutôt techniques.

Une carte holographique de la Lune apparaît et, tout naturellement, son index droit s'allonge pour y désigner un emplacement. Yaro continue :

– Voici l'endroit précis que nous devons visiter. La zone est modérément éclairée et pourtant on y distingue quelques anomalies intéressantes. En agrandissant cette partie, on peut clairement reconnaître une construction artificielle avec son toit de panneaux solaires. Plus intrigant, observez les formes géométriques simples, parfaitement rectilignes qui entourent cet artefact. Voyez la différence de coloration entre les découpes en escalier et le reste du sol lunaire : elle n'est pas la même! Je soupçonne que la surface a été grattée jusqu'à sa strate de régolite dans le but de traiter les poussières météoritiques riches en H3 et certainement aussi en autres minerais.

Yaro, par gestes, centre le plan sur la construction et fait un zoom avant.

– Pardonnez-moi, l'image devient un peu floue. C'est l'agrandissement maximal, mais je veux vous faire part de mes espoirs. Regardez le renflement rectangulaire autour de celui qui émerge du sol. À mon avis la partie visible, qui mesure environ dix-huit mètres sur trente, n'est qu'un dégagement de ce qui a dû être une base d'importance majeure pour la Terre. Probablement l'entrée principale avec, peut-être, un local protégé pour de grosses machines. Car il n'y a aucun doute, et les recherches de ma collaboratrice du Manoir le démontre clairement, il s'agit bien d'une mine lunaire qui avait été terminée, et mise en activité, peu avant la Grande Destruction!

Des exclamations émerveillées fusent dans le public, tandis que les "lunatiques" suivent les explications avec concentration. Yaro lève les bras pour quémander le silence. Or, cela a pour effet de provoquer des distorsions assez comiques de la projection holographique. Mais les rires font rapidement place à une écoute attentive. Yaro poursuit donc :

– Les surfaces planes, près de cette ancienne base, sont particulièrement plates, un alunissage à sa proximité ne devrait présenter aucun problème. Comme le temps nous est compté, les travaux de préparation ont commencé bien avant d'avoir en main les détails. Les combinaisons spatiales ont été améliorées et les deux navettes qui se poseront sur le sol, ainsi que celle de réserve qui restera en orbite, ont eu droit à quelques modifications mineures, mais nécessaires, en particulier sur l'appareil chargé d'assurer les arrières des explorateurs qui auront aluni. Nous l'avons baptisé le SOS_01 et il demeurera au-dessus à faible altitude, prêt à intervenir au besoin. Voici, dans les grandes lignes, ce que j'ai à vous dire. Darin' va, maintenant, donner les instructions générales aux équipes. Merci!

Les applaudissements accompagnent la fin de la présentation de notre super bricoleur et, sans s'interrompre, saluent le retour de Darin' sur l'estrade.

– Merci Yaro. Je vais être brève, car les détails plus précis et concernant chaque type d'intervention seront fournis tout à l'heure à qui de droit. Nous devons très rapidement connaître le potentiel des découvertes lunaires, afin d'élaborer un plan B si nos espoirs devaient être déçus. Pour cette raison, le débarquement sur le satellite est prévu dans six jours...

Cette fois-ci, l'étonnement se manifeste parmi le groupe de la cinquantaine de participants à l'aventure et plus particulièrement des probables explorateurs.

– Rassurez-vous, cela suffira amplement à vous préparer psychologiquement et physiquement. Vos compétences et aptitudes naturelles vous ont désigné, ce n'est plus qu'une question de prise en main des outils. Dès le prochain huit, les "lunatiques" et leurs éventuels remplaçants vont faire les tests de taille et de maniabilité de leurs combinaisons en intérieur. Ensuite, vous aurez droit à votre huit de repos. Les premiers entraînements sur la coque de la Station commenceront au troisième jour, après les quelques briefings et cours théoriques. Les équipements spéciaux seront étudiés par équipes, en alternance avec les essais en extérieur. Dans l'immédiat, j'aimerais voir toutes les personnes, figurant sur cette liste, au poste de commandement.

Un nouvel hologramme apparaît. J'y lis le nom de Tani, le mien, d'Erdezan' et celui d'autres aventuriers que je me réjouis de rencontrer.

Nous sommes un groupe d'une quinzaine à nous lever simultanément pour entourer Darin'. Ensemble et sous les regards un peu perplexes des "Orbitiens", comme la Commandante Générale se plaît à définir les habitants des lieux, nous alignons nos pas dans le couloir principal. Personne ne songe à parler, puisque les explications détaillées ne vont pas tarder à éclairer nos lanternes!

Colonie

Assis avec Tani et Zin', nous voici à la veille de notre trajet à la Lune. Il ne sera pas très long. Nous serons au plus proche d'elle. Zin' n'est pas peu fière de ses parents, bien qu'un poil vexée de ne pas avoir reçu une combinaison spatiale pour pouvoir venir avec nous.

Tani se met à bâiller :

– Tu sais, Zin', ça n'est pas si facile de se promener dans le vide dans un habit relativement rigide qui plus est! Moi, j'en suis presque épuisée. D'ailleurs, je vais me coucher dès maintenant pour être en forme au moment du départ.

– Vous, les grands, vous avez toujours des excuses à tout. C'est énervant, quand même!

Je ris et caresse la tête, déjà grisonnante, de ma fée dragonne :

– Ne t'inquiète donc pas! Les années passent bien assez vite, et ton tour d'enfiler des combis de toutes sortes viendra! Pour l'instant, ta jolie maman a raison : allons tous au lit!

Au réveil, c'est le jour "L" et le temps semble se dérouler en accéléré!

En fermant les sangles du siège, je note les flagrantes différences d'avec l'installation, presque devenue une habitude, lors des trajets Terre-Station, et retour. Les fauteuils plus larges, les gestes rendus moins naturels à cause de l'épaisseur de l'habillement spécial, la boucle d'attache plus difficile à atteindre, des cadrans de contrôles supplémentaires et des fournitures empaquetées, réduisant globalement l'espace de la soute de la navette, sont bien davantage que des détails. À quatre, nous remplissons presque l'habitacle, alors que, dans ces mêmes véhicules, une douzaine de personnes peuvent prendre place à chaque trajet! Deux à deux, nous sommes face à face avec nos coéquipiers. J'ai Tani à ma droite. En face d'elle est assise Kalia Aatsib et devant moi Yotanis Ségoral est en train de réajuster le poignet de sa manche. Erdezan' pilote l'appareil. Il vient justement de quitter l'amarre de la Station et enclenche la propulsion.

Je plaisante :

– Au moins, où nous allons, nous ne risquons pas de nous

perdre de vue!

Kalia rétorque :

– Et pourtant, nous serons, avec le lieutenant Yotanis, peut-être cachés d'un côté de l'engin et vous, à l'opposé, derrière le fameux bâtiment? Pendant que nous resterons à faire nos prélèvements de sol et nos préanalyses, qui sait dans quelles combines des aventuriers de votre trempe iront-ils encore réussir à se fourrer? Votre drôle de réputation n'est plus à refaire, vous le savez bien!

Le visage de Darin' apparaît brièvement sur un écran.

– Selon nos contrôles, tout fonctionne à merveille. Bonne visite et bon vent... solaire!

Yotanis respire profondément et paume sur ses genoux, il nous regarde l'air pensif :

– J'ignore comment était la vie dans la Station vers la fin du commandement de CG Carlonicum Estariaro, puisque je ne suis que fraîchement sorti de ma leehrcryo. Toutefois, du peu que j'en ai appris, je crois que l'ambiance a radicalement changé depuis et il paraîtrait que vous deux y êtes pour quelque chose. Qu'avez-vous donc fait?

Nous n'avons pas besoin de répondre. Kalia le fait à notre place :

– Mon pauvre Yotanis : c'est beaucoup trop long à raconter! Il est préférable de patienter jusqu'après la fin de la mission et de prendre, en plus, une bonne semaine de congé à notre retour. Tout est dans les archives du réseau! Mais, pour l'instant, d'autres préoccupations nous attendent : je crois qu'Erdezan' est en pleine phase d'alunissage!

En effet, après un arrêt à peine perceptible, nous sentons modérément nos corps prendre appui au siège.

– Bigre! Un sixième de mon poids... ce n'est pas grand-chose!

Nous rions pendant que nous enfilons nos gants et casques. Comme à l'entraînement, les coéquipiers vérifient mutuellement le bon fonctionnement de leurs scaphandres.

Les contrôles terminés, les voyants passent au vert et le grand moment est arrivé. Nos micros enregistrent le chuintement de l'air qui s'échappe, la trappe arrière s'ouvre. Debout devant un terrain à peine éclairé par une lumière frisante, je suis cependant obligé de rabattre ma visière polaroïd. Les autres font de même, le soleil qui se découpe sur l'horizon est aveuglant.

À l'opposé, les ombres s'enfuient au loin, dans un court dégradé qui se noie dans une obscurité totale.

Impressionnant!

Pendant que Kalia et Yotanis montent les trépieds et fixent les lampes autour de la navette, j'empoigne le sac à compartiments destiné aux échantillons et rattrape Tani en sautillant. Erdezan' nous rejoint alors que nous atteignons ce qui semble être une porte blindée. La surface en est passablement rayée, probablement par de multiples chutes de micrométéorites, si bien que les caractères et les chiffres qu'on y devine encore ne peuvent plus être identifiés.

Tani sort une pelle de prospection et la regarde un instant avant de maugréer :

– Il faudrait essayer de l'ouvrir, mais avec ça, on ne va nulle part!

Elle tente d'insérer le bout de son outil dans la rainure verticale qui traverse, de haut en bas, ce qui devrait être une porte.

– La fente est même trop mince pour y glisser quoi que ce soit!

Je repense au passage menant sous le Manoir, celui où Tani m'avait piégé :

– Et s'il y avait un mécanisme pour entrer? Il est, peut-être caché, recouvert par la couche de poussière amoncelée au pied de l'encadrement? Prête-moi ta pelle, s'il te plaît. Un balai aurait été préférable. Cette poussière est tellement fluide qu'elle en est quasi aquatique dans sa manière de vouloir reboucher la cavité à fur et à mesure!

– Fichtre! Tout ça pour ça! Il n'y a rien là-dessous. C'était prévisible, mais il fallait bien tenter le coup. Prenons déjà quelques échantillons.

Tani sort les récipients spéciaux, conçus pour résister aux différences de pression et de température, en contrôle les numéros et m'en tend un premier.

– J'ai vérifié qu'il ne s'agisse pas de la série de coffrets réservés aux fouilles de Kalia et Yotanis. Les cinq prochains sont destinés aux poussières ramassées en surface à moins de six centimètres, tous les cinq mètres en partant de cette paroi.

Le système de couvercle est prévu pour être facile à manipuler avec nos gants. J'ouvre le premier et, avec la pelle à l'horizontale, collecte de quoi remplir la première boîte. Je vois Tani poser les récipients au sol et Erdezan' contrôler les distances avec une chevillère. Comme je m'apprête à parcourir l'intervalle suivant, j'entends un cri et aperçois Tani, à plus d'une trentaine de mètres, qui me montre du doigt! Comme elle n'émet plus le moindre son, je n'arrive pas à interpréter son geste :

– Qui, quoi? Qu'est-ce qu'il y a? J'en ai oublié un?

Tani ne fait que rester là, à hoqueter dans son micro.

Mais Erdezan' revient en sautillant et Tani me répond enfin, le timbre tremblant :

– Derrière toi Octa... il... il s'est produit quelque chose... Regarde!

Je me retourne et, médusé, constate que les panneaux de la porte blindée ont disparu dans le mur. Une entrée bâille comme une bouche qui appelle.

Par précaution, Erdezan' et moi avons chacun coincé une pelle de chaque côté de l'ouverture, dans le rail de guidage au sol. Kalia et Yotanis nous ont rejoints. Tani est en conversation avec Yaro et Darin' dans la Station.

– Vous recevez toujours les images en temps réel malgré votre position orbitale à l'opposé de la planète, en principe. Je vous répète le plan que nous avons discuté entre lunatiques, et que le centre de contrôle a suivi tout à l'heure. Que pensez-vous de l'idée?

Darin', qui ne quitte plus son poste de commandement, répond :

– C'est le plus logique. Toutefois, je crois que Kalia et Yotanis devraient vous attendre dans la cabine de pilotage de la navette et être prêts à toute éventualité, y compris celle d'un décollage d'urgence. Quant à vous, effectivement, il est préférable de pénétrer dans cet endroit inconnu à trois. Erdezan', tu resteras peut-être quelques mètres en arrière pour éviter que tous se mettent en danger en même temps. Faites de votre mieux! Yaro est à mes côtés. Il a un message à vous transmettre.

Une voix chevrotante d'émotion remplace celle bien posée de Darin' :

– Ah! mes chers, comme j'aimerais être avec vous en ce moment fantastique! Une ancienne base dont la porte s'est ouverte. S'il vous plaît, avant d'aller trop loin, vérifiez si les communications continuent à fonctionner. Quoi qu'il advienne, à moins qu'il n'y ait danger de mort, nous restons en observation sans intervenir, pendant que vous irez explorer tous les recoins possibles. Ne prenez pas trop de risques, pourtant, je constate que vous avez bloqué l'entrée. Or, il s'agit sûrement d'un sas, par conséquent il est probable qu'il faille la laisser se refermer pour en voir d'autres s'ouvrir! Voilà, allez-y et espérons que le contact ne soit pas interrompu. Bonne chance les amis!

À peine Kalia et Yotanis enlèvent-ils les pelles que les épais montants bouclent toute sortie.

Pendant quelques instants, il ne se passe rien. Nos lampes sur nos casques ne balayent que l'obscurité entrecoupée aléatoirement par un pilier de béton, quelques caisses, ou des armoires murales. Puis, une lumière vient progressivement éclairer la pièce. Le chuintement caractéristique d'un changement de pression résonne dans nos écouteurs.

On dirait bien qu'il ne s'agit pas d'un piège. Tani parle la première :

– Ici la Lune, quelqu'un m'entend-il à l'extérieur ou dans la Station? Plusieurs voix, légèrement atténuées, répondent en même temps :

– Ici Yotanis, je vous reçois!

– Ici Darin' quatre sur cinq! Yahouh!

Le dernier cri étant de Yaro, bien sûr.

– Ici Octa, il va probablement y avoir une suite et nous devrions entrer plus loin dans la base. Nous continuerons de tester la qualité de la communication étape par étape. Sur le compteur de ma manche, la pression environnante correspond à la normale terrestre et les sifflements des buses se sont tus. Je pense qu'il s'agit d'une stabilisation.

Erdezan' intervient :

– Ce doit être ça. Des voyants viennent de s'allumer autour

d'une autre porte et elle s'ouvre! Regardons nos appareils : aucun changement de pression. Nos caméras vous diffusent-elles toujours des images?

La voix filtrée de Darin' confirme :

– Oui. La qualité n'est pas terrible, mais suffisante. Refaisons un test une fois la deuxième cloison passée... Mais, qu'est-ce que c'est? On entend des sons!

Une musique de fond s'est enclenchée et pas n'importe laquelle : du "Rock" très rythmé, si l'on en croit les archives de la Station!

Au sol, des lumières se sont allumées et, avec une façon de clignoter très suggestive, indiquent un chemin à suivre. Une troisième porte automatisée nous convie dans un salon aux parois bleu ciel et meublé de canapés aux formes carrées. Dans une ouverture, en face, un rideau s'écarte pour laisser passer trois personnages, manifestement d'allure humaine, souriants aimablement dans leurs tenues de travail moulantes.

Je m'exclame :

– Cette base est donc encore habitée!

L'un d'entre eux, affichant un numéro quatre imprimé en rouge sur le devant de l'épaule gauche, se fait porte-parole :

– Nous sommes effectivement des occupants de cette fière colonie et nous vous souhaitons la bienvenue. Voudriez-vous vous asseoir?

Sidérés, nous nous exécutons sans mot dire sur le large canapé de droite, pendant que nos trois hôtes prennent place en face. Le petit homme continue :

– Vous pouvez enlever vos casques et vos gants sans crainte. La qualité de l'air est optimale, et ceci, depuis le premier jour d'exploitation. Nous sommes très heureux d'enfin revoir nos partenaires terrestres, car cela fait bien longtemps qu'une panne semble empêcher l'envoi de nos rapports. Toutefois, cela tient peut-être à des changements de fréquences. Nous savons que vos communications fonctionnent. Il est par conséquent de notre devoir de modifier nos réglages pour que les échanges retrouvent la normale. Si nous ne faisons rien, l'épaisseur des murs va entraver la possibilité de rester connectés à votre nouveau type de réseau. Il faut l'éviter à tout prix!

Après avoir jeté un dernier coup d'œil au détec, m'être assuré de la qualité de l'atmosphère, et de l'absence de toxicité ou de cellules parasites sur les autres appareils tous inclus sur l'avant-bras de ma combinaison, j'enlève mes gants et retire le casque. L'air est respirable, bien que si totalement insipide, que je n'arrive pas à me convaincre qu'il sente bon. J'en profite pour en savoir plus :

– Tout d'abord, laissez-moi vous remercier, également au nom de mes collègues, de votre agréable accueil. Comme nous ne nous attendions pas à trouver une quelconque activité dans cette base lunaire, m'autoriseriez-vous à vous poser quelques questions?

L'homme semble très étonné, mais acquiesce :

– Bien entendu, nous considérons qu'il est de notre devoir d'y répondre. Par ailleurs, sachez qu'à aucun moment nous n'avons failli à notre mission et avons toujours fait tout ce qui était en notre pouvoir pour fournir les meilleures prestations possible.

Quelle étrange manière de s'adresser à des inconnus fraîchement débarqués! Entre-temps, Tani et Erdezan' ont aussi laissé casques et gants, heureusement d'ailleurs, on crève de chaud dans ces combis. Je passe aux questions :

– Toute l'architecture de la base ressemble parfaitement à ce qui se faisait à la même époque. Pourtant, les éléments ont bien dû être soit fabriqués sur place ou importés. D'où provient la matière première qui a servi à construire ce bunker lunaire?

– Oh! C'est très simple! Il y avait tellement d'épaves et de déchets tournant autour de la Terre, qu'il a fallu un moyen de s'en débarrasser de la manière la plus rentable possible. Vous pensez : il paraît que c'est un groupe de milliardaires de la planète qui s'est chargé de l'intervention. Ils ont dû en profiter pour s'enrichir encore davantage! Ha! Ha! Enfin, je suppose... Nous, nous sommes arrivés alors que tout était installé depuis longtemps.

– Aujourd'hui, combien êtes-vous, à maintenir cette base en état de marche?

– Huit en mode actif et par alternance, les autres dix-huit opérateurs sont en mode cryogénie. Actuellement, quatre des nôtres sont en récupération. Le quatrième de notre équipe est absent, car il ne peut pas quitter son poste. Il doit toujours y avoir quelqu'un au pupitre, c'est la règle.

– Et vous menez la barque, ainsi, depuis longtemps?

– Difficile à dire : toutes nos horloges sont tombées en panne à peu près en même temps que les liaisons, d'ailleurs.

– Bigre! Ce devait être quand les satellites de communication ont commencé à se faire détruire les uns après les autres.

– Les commsats détruits? Quelle terrible nouvelle! Ça expliquerait beaucoup de choses, effectivement. Vous les avez remplacés, bien entendu?

– D'une certaine manière, oui. Mais, comme vous l'avez imaginé, par un système différent, d'où votre incapacité à donner signe de vie!

Mon interlocuteur penche brièvement la tête de côté, comme s'il essayait de mieux écouter la musique, puis se lève subitement, la mine réjouie :

– Ah! À ce propos : j'entends que notre collègue du pupitre a justement réussi à se synchroniser avec votre réseau!

Tani réagit à cette affirmation :

– Vraiment?

Et ce n'est pas ce cher numéro quatre, que nous ne connaissons pas encore, qui lui donne la réplique, mais Darin' avec sa voix forte et claire :

– Parfaitement, les amis. Ici la Station. Nous vous recevons cinq sur cinq : sons et images!

Revenus de nos émotions, commence la visite officielle de la base lunaire. Accompagnés de Un, Trois et Quatre, nous nous efforçons d'intégrer les explications malgré l'extraordinaire de la situation. Un détail, aussi, me frappe... il se trouve que les individus des lieux n'ont, pour seul nom, qu'un chiffre!

Il est perturbant de s'adresser à des personnes, comme si l'on voulait parler à nos dirigeables!

Une nouvelle démonstration d'une évidence : tout n'est question que de conventions!

Derrière le rideau se cache un ascenseur, qui nous amène selon le détecteur de mouvement à près de douze mètres sous la surface lunaire. Un couloir plus loin, en arrivant au centre de contrôle, nous faisons connaissance avec le Deux, assis au pupitre. Pour pouvoir se lever et nous saluer, il doit qu'Un se mette en place sur l'autre chaise pivotante. C'est ce qui s'appelle être à cheval sur le règlement!

Depuis quand sommes-nous à l'intérieur, à vadrouiller? Quoi qu'il en soit, cette visite sublunaire commence à être épuisante et mon estomac gargouille méchamment sous ma combinaison.

Ma concentration diminue d'instant en instant et un début d'hypoglycémie s'installe. Je n'y tiens plus et contacte la navette :

- Fichtre, que j'ai faim! avons-nous même pensé à prendre de quoi manger? Et au niveau de l'oxygène, à quoi en êtes-vous?

La réponse ne se fait pas attendre :

– Ici Kalia. Question pique-nique, nous venons de souper avec trois rations, il en reste huit. Par contre, il en va tout autrement pour l'air : nous n'en avons plus que pour deux heures! La bonne nouvelle est que la Station a profité de sa dernière proximité, pour remplacer la navette en orbite, au pire, nous pourrons recharger nos réservoirs d'oxygène pour revenir vous chercher...

Mais Trois se lève d'un bond et s'exclame :

– Oh, misérables! Nous sommes de sinistres crétins qui mériteraient une sévère sanction! Un, il faut immédiatement envoyer de l'oxygène dans la citerne de surface A! Nous avons complètement oublié que leur vaisseau pouvait être un modèle inhabituel. Quel impardonnable manquement à la sécurité des visiteurs! Et nous ne devons pas omettre de sortir des repas de la réserve, non plus!

Trois s'assoit au pupitre à côté de son collègue :

– Je vais mettre Six en poste à la buse quatorze. Elle est juste à une dizaine de mètres de leur navette et il pourra faire le plein.

Puis, en se tournant vers nous, il ajoute :

– Ne serait-il pas mieux que vos deux coéquipiers se joignent à nous? Il y aura à manger pour tous et assez de place et d'oxygène pour tout le monde.

Nous sommes seuls juges s'il faut ou non soupçonner nos hôtes de vouloir nous jouer un mauvais tour. Sans prononcer la moindre parole, nous nous consultons du regard et, finalement, après quelques instants d'hésitation, Tani s'adresse à l'équipage resté dehors :

– Que pensez-vous de la proposition? Il me semble que vous serez tout à fait en sécurité ici, une bonne douzaine de mètres sous régolite.

Les Luniens sont non seulement accueillants, ils déploient un maximum d'énergie pour satisfaire leurs invités. À croire que, malgré le mot d'ordre écrit en grand sur le mur du réfectoire : *"On n'est pas venu sur la Lune pour se faire emmerder!"*, ils apprécient de voir enfin de nouvelles têtes. Apparemment, notre présence est plutôt génératrice d'un immense soulagement!

Malgré tout, leur manière de vivre, ici, est particulièrement minimaliste. Non pas qu'on puisse la comparer à l'ascétisme voulu des ermites de la Salière, au contraire! Il me rappelle à quel point l'ambiance morne du Manoir, lors de mon premier séjour chez le Tigre, m'avait affectée. Il manque le climat que dégage une quête de sens, une recherche de sensibilité. Qu'aurait-ce été si j'avais dû rester dans cette base durant quelques semaines? Un cauchemar, probablement!

Je n'ai rien contre la simplicité ni l'abnégation... mais il y a des limites!

Cette eau si plate, comme distillée. Cette nourriture insipide, c'est terrifiant!

Avec Tani, Erdezan', Kalia et Yotanis, nous sourions et essayons de donner le change. Personne ne fait de grimace de dégoût ni ne fait la moindre remarque qui pourrait blesser nos hôtes.

Heureusement, il y a le dynamisme de cette musique, continuellement diffusée dans l'ensemble de la base : du vieux "rock" d'avant la Grande Destruction, avec des guitares aux milliers de sons, des chanteurs exaltés, des tambours, des cymbales en folie et plein d'autres instruments qui se joignent parfois à la fête! Il y a là une certaine compensation. En plus, les Luniens sont d'une efficacité redoutable. Ils réagissent à tout au quart de tour!

Vraisemblablement, avec leur petite taille et leur air de famille, ils doivent descendre de plusieurs générations de mineurs abandonnés à leur sort lors de la Grande Crise. Toutefois, par l'absence apparente d'occupantes, leur Cycles de survie étaient comptés. À moins qu'elles soient toutes cryogénisées pour assurer la relève...

Bien que soumis à une gravité six fois moindre que sur leur planète d'origine, les Luniens n'ont pratiquement pas muté et ont gardé un aspect terrestre. Mais qu'en est-il de la consanguinité? Sont-ils une démonstration vivante de la théorie de mutation spontanée de l'ADN, observée chez des peuplades longtemps isolées, dont parlent plusieurs articles à la Bibliothèque?

Mais, voici qu'arrive la fin du repas, suivi de l'inévitable moment d'inaction. Irrésistiblement, la chape de fatigue s'abat sur mes épaules.

Il est temps qu'on nous montre où dormir, peu importe l'inconfort éventuel, le sommeil trouvera son chemin. Car le transporteur n'est pas prévu pour s'y pelotonner douillettement et, qu'en plus, il semble évident que de nombreuses découvertes vont encore nécessiter notre présence en ces lieux.

Trois est, au contraire de ses invités, toujours aussi vif et aimable qu'à notre arrivée, quand il nous souhaite un bon repos et tourne les talons.

Avant que nous nous écrasions sur la même couchette, je parviens malgré tout à apprécier la propreté impeccable de cette pièce. Pour une cabine de mineur lunaire, elle n'a rien de celle dont devait se contenter le travailleur qui allait, il y a longtemps, chercher du charbon à l'aide d'une pioche.

Tani et moi voulions encore discuter et faire le point sur la situation de notre mission. Il n'en est plus question, maintenant.

* * *

Nous sommes réveillés par la voix de Darin' sortant des oreillettes posées sur un tabouret à côté de nos têtes :
– Bon, les braves! Est-ce l'air lunaire qui vous fait dormir neuf heures d'affilée?

La lumière dans la cabine augmente et la musique reprend ses droits, mais en sourdine. Probablement un automatisme enclenché par un détecteur d'activité...

Chacun enfile son écouteur dans une oreille et nous tirons à nous une des combinaisons, de manière à placer le micro, inséré dans le col, entre les deux. Je pense à une boutade facile :

– Bonjour Darin'! Tu sais bien : on ne peut pas se fier à des lunatiques!

– C'est cela! Pour en revenir à la mission : comment voyez-vous la suite? Tani se penche vers la combi :

– Les discussions à bâton rompu d'hier ont-elles été analysées?

– Oui, ma chère. En réunissant les morceaux, il est évident que la mine a continué de fonctionner non-stop, depuis sa création. Il faudrait concrétiser un transport de matière première afin d'étudier comment en extraire efficacement ce dont nous avons besoin. Ce serait un gain de temps inespéré!

Comme cette conversation a lieu en parfaite synchronicité avec les gargouillements intempestifs de mon estomac, je suggère :

– Eh bien! Profitons du p'tit déj pour tirer l'affaire au clair.

La discussion est close et nous nous préparons à rejoindre la compagnie.

Avec Tani, sur le chemin à la cantine, nous nourrissons l'immense espoir d'un approvisionnement miraculeux en minerais de première classe, avant même de songer à y trouver quelque chose de relativement agréable à manger. Ce qui ne semble pas plaire à mon système digestif, qui manifeste bruyamment mon manque de sollicitude!

Nous parlons de stratagèmes, de psychologie et de la meilleure manière de persuader les Luniens de nous céder quelques tonnes de leur poussière.

Erdezan', Kalia et Yotanis sont déjà assis au réfectoire et, à première vue, assez joyeux pour oser imaginer que leur p'tit déj n'a rien d'abominable.

Je m'apprête à attirer Tani vers l'automate d'aliments préconditionnés, quand Quatre vient droit sur nous et sans autre forme d'introduction nous annonce :

– Voilà! Tout est organisé pour l'expédition. Mais il faudra que vos cargos soient à portée de Lune! De plus, il faudra autre chose que vos navettes d'échantillonnage pour les transports, les containers sont beaucoup trop grands pour ce genre de barquettes!

Tani et moi nous faisons face avec le même air hagard. Quatre ajoute :

– Après tout, c'est pour cela que vous êtes venus!

H3 : go !

Darin', pourtant Commandante Générale aguerrie aux responsabilités, tremble de surprise :

– Déjà sous forme de gaz liquide? Et il y en aurait assez pour manœuvrer une dizaine de "Trotteuses" pendant plus de mille ans?

Elle s'assied. Pendant que Tani, à mes côtés, continue le bombardement de bonnes nouvelles :

– Je te répète ce que m'a dit Quatre. "Les ressources tirées de la Lune, de l'hélium 3, de l'aluminium et des métaux rares notamment, sont usinées et stockées ici, attendant vainement depuis des décennies que quelqu'un vienne enfin en prendre livraison". À ce propos, notre ami Lunien est à côté de moi et désire te parler. Allez-y Quatre, notre CG est toute à vous.

– Bonjour Commandante Générale. Nous commencions à nous demander si nous étions encore utiles à qui que ce soit. Vous tombez à point nommé pour donner du sens à tout le travail que nous avons accompli. C'est d'autant plus gratifiant du fait que cela sauve une Station orbitale menacée de pénurie imminente d'énergie. Nous les mineurs, sommes aux anges de pouvoir regagner une motivation à nos activités d'extracteurs. C'est notre spécialité. Nous y avons mis toutes nos compétences! Donc, une fois encore, merci d'être revenus.

Darin', peine à retrouver sa voix normale.

– Merci à vous pour tout le travail que vous avez fourni et de le partager avec nous. Nous vous en sommes redevables au-delà de ce que vous pouvez imaginer! J'espère trouver le temps de venir vous visiter, en personne, d'ici quelques... Lunes.

Quatre émet un son comique, puis souligne :

– J'ai entendu que vous comptez les mois en "lunes", c'est assez amusant, selon notre point de vue.

Tani reprend la parole :

– Les bonnes nouvelles ne sont pas terminées! Les centaines de conteneurs, dont plusieurs déjà installés sur des rampes de lancement, sont du même standard que les nôtres et parés à être catapultés sur une orbite lunaire!

Les fixations automatiques correspondent exactement aux crochets d'amarrage de nos transporteurs et des soutes de la Station. Nos engins n'auront plus qu'à les cueillir tranquillement. La marchandise est de la meilleure qualité, et utilisable dès son arrivée à destination!

Yaro, que l'on voit debout derrière le siège de la CG Darin' sur l'écran, en compagnie d'Arl, jubile :

– C'est au-delà de tous les espoirs que j'aurais pu nourrir! Et que pensent Quatre, et ses collègues, de l'invasion massive de terriens et d'Orbitiens? À leur place, cette perte de quiétude me perturberait passablement... et c'est un euphémisme!

J'attrape la parole au vol :

– Salut Yaro! Vois-tu, c'est tout le contraire. Il me semble que l'hyperactivité devait terriblement les éprouver. De quoi les rendre neurasthéniques. Sur le sujet de l'ennui, j'ai une autre demande : Zin' me manque beaucoup... nous manque, mais, puisque nous allons rester ici encore quelques jours, serait-il possible de la poser devant une caméra lors de notre prochain appel?

Darin' hoche vigoureusement la tête et Yaro traduit :

– C'est un peu hasard qu'elle n'y est pas actuellement. Elle s'est trouvé des camarades et joue au Central. Il paraît évident que, pour les communications qui suivront, nous nous ferons un devoir de prévenir la jeune princesse! Mais, je vous laisse. J'ai un bricolage sur le feu. Ciao!

Darin' en profite pour retourner à ses responsabilités.

– Merci, les amis. Apparemment, ceci est une mission réussie à mille pour cent! À plus tard.

Le moniteur s'éteint, puis passe à une vue d'un paysage terrestre défilant, prise par une caméra de ballon-sonde. Pendant que Quatre reste planté devant l'écran, fasciné, totalement happé par cette vision de forêts, de plaines... et de ruines, Tani va enfiler sa combinaison pour sortir et apprécier "l'air frais de la Lune".

Quant à moi, je vais continuer à étudier l'énigmatique psychologie des mineurs. Le pupitre est un endroit intéressant parce qu'il est significatif de la capacité de concentration des surveillants de la base.

On y dirige beaucoup plus de fonctions qu'il n'y paraît de prime abord. Lors de notre arrivée en navette, toute notre attention s'est focalisée sur la zone située face à la fameuse entrée. Or, selon les explications de Quatre, les activités ont depuis des décennies lieu de l'autre côté du bâtiment.

J'atteins le poste et trouve Un vissé à son siège d'opérateur. Tout à son affaire, il me salue d'un hochement. Sur deux des écrans, de grandes pelleteuses, téléguidées depuis la console, raclent méthodiquement la surface. Pendant que j'observe le manège mécanique des véhicules, il me semble voir, pendant un bref instant, une scène phénoménale : à environ quinze mètres de la caméra, un type sans scaphandre traverse le champ visuel.

– Fichtre! Mais qu'est-ce que...? Un réagit :

– Qu'y a-t-il?

Mais, plus rien de particulier ne se reproduit. Je suis perplexe.

– Rien... probablement une hallucination.

L'explication que je viens de formuler pourrait être une possibilité, mais je n'y crois pas moi-même!

Discrètement, je m'éclipse pour aller au sas desservant le côté où les pelleteuses s'activent. C'est le seul correspondant à la zone visualisée. Ça n'est pas loin, et, par le minuscule hublot de la porte blindée, j'ai le temps de voir entrer un mineur. Or, me voilà frustré : l'homme porte un scaphandre. Ce n'est donc pas le mystérieux marcheur. Pourtant un détail me frappe : son gant gauche n'est qu'à moitié fixé.

Cette observation a d'énormes implications et je crois que mon regard sur les habitants de la base est en passe de diamétralement changer.

En revenant à la salle de contrôle, j'y trouve Quatre. Il est en compagnie de Un et de Six, que je ne connaissais pas jusque là. Quatre me le présente, malgré le chiffre six bien visible sur la tunique :

– Octa, voici Six, que vous n'avez pas encore eu l'occasion de rencontrer. Il va remplacer Deux qui va passer en mode récupération.

J'utilise sciemment un ton goguenard :

– Bonjour Six! Alors bien reposé et prêt à vous mettre au turbin?

Six sourit :

– Oui, bien sûr, tout fonctionne au poil!

Bigre! En fait, les mineurs adoptent le vocabulaire, les accents et les manières en usage chez leurs invités... intéressant!

Je décide de pousser mes recherches. J'ai remarqué que les deux tiers des moniteurs sont systématiquement éteints, et ce peu importe le moment de mes passages au pupitre. J'en déduis qu'il doit y avoir des couloirs et des pièces qui restent, en permanence, sans surveillance, voire que plusieurs sections de la colonie sont pratiquement à l'abandon.

Il me suffit de les découvrir par élimination. En toute logique, les endroits visibles sur les écrans ne sont pas les plus intéressants. Comme j'ai une bonne mémoire photographique, je n'ai aucun mal à les reconnaître et, par conséquent, à les éviter.

Après un long moment d'errance, je trouve une galerie d'aspect énigmatique. En effet, normalement la propreté et une maintenance exemplaire sont une constante où que l'on aille dans la base. Or, ce corridor est manifestement laissé dans un bien piteux état. De chaque côté, des armoires sont fermées par des portes blindées, numérotées, munies d'un hublot carré et d'une série de trois voyants. Les lumières sont au rouge, ce qui ajoute une couche à la bizarrerie du lieu.

Diantre! Et cette drôle d'odeur discrètement insistante qui plane dans cet air peu renouvelé, c'est vraiment un environnement désagréable. Est-ce la raison pour laquelle les mineurs ont renoncé à entretenir cette partie de leur base?

Quand il y a un mystère, Octa veut l'élucider. Ha! Ha! C'est dans ma nature. Hop! Je prends ma lampe portable et je vais inspecter ce qui se cache derrière ces vitres.

Peu après ma découverte, je saisis mon communicateur et le règle sur "Privé". J'appelle Tani d'abord, puis séparément chacune et chacun de l'équipe des lunatiques. Mal à l'aise, je les mets au courant de mon constat.

En fait, je me suis écrasé le nez sur les tombeaux des mineurs humains d'origine, peut-être morts de vieillesse, et ce depuis longtemps.

Ceux que nous avons pris pour leurs "descendants" sont, en réalité, des robots parfaitement androïdes.

En proie à de multiples questions, je remonte en cherchant Quatre. Il faut qu'il me parle du sinistre goulet mortuaire que je viens de visiter. Je le trouve au détour du couloir du réfectoire.

– Quatre, auriez-vous un moment à me consacrer, j'ai à vous parler.

Il me regarde et me demande avec une intonation inquiète :

– Je suis entièrement à votre disposition. Mais, vous avez mauvaise mine. Quelque chose ne va pas?

– En effet, j'ai fait une découverte bouleversante. Que savez-vous des coursives qui semblent abandonnées, deux escaliers du bas, dans la partie du bâtiment à l'opposé de l'usine d'extraction d'Hélium?

– Oh! Vous y êtes descendu? On ne doit pas... enfin, nous devons impérativement les laisser tranquilles! Vous en avez peut-être le droit, par contre nous pas. Ce sont les consignes et il nous est interdit d'envisager de les transgresser. Ils nous ont formellement demandé de ne jamais, jamais aller les déranger!

– Bien, Quatre, crois-tu qu'il serait possible d'organiser, tout de suite, une réunion dans la salle du pupitre avec tous les mineurs?

– S'il le faut, bien sûr! Même Deux, qui vient de commencer sa récupération peut l'interrompre sans danger. OK! J'ai laissé le communicateur ouvert. J'invite les lunatiques à nous rejoindre. Darin', es-tu en contact?

– Oui, j'ai pu suivre une partie de cette dramatique histoire, mais je vais participer à cette réunion.

Très vite, nous nous retrouvons tous autour du pupitre de contrôle. La situation est étrange, car je suis sincèrement triste d'annoncer à des androïdes, la mort d'êtres humains qui ne les considéraient peut-être que comme des machines très perfectionnées.

Ce qui ajoute au surréalisme de la scène est l'attitude peinée que prennent les humanoïdes.

Quatre improvise même un discours, à la mémoire de ses maîtres disparus, qui me tire les larmes. Il dit qu'ils se savent condamnés à terme, mais continueront à suivre fidèlement leur programmation.

Intérieurement, je ressens, soudain, toute l'incongruité des comportements qui se manifestent en ce moment.

Comme je l'avais remarqué dernièrement, les mineurs adoptent exactement les manières que leurs propriétaires attendent d'eux. Ce que j'ai failli percevoir comme de l'émotion n'est qu'un excellent jeu de composition ! Il n'y a là aucune hypocrisie, cela ne leur est pas possible, mais simplement l'intervention d'un subtil code informatique!

C'est ce qui différencie l'empathie de l'attention de circonstance, l'intelligence du raisonnement, le sentiment de l'intellect, la connaissance de soi de la croyance religieuse : être capable de ressentir.

A-t-on idée du nombre d'humains qui oublient leur humanité, et qui, comme les robots, suivent leur programmation au lieu de leurs émotions?

Pourtant, sachant cela, je ne me sens pas le droit de stopper les androïdes dans leur élan. Finalement, quelque chose, dans leurs circuits, tente une approche. Le plus époustouflant, c'est qu'à défaut de ressentir quoi que ce soit, ils parviennent à provoquer des frissons sentimentaux chez les explorateurs qui les entourent!

Il y a une brève interruption de l'ambiance quand Darin' lance un appel prioritaire :

– Désolée de perturber cette émouvante réunion, mais je dois vous mettre en garde. Les archives révèlent que vous courez un grand danger! Comme il n'y a pas de projecteur dans la base lunaire, je vous lis un extrait d'un article qui vous concerne.

Il y a d'abord ces lignes :

"Comme chacun le sait, pour des raisons strictement économiques, l'industrie minière choisissait de n'expédier que des gens de très petite taille sur la Lune."

Plus loin, le texte continue ainsi :

"Les colons envoyés sur notre satellite sont morts par contamination bactériologique.

Les notes, retrouvées par la brigade de sécurité, ont été écrites par un certain Réginald Porforet, un activiste écologiste ayant travaillé dans un laboratoire de biologie appartenant à Helena Thornsöm-Shenky, propriétaire de centaines de centres de recherche et d'usines chimiques. Réginald grâce à ses compétences et sa petite taille a réussi, sous une fausse identité, à se faire engager par Paul-Esop Greepolth en vue de faire partie d'une expédition fuyant la Terre pour s'installer sur la Lune. Il a ainsi pu avoir accès aux cuisines et en a profité pour déverser les parasites qu'il avait lui-même créés."

Nous restons comme pétrifiés, mais Darin' poursuit :

– Par conséquent, qu'aucun humain ne rentre en contact avec les cadavres que vous avez découverts. Il y a de fortes probabilités pour que les bactéries développées par ce Réginald soient encore extrêmement pathogènes! N'y touchez pas!

Visiblement, les mineurs sont désorientés par des informations qui vont autant à l'encontre de leur programmation. Comme je n'arrive pas à m'empêcher de sentir de l'empathie, même à l'égard de ces androïdes, je tente une réinitialisation orale de leur conditionnement :

– Chers Luniens, les maîtres auxquels vous obéissiez ne reviendront jamais. Je vous sais presque touchés par cette perte. Toutefois, vous connaissez vos tâches et votre capacité de les mener à bien. Vos données originelles ont certainement évolué au fil des dernières décennies et je pense que vos circuits sont prévus pour apprendre à apprendre. Je ne peux que vous y encourager. Les Terriens et les Orbitiens auront sûrement encore longtemps besoin de votre aide. Merci de nous accueillir avec autant de zèle les prochaines fois que nous viendrons. Toutefois et dans l'immédiat, il serait préférable, dès notre départ de la base, de sortir les corps du deuxième sous-sol, de les laisser reposer dans des cavités à l'extérieur et dans la partie exposée au soleil. Il faudra ensuite soigneusement nettoyer et désinfecter les endroits et les objets qui auront été en contact ou proches des cadavres. Même après tous les traitements de stérilisation, je vous conseillerais de condamner l'accès au couloir des casiers mortuaires. Après avoir touché les dépouilles, veillez également à minutieusement et entièrement vous aseptiser. Ne donnez aucune chance à des bactéries, issues des défunts, de se propager dans la base. Vous ne risqueriez rien, mais cela pourrait tuer tout futur visiteur.

Merci.

Pendant que je discourais, Tani s'est empressée de tous nous ausculter au détec.

Un simple signe de tête de sa part me fait comprendre que tout danger de contamination est exclu.

Scaphandres vérifiés, nous rejoignons nos navettes après avoir fait nos adieux aux mineurs.

Bizarrement, foulant la poussière lunaire, et malgré la faible attraction du satellite, je me sens lourd.

Inspire... expire...

Au moment où la trappe de notre machine se referme, mes émotions retrouvent un peu de légèreté.

Je me surprends à sourire en me rendant compte qu'il me manquera une chose, une fois parti **d'ici** : la musique rock en arrière-fond!

– Tani, nous allons enfin revoir notre puce-fée-dragonne!

Ma Reine vient vers moi, manifestement avec l'envie de m'enlacer... mais cela ne va pas très bien en combinaison spatiale.

– Oui Octa! D'ailleurs, il faut qu'on file d'ici. J'aperçois déjà la Trotteuse s'approcher et ce n'est pas parce qu'on a du carburant à gogo qu'il faut absolument en gaspiller pour la rattraper!

– Avec Kalia et Yotanis, nous avons ajouté des caméras sur les quatre coins du toit de la base. Nous pourrons, à tout instant, voir comment s'en sortent nos amis les mineurs avec leurs anciens patrons.

Nous ne sommes qu'à peine installés et sanglés sur nos sièges, quand l'écran dans notre soute montre huit silhouettes quittant l'abri de la base. Elles portent des formes emmaillotées sur leurs bras. Comme je m'y attendais, ils n'ont pas pris la peine de mettre des combinaisons. Ils ne risquent rien et n'ont plus rien à cacher. Ensemble, insensibles aux attaques aussi bactériennes qu'environnementales, ils "enlunent" les morts. Ils ont déjà terminé, alors que nous ne sommes pas encore arrivés à la Station!

Passablement émus, nous restons un moment à nos places,

pour assister à cette opération jusqu'au bout.

Un des robots, le pauvre sept, lui-même en fin de fonctionnement et se sachant irréparable, se poste agenouillé et tête baissée vers les tombes.

Il en devient le mémorial marquant, pour la postérité, l'endroit où sont ensevelies les dépouilles humaines.

Le rayonnement solaire ne laissera aucune chance aux bactéries.

CHAPITRE 6

EN BALADE

Hallo ?

– Mes parents sont de retour! Mes parents sont de retour! Mes parents sont de retour!

Zin' fonce sur nous, sans se soucier de nos allures défraîchies et peu engageantes. Nous venons de laisser nos scaphandres dans le sas de décontamination improvisé et le stade suivant aurait dû impérativement être une douche chaude et savonnée avant tout contact civilisé. Notre princesse met un certain temps avant de se rendre compte de cette évidence. Elle nous lâche subitement et nous regarde, le nez froncé au milieu d'une grimace de dégoût :

– Bèèh! Quelle horreur! Mais vous puez!

Nous rions et je donne la réplique à ma fille :

– Si tu espérais nous reconnaître au flair, je crains que nous risquions d'être répudiés par notre progéniture! Tani ajoute :

– Ma chérie, si tu veux pouvoir à nouveau nous considérer comme ton père et ta mère, tu es forcée de nous laisser goûter à une bonne ablution et un échange urgent de ces habits imprégnés de transpiration contre quelques vêtements dignes de ta présence princière! Il faut te faire à l'idée que des retrouvailles peuvent, parfois, prendre une tournure différente de celle idéalement imaginée.

Zin' fait un grand pas en arrière, se tient bien droite devant ses parents encore accroupis, les deux avec un genou à terre, et croise ses jolis petits bras sur la poitrine :

– Oh! Alors je vais attendre... et vous garder. De toute manière, je suis tellement contente d'être votre Zin'... et puis fière, aussi!

Je tourne mon visage vers celui de Tani et le même phénomène doit sûrement également se dessiner sur le mien : une larme a tracé une ligne, de haut en bas, sur une joue crasseuse.

Un quart de jour plus tard, mon dragonnet a retrouvé une de ses places préférées : les genoux de la Commandante Générale.

Comme on peut s'y attendre, un débriefing est toujours organisé après toutes sortes de péripéties. Nous n'échappons pas à la règle. Là, de nouveau, je m'étonne de l'accoutumance que l'on peut développer à l'égard des activités qui deviennent routinières.

Tani et moi entourons un autre illustre villageois : Yaro accompagné d'Arl.

Son frétillement intérieur reste sa marque de fabrique, le trait typique de sa personnalité qui ne faiblit pas, contrairement à son physique qui commence à décliner. Sa vivacité d'esprit m'a toujours rempli d'une admiration indéfectible et je crois que cette qualité va grandissante. Voilà ce qu'atteint une intelligence libre d'idées préconçues, de dogmes établis et de limites imposées par soi-même ou par d'autres. L'inventivité gagne en génie! Yaro aime se dire bricoleur... et justement, quand on mesure les implications de ses réalisations, le mot "bricolage" mérite bien des titres de noblesse!

Darin', qui s'apprête à prendre la parole, reste exceptionnellement assise pour son intervention. La raison en est claire : il n'est pas question de déranger notre gâtionne de fille installée sur les genoux de sa tata d'adoption!

– Merci, chers amis, de participer ou de suivre à distance cette réunion. Avant de passer aux divers sujets dont je voudrais vous faire part, je tiens à partager avec vous l'émotion particulière qui domine tout mon être depuis quelques jours. Mes pensées vont à notre ancien Commandant Général Carlonicum Estarario, qui nous regarde actuellement. Carlonicum, quelle merveilleuse intuition tu as eue de vouloir étudier le Village et ses habitants! Où en serait la Station aujourd'hui, si nous n'avions rencontré ces gens fabuleux avec leur empathie, leur sophocratie, leur capacité d'adaptation et leur génie inventif? Non seulement l'implosion psychosociale menaçait de provoquer une crise qui aurait été fatale aux occupants de OSP-01, mais en plus, les survivants éventuels auraient fini par manquer de tout moyen pour sauver le satellite d'une catastrophe finale! Au nom de tous les Orbitiens : Merci!

Applaudissements et bravos, avant la suite du discours :

– Puisque la Station a décidé de remplacer les années par des Cycles et les mois par des Lunes, je peux donc affirmer que nous formons ensemble une superbe équipe depuis près de six Cycles! Une belle amitié aurait, en soi, déjà été un précieux résultat. Or, regardez ce que notre complicité a su générer : une collaboration et un échange de bons procédés qui a fait progresser tous les survivants concernés vers une nouvelle civilisation plus harmonieuse!

Cascade de hourras et claquements de mains :
– Nos ancêtres communs, il est vrai, ne nous ont pas facilité la tâche et nous continuons à écoper leurs nombreuses erreurs. Toutefois, d'autres chemins, auparavant inexplorés, ont été suivis et nous n'avons pas trébuché sur les anciens écueils. Non pas que les occasions d'en réadopter les pires modèles aient manqué, mais parce que les rescapés de l'absurdité, peut-être pour la première fois dans l'histoire de l'humanité, ont appris les leçons du passé. Aujourd'hui, nous voici à un nouveau tournant. Village, Manoir et Station sont devenus une sorte d'entité coordonnée, tout en gardant à l'esprit que cela n'est réalisable que par la conscience de la valeur de chaque individu. Nous ne formons pas un tout oppressant, mais une entente volontaire entre personnes libres. Jusqu'ici, cette vision éthique était simple. La découverte d'une base lunaire, gérée par des androïdes, modifie les paramètres connus.

Murmures et commentaires chuchotés.
– Que penser du comportement des ancêtres à l'égard des robots? Pourquoi les ont-ils fait évoluer vers une forme imitant aussi parfaitement que possible l'aspect humain? Et, dorénavant, quelles différentes attitudes allons-nous adopter, les uns ou les autres, à leur égard? Ils sont presque comme des êtres vivants, mais n'ont été fabriqués qu'exclusivement pour être au service de leurs créateurs. Est-ce symptomatique de la manière qu'avaient nos ancêtres de confondre niveau de vie et qualité de vie? Les maîtres et les acteurs des sociétés d'avant la Grande Destruction dépensaient toute leur énergie dans un esprit de profit, de cumul de richesses et de recherche de pouvoir. Cette futile et inutile attitude ne pouvait que les mener au chaos. Le déni de conscience régnait. Pourquoi refusaient-ils l'évidence de la finitude de tout être? Pourquoi n'ont-ils pas compris que nous sommes tous forcément des bénévoles puisque, peu importe ce que l'on amasse, personne n'emporte jamais rien au-delà de sa

mort ? Autant être logiques et vivre comme au Village : agir par plaisir, tout faire au mieux de ses capacités, et profiter de la qualité de vie que cela apporte à chaque être vivant, à commencer par soi-même!

Acclamations enthousiastes.

– Attendez, ce n'est pas tout! Yaro, ici présent, s'est attelé à diriger un nouveau bricolage. Croyez-moi, il s'agit du plus gros "bricolage" qu'il ait jamais entrepris à ce jour :

un vaisseau stellaire! Soyez certains que le but n'est pas de construire toujours plus d'engins en vue de griller un maximum d'hélium trois. Il ne s'agit pas non plus de partir à la conquête de l'espace et d'envahir le plus possible de planètes pour gagner un concours. La crainte de ne pouvoir se procurer suffisamment de carburant pour maintenir à long terme la Station dans une orbite a provoqué des prises de conscience fondamentales. Le fait de se rendre compte qu'en cas de catastrophe nous ne pouvions sauver qu'une toute petite partie de la population de ce satellite a fait l'effet d'un puissant électrochoc. Dans ce contexte, Yaro, curieux comme un villageois et en quête d'une solution, a découvert plusieurs hangars à l'abandon dans lesquels la construction de vaisseaux spatiaux géants avait été commencée, mais jamais terminée. Ces engins peuvent transporter des centaines de passagers chacun. Hasard et perspicacité ont dû se rencontrer, car Trois d'entre eux, qui sont déjà assez aboutis, peuvent être remis en état et optimisés par l'apport de nouvelles trouvailles. Il y en a un en particulier, celui sur lequel une équipe de Yaro travaille depuis plusieurs Lunes, qui est presque achevé. Il ne lui manque plus qu'une amélioration du blindage antiradiation, un système et un principe de communication peaufiné et, surtout, l'installation du propulseur réinventée par Yaro et qui est actuellement en phase de test.

Un silence assourdissant s'est invité dans la salle.

– Je comprends votre questionnement : "Pour quoi faire?" Rassurez-vous, cela n'est en relation avec aucune anomalie liée à un quelconque dysfonctionnement de la Station ni à une urgence sécuritaire. Cela a trait à un message capté pendant la brève période de commandement de feu Togal Attar. L'équipage d'alors, trop occupé par leur plan de conquête et de suprématie théocratique, n'y avait tout bonnement pas pris garde. Son importance leur a complètement échappé. Pourtant, il ne s'agit pas d'un enregistrement ni d'un moyen de contact automatisé. L'origine de ce message est humaine et il a été envoyé directement depuis une planète de notre système solaire... Il nous est venu de Mars!

La salle de contrôle est en effervescence, mais les participants se calment rapidement pour entendre la suite.

– C'est en remontant l'historique des données liées à la période funeste de l'Ordre que nous avons découvert la communication. Toutefois, il a fallu plusieurs jours pour déterminer d'où elle était partie. Mars était une possibilité, mais la certitude a été acquise lors de la réception d'un nouveau message il y a de cela quatre Lunes.

Des oh! et des ah! jaillissent.

– Par triangulation, il apparaît, avec preuves à l'appui, que Mars abrite aussi une colonie. Il y a là-bas des humains, partis sur la planète rouge avant l'effondrement de l'ancienne civilisation, et qui y ont survécu durant de nombreux Cycles. Le vaisseau géant qui sortira prochainement, pour être testé dans le proche espace, est destiné à rejoindre Mars. Je tiens à préciser que les messages ne sont pas envoyés par des robots, ceci est clairement établi!

L'annonce est tellement époustouflante, que personne ne parvient à réagir!

Les hypothèses se répercutent dans mon crâne. Il faudrait en savoir davantage. Bigre! Il est certain que quelqu'un va se précipiter pour trouver des articles de presse qui correspondent à ce propos... à moins que rien n'ait été mis par écrit. Avec un peu de malchance, l'expédition martienne pourrait avoir eu lieu à l'époque où tout n'était plus que numérisé.

Couleurs complémentaires

Octa, Cycle 143, Lune 7, jour 12

Voici bien longtemps que je n'ai plus eu l'occasion de reprendre mon carnet de notes pour y décrire les expériences et découvertes qui jalonnent mon histoire personnelle!

Il s'agit de mon deuxième livret, le premier ayant rejoint la section "Histoire vivante" de la Bibliothèque du Village. Les vingt-trois dernières pages sont totalement dédiées aux premiers Cycles de Zin'!

Comme je sais que plusieurs de mes amis ont fait leurs "devoirs", je ne vais pas tenter de combler le vide laissé durant l'impressionnante suite de Lunes entières d'hyperactivité. Il est plus que certain que les événements ont dû être traités plusieurs fois et sous de nombreux angles.

Voici donc où j'en suis actuellement.

J'écris assis à une table chez Iraa. Elle garde sa maison, mais comme elle vit principalement au Manoir avec son chouchou, cet endroit m'est prêté afin que je puisse céder l'ancienne habitation de Holt à des invités.

Plusieurs Gris vont séjourner au Village. Le but n'est pas uniquement touristique. Pour rappel, les risques de consanguinité sont toujours d'actualité... et il faut avouer qu'entre Gris et villageois, un certain attrait de l'exotisme est indéniable!

Par conséquent, je suis de retour pour arranger l'accueil.

Dans quelques jours, je m'éloignerai de mon "chez-moi" comme jamais. À une distance telle que celle d'ici à la Lune, ressemble à une petite balade en triporteur électrique! Car, oui : je suis allé sur la Lune avec Tani, pendant que Zin' nous attendait sagement en compagnie de "tata" Darin'. Mais, notre prochain voyage durera plus d'un Cycle, selon les calculs de Codla et Mévir, c'est trop long pour laisser notre fille. Zin' va donc réaliser un rêve qu'elle caresse depuis qu'elle a cinq Cycles : devenir astronaute!

J'ai une totale confiance à l'égard des "bricolages" de Yaro et l'équipe dont il s'est entouré dans la Trotteuse est certainement ce qu'il y a de mieux dans notre système solaire. Il ne fait aucun doute que l'immense vaisseau, avec ses modules de ravitaillement et

164

ses navettes, fonctionnera à merveille, autant à l'aller qu'au retour.

Sur Terre, pendant notre longue absence, Sinal, Loga et Yesso vont tenter de résoudre le problème de remplacement des bâches en plastique des couloirs. La Station ayant communiqué son inquiétude concernant une météo peu sympathique d'ici quelques Cycles. Il semblerait que, très à l'Ouest, plusieurs anciennes centrales nucléaires laissées à l'abandon dans la même région aient explosé. Le dégagement de chaleur de la fusion continue provoque de grosses perturbations atmosphériques avec formation fréquente de tornades géantes. Tout se passe très loin d'ici, mais il se peut que les vents aillent progressivement nous amener des pluies acides telles que nous n'en avions plus connu depuis des décennies!

Rien n'est certain, toutefois la prudence est de mise.

Bien sûr, ceci fera l'objet d'une nouvelle note dans ces pages, dès que l'occasion se présentera!

À ce stade, il faut que je repose mon carnet et que j'aille au point de rendez-vous fixé. L'adaptation de la respiration est devenue automatique, si bien que je grignote sans peine la montée de la butte. La dernière fois, lors de la crise de l'Ordre, je m'y étais époumoné! Mon lieu de naissance s'étale au pied de la colline. Je tiens à emmener les deux groupes de Gris dans mes endroits favoris. Il me semble important que des personnes, désireuses de faire un séjour d'immersion de plusieurs Lunes au Village, commencent par une vue d'ensemble pittoresque : depuis tout en haut, près du grand tuyau d'acheminement de l'eau potable, c'est idéal!

Ils sont tous déjà présents, à papoter.

En m'apercevant, Orzado, sûrement un des Gris les plus timides que j'ai eu l'occasion de rencontrer, s'exclame :

– Mais c'est incroyable comme aucun habitat ne ressemble à un autre! Comment faites- vous, Octa, pour réussir à imaginer, chaque fois, de nouvelles architectures?

Je me retourne pour lui faire face. J'avoue que mon sourire doit trahir une certaine fierté. Toutefois, ma réponse est sur un ton neutre :

– Oh! Il existe probablement autant de possibilités qu'il y a d'individus. Il est fort à parier que, si le choix des matériaux de base était plus important, les styles de construction seraient bien plus variés.

Tous les Gris se mettent à rire de ma remarque, comme s'il s'agissait d'une plaisanterie... À moins que ce ne soit une réaction d'admiration. Quoi qu'il en soit, nous avons assez lambiné et je ne dois pas manquer à mes devoirs d'hôte :
— Suivez-moi, il est temps que je vous montre vos appartements. Les deux qui vous sont proposés ont chacun trois pièces et j'espère qu'ils vous conviendront. Le plus proche est celui que je partage avec Tani et Zin' et serait mieux adapté pour les plus grands de vous quatre : Ojipol et Orzado. Nous devons circuler par le couloir protégé. Venez, l'ouverture est là.

Même pour passer le rideau de plastique, Ojipol, long et mince comme un roseau, est obligé de se baisser. Je n'ose imaginer les bosses et l'allure de son front d'ici quelques jours, avant qu'il ne s'habitue au montant de ma porte d'entrée! Ici, Orzado franchit le piège sans encombre, mais gare à lui, aussi, chaque fois qu'il reviendra et sortira de son domicile provisoire.
Nous traversons un premier tube translucide et rafistolé pour croiser le couloir principal dont le plafond est opaque et longeons la galerie secondaire qui mène à mon sas. Je leur dois des explications :
— Nous continuons d'utiliser les passages protégés bien que les risques de pluies acides ou de vents toxiques ont fortement diminué depuis quelques Cycles. Toutefois, comme vous l'avez probablement entendu, les choses sont susceptibles de s'aggraver durant une période que j'espère aussi courte que possible. Ici, avant d'entrer dans la maison, vous arrivez dans le sas. Cet espace garantit contre les dégâts touchant directement à l'intérieur. Chaque habitat du Village respecte cette commodité. Nous allons, maintenant, jeter un coup d'œil dans ce qui va être votre chez-vous. Baissez-vous, s'il vous plaît : ayez le même bon réflexe que Rowsha dès sa première visite! Je verrai à une bosse inutile, si vous avez eu ou non sa présence d'esprit!

Après avoir fait le tour du propriétaire, je leur propose :
— Avant de partir examiner la maison d'Arl et d'Yaro, je vous

suggère de boire un thé.

Une "verveine de l'année dernière" comme il nous est coutumier de plaisanter!

Pendant que mes invités sirotent leur tisane, mon regard passe de l'un à l'autre avec admiration et tendresse. Ces habitants de la Station gardent, pour moi, un côté magique. Je trouve fabuleux d'avoir des amis qui vivent à l'intérieur de la Trotteuse que j'ai, à l'instar de tous les villageois, observé dans sa manière de taquiner la Grande Lune! D'en connaître sa vraie nature n'a, je crois, rien enlevé à sa beauté.

Mais les "minutes", qu'elles soient de là haut ou du Manoir, s'écoulent et même si l'on ne peut les rattraper, il ne sert à rien d'en laisser filer davantage! Il faut réagir :

– Avez-vous vidé vos tasses les amis? J'ai encore la maisonnette d'Arl et Yaro à montrer à Izena et Tenal et ensuite, à finir de préparer mon retour à la Trotteuse, malgré la fête organisée par quelques gais lurons du Village!

Ce surnom donné à leur satellite fait toujours rire les Gris. Ils trouvent cela pittoresque et certains ont même décidé, avec d'autres de leurs congénères, d'adopter cette appellation quand ils y sont entre eux. Pendant que je passe dans le sas, amusé, je secoue la tête en les entendant plaisanter à ce sujet. J'avance, et les quatre m'emboîtent le pas.

* * *

Les festivités me donneront l'occasion d'y faire un bref passage. Je ne manquerai pas d'y croiser celles et ceux à qui annoncer que je ne pourrai plus participer au conseil pendant de plusieurs Lunes et qu'en compagnie de Tani et Zin', nous allons nous promener sur Mars.

En rejoignant la Grand-Place, je remarque que tous les rideaux à lamelles des couloirs sont relevés et que la plupart des fêtards vont et viennent sans forcément emprunter les voies couvertes. Espérons que cela reste ainsi. Intérieurement, je me dis : les temps changent, mon ami... tu fais déjà partie des vieilles générations, semble-t-il!

Et je constate qu'il en va de même pour tout le monde...

– Salut Octa!

Loga arrive, bras écartés pour l'embrassade. Nous nous saluons joyeusement et il continue :

– Une chance que les réjouissances aient été fixées ce soir, car demain, nous serons tous bien calfeutrés à l'abri de nos maisons. Les ouvertures des couloirs devront être bien rabattues. On nous annonce de beaux gros orages et des trombes d'eau.

– Oui, j'y pensais justement en voyant tout ce monde se balader à découvert. On peut d'ailleurs déjà sentir l'arrivée d'humidité dans l'air.

– Quoi qu'il en soit, il n'y a aucun mouron à se faire avant le prochain zénith. À propos de tempête, as-tu entendu les dernières nouvelles?

– J'en ai capté plusieurs. Dis toujours! Il n'est pas certain que je sois au courant de tout.

– Nous avons des invités d'honneur inédits qui devraient atterrir sous peu. Tiens-toi bien. Il s'agit d'une délégation du Sud...

– Bigre! Des Verts?

– Et pas n'importe lesquelles : les deux reines et leur suite!

– Dolcat et Ètschè, ici? Fichtre, cela ressemble à une mission "diplomatique" de l'Ancien Monde!

– Ils ne vont pas être très nombreux, Tobra et Circé sont partis hier soir avec un dirigeable de type deux. Maximum douze personnes seront du voyage.

– Avec la météo qu'il fera demain, ils seront cloués au sol au moins durant deux jours.

Ces appareils de la deuxième génération n'apprécient pas trop les rafales et sont très pénibles à manier par mauvais temps. Note qu'il est toujours possible de les ramener avec une des nouvelles nefs!

– Selon les dires de Tschal, les Verts sont supposés rester plusieurs jours de toute manière. Il semblerait que les reines aimeraient établir des liens amicaux et proposer des échanges.

– C'est incontestablement une bonne idée. Il m'est apparu évident, lors de notre mission dans le sud-est, que nous avons des quantités phénoménales de connaissance et de ressources à partager. Je pense entre autres à la laque qu'ils fabriquent à partir des résineux de leurs immenses forêts.

– En attendant, allons sur la Place! La musique a changé, ce qui pourrait bien marquer le début de la fête. À moins que cela ne soit déjà l'accueil du dirigeable de nos invités.

Loga est encore alerte, mais une légère claudication trahit ses quelques Cycles de plus. Il doit approcher les cinquante piges, un âge qui ne plaît pas tellement aux articulations!
En chemin, il me demande, sur un ton un brin hésitant :
– Cela ne te fait-il rien? Tu n'en veux pas trop à ton empoisonneuse?
Ma réponse s'accompagne d'un sourire qui semble le désarçonner :
– Ah! Tu ignores visiblement ce bout de mon histoire, alors! En fait, je ne lui en veux surtout pas, non, non... allez, je te raconterai ça à l'occasion. Si jamais, on peut même en lire une partie à la Bibliothèque, je crois.

Nous arrivons sur la Grand-Place, où tous ont le regard tourné vers le sud, y compris les musiciens.
En effet, un dirigeable décoré avec de larges rubans de couleurs vives est en approche. On peut déjà distinguer les passagers.
Debout en proue, se tiennent majestueusement deux femmes au teint de feuillage de belle saison.
Je souris : des villageois plutôt brunis, des Manoiriens pâles, des Orbitiens aux cheveux de cendres, des Luniens androïdes, et maintenant toute une population sylvestre aux coloris de leur milieu naturel. Un fantastique festival d'individus! Une diversité qu'il faudra peut-être choyer... tout en esquivant les attachements identitaires, les conditionnements à une "appartenance" particulière, si l'on veut éviter une rechute dans les erreurs d'avant la Grande Destruction.
Rien n'est pire que la perte de sa conscience personnelle : c'est la porte ouverte au régionalisme, au sectarisme, à l'entropie psychosociale!
Pendant ma réflexion, Loga est resté à mon côté, environ au troisième rang du premier cercle autour de la piste d'atterrissage.
– Hé, Octa, ça y est : les passagers débarquent!

Trois hommes verts descendent en premier et s'approchent de quelques pas de la foule, bras en éventail devant eux et paumes largement ouvertes en signe de paix, semble- t-il. Puis, les deux reines empruntent côte à côte la rampe, suivies de trois jeunes filles toutes aussi teintées les unes que les autres.

Togl a été désigné pour leur souhaiter la bienvenue. Les trois gardes devant leurs souveraines s'écartent pour le laisser passer. Togl se penche et, main droite sur le cœur, salue les invités à la manière des Gris.

Cela fait sourire Dolcat, pendant que Togl prend la parole :

– Chères arrivantes, considérez-vous au Village et au Manoir comme à la maison. Altesses, nous ferons de notre mieux pour rendre votre séjour le plus agréable possible. Comme vous le savez peut-être déjà, ici chaque Individu est aimé pour sa noblesse naturelle. Aussi, je vous demande pardon par avance, et au nom de chacune et chacun, si vous deviez souffrir de nos maladresses qui pourraient passer pour de l'irrespect. Soyez certaines que ce ne sera jamais intentionnel et qu'à tout moment vous pourrez demander assistance et explications auprès de tout habitant des lieux.

C'est Ètschè qui incline la tête et répond :

– Nous sommes absolument conscientes des habitudes différentes qu'ont adoptées les survivants d'autres régions. Tout au contraire de nous en offusquer, je tiens à vous signifier que nous sommes très honorées que vous acceptiez notre présence en ce lieu mythique.

Tout cela est un poil trop pompeux à mon avis, mais c'est assez amusant.

Comme pour rétablir les choses, c'est avec sa spontanéité non moins légendaire, que le public répond par des acclamations et des commentaires de bienvenue enthousiastes. Les six gardes, si l'on peut ainsi nommer des accompagnants, sont concentrés et réagissent aux moindres déplacements de Leurs Majestés. Mais ils seraient bien empruntés, s'ils avaient à véritablement défendre Leurs Seigneuries. De toute évidence, le caractère pacifique de la visite devait être une certitude dès le départ. Ils n'ont pour seule arme, que leur sorte de raquette dans un baudrier dorsal.

Je me demande toujours à quoi cela peut servir, quand ma curiosité s'en retourne à nos invitées d'honneur. Amusé, je remarque que Dolcat cherche quelqu'un dans l'assistance et son regard, sans que j'en sois surpris, s'arrête sur moi.

Sans un mot, elle attire discrètement l'attention de sa compagne en lui serrant doucement l'avant-bras. Puis, silencieuse, elle s'avance dans ma direction d'un pas décidé. Les personnes s'écartent naturellement de son chemin, et la reine, ancienne Grise fanatique religieuse, vient se planter devant moi en saluant... "à la Grise".

– Salut Octa! J'ai appris que tu te prépares à un long voyage dans l'espace. D'ici là, serais-tu d'accord de nous accompagner comme guide durant quelques jours? Ètschè aimerait bien faire plus amplement ta connaissance et nous désirerions toutes les deux que tu sois au courant de nos projets de collaboration. Ètschè pense également que tu as une bonne vision d'ensemble et que tu serais le mieux placé à faire le lien entre nos peuples, même s'il doit y avoir une grande parenthèse d'ici ton retour de périple.

– À mon avis, Dolcat, je suis sûr que de nombreux villageois sont tout aussi aptes que moi dans tous les domaines. J'ai plutôt l'impression que la requête cache un objectif beaucoup plus personnel.

– Pourrions-nous en reparler demain, en privé?

– Soit, mais il faudra impérativement utiliser les couloirs les plus protégés pour circuler dans le Village. Un violent orage est annoncé. Je serai disponible dès la deuxième moitié de la journée. Envoie quelqu'un me chercher et je viendrai. Ne prenez aucun risque, c'est une véritable tempête, à laquelle il faut s'attendre dans l'après-zénith!

– Merci, Octa, à demain.

Dolcat s'en retourne auprès d'Ètschè, laquelle n'a cessé de nous jeter de fréquents coups d'œil que je pourrais qualifier d'inquiets. Que se trame-t-il dans la tête de ces reines?

Rig, actuellement membre du Conseil, profite de ma courte présence au Village pour m'attraper au passage :

– Salut, Octa, le Bigre! Ha! Ha! Comme je suis heureux de pouvoir enfin t'embêter un peu!

– Allons, Rig, comme si tu allais être assez doué pour réussir à m'ennuyer! Comment vas-tu?

– Tant qu'il y aura des larves, tout ira bien! Mais, j'en ai appris une bonne au sujet des gardes.

– Tiens! Et qu'est-ce donc?

– Sûrement rien que tu ne saches déjà, puisque tu as passé des jours avec eux dans leur contrée. Pourtant, c'est marrant qu'ils aient pris leur spatule avec eux!

– Leur "spatule"… ce que j'ai comparé à des raquettes utilisées dans un ancien jeu?

– Ha! Ça, c'est grandiose! Il faudra que je me vante partout d'avoir su quelque chose qu'Octa ignorait! En fait, ils ne s'en séparent quasi jamais, paraît-il, parce que ça leur sert à cueillir les larves des "grands jaunes". C'est le nom qu'ils donnent aux papillodards.

– Vois-tu, cela! Bigre! grâce à toi, je vais m'endormir moins bête, cette nuit!

En attendant, je profite un peu de la fête en solitaire au milieu de la foule. Puis, la fatigue me rattrape. Sur le chemin menant à mon lit, je réalise m'être trompé en me dirigeant vers mon habitat familial au lieu de celui prêté par Iraa.

En changeant de galerie, j'entends chuchoter. À travers le plastique du couloir, j'aperçois Dolcat et Ètschè discuter entre elles, assises sur un banc d'osier. Leur discussion privée ne me concernant pas, discrètement, je continue sans m'arrêter.

Ayant déjà fait abondamment pitance de toutes sortes de gâteries proposées sur la Grand-Place, je me débarbouille, bois une petite verveine, glisse sous la couette pour m'abandonner entièrement dans les bras de Morphée.

Bigre, que je suis fatigué!
Le matin s'annonce plus glauque que prévu.

Le taux d'humidité a été tel, durant la nuit, que le sommeil n'aura pas su me reposer suffisamment avant que les coups de tonnerre de l'aube ne viennent définitivement saborder cette période de supposé répit.

Normalement, l'orage n'aurait pas du démarrer avant un quart de jour. Ça n'est pas bon signe. Cela signifie que ce raffut n'est que l'apéritif du "festin" qui nous attend! À moins qu'il ne soit bien plus tard dans la matinée que je ne le pense. Pas impossible.

Autour de la maison, le vacarme est déjà assourdissant. En quarante Cycles en ce bas monde, je crois n'avoir jamais assisté à pareille furie. Je n'ose songer aux rafales du même acabit, mais mortellement toxiques, qu'ont dû endurer nos ancêtres! On peut douter de revoir les moindres coursives plastifiées encore existantes quand, au moment d'enfin risquer d'ouvrir sa porte, on voudra regarder dehors. Restera-t-il une partie, au moins, du sas devant l'entrée, après cela? Et qu'en sera-t-il des plantations, des arbres fruitiers en particulier? L'équilibre nutritif est fragile et une dévastation des cultures pourrait avoir des conséquences dramatiques pour tous, alors que nous prévoyons justement une augmentation de notre population.

Heureusement, d'après le détec, aucune acidité dangereuse n'accompagne les trombes de pluie et le toit de la masure tient bon. C'est telle une limace que je passe le reste de la matinée à me traîner dans cette maison si étrangère. Iraa n'est pas ici pour m'expliquer son organisation et j'ai mis du temps rien qu'à trouver où elle cache ses tisanes!

À tout hasard, je me prépare quand même à sortir. Sait-on jamais, il se pourrait que les conditions se calment cet après-midi et qu'un coursier Vert vienne me chercher.

C'est à l'instant où je pose la bouilloire sur le gaz, en vue de déguster un bon thé chaud, qu'un bruit plus insistant s'ajoute aux nombreuses rumeurs de tempête : quelqu'un tape du poing sur la porte.

J'ouvre rapidement pour ne pas laisser quelqu'un s'exposer plus longtemps à cette catastrophe météorologique.

Deux personnes ruisselantes et presque nues se précipitent à l'abri.

– Dolcat et Ètschè, quelle idée de vous risquer sous de tels baquets de pluie! Cela n'est guère prudent pour des reines. Surtout avec tout ce que ces vents violents peuvent charrier!

Pendant que je leur trouve des linges et une couverture, Dolcat répond :

– Nous ne voulions pas attendre indéfiniment avant de te rencontrer.

– La Station envoie régulièrement des bulletins météo. D'ici à peine une heure d'horloge, la tempête se sera déplacée vers le Sud et nous retrouverons le calme. Ètschè sourit :

– C'est gentil de te soucier de notre bien-être, mais notre forêt fait souvent face à des situations comme celles-ci. C'est la raison pour laquelle nous ne buvons pas l'eau des ruisseaux ou des lacs : ils charrient beaucoup trop de résidus. Mais ta couverture est la bienvenue, par contre. Il fait sensiblement plus froid ici que chez nous.

Je mets machinalement plus d'eau à bouillir.

– J'imagine qu'un thé ne sera pas de trop, n'est-ce pas?

Mes invitées approuvent par un hochement. Tout en préparant tasses et pot, j'enchaîne :

– Mais, si vous voulez, nous pouvons déjà entrer dans le vif du sujet, dont j'ignore la teneur, justement.

Dolcat jette un regard à Ètschè, lui lâche la main qu'elle serrait dans la sienne et inspire profondément.

– C'est à la demande insistante d'Ètschè et son souhait de nourrir des relations sur de saines bases que je te dois quelques explications. Quand j'étais officier dans la Station, je m'étais jetée à corps perdu dans ma foi en l'Ordre. Je voulais celle-ci, comme mon obéissance au révérend, indéfectible et sans faille. En réalité, lorsque tout s'est effondré et que les repères que je m'étais forcée à respecter se sont disloqués, j'ai réalisé que tout ce fanatisme n'avait été qu'une parade, du pur déni. Car je ne pouvais pas admettre d'être attirée par les femmes plutôt que par les hommes. Le fait, qu'au contraire à la Station, le Village avait totalement accepté les plus diverses formes de sexualité sans le moindre préjugé, représentait pour moi une révoltante agression aux normes et donc à ce fameux Ordre. Sans ma coquille de convictions, je devenais vulnérable et me devais de réagir pour me protéger.

Et puis, tu es arrivé comme une plaie supplémentaire. Je me suis rendu compte d'une certaine ambiguïté émotionnelle. Il y a eu un tumulte intérieur, une contradiction, un aveu qu'il m'était

174

impossible de digérer : pour la première fois, je me sentais capable de tomber amoureuse d'un homme! Et je me suis mise à te haïr pour cela. L'Ordre et ma foi n'étaient qu'un prétexte pour fuir toute confrontation avec ma sexualité, mais ce désordre-là m'est devenu insupportable. Et j'ai commis le pire : vouloir te tuer pour éradiquer ma propre confusion.

Ètschè englobe de ses bras les épaules secouées de sanglots de Dolcat. Je suis attendri par tant de sincérité, surtout venant de la part d'une personne que j'ai jugée être sans cœur!

– Oui, tu as réagi à ta manière. Probablement la seule que tu pouvais envisager sur le moment. Mais je te rappelle que ton geste m'a été, à l'opposé de tes intentions, un des plus fabuleusement salutaires qui soit!

De plus, il me semble bien qu'il ait déclenché en toi un processus encore plus bénéfique : tu as acquis de l'empathie! Manifestement, tu t'es enrichie : le fait d'avoir rencontré ta compagne et accepté ta sexualité contribue à développer ta sensibilité. Je suis également ravi de ta franchise. Et qu'en ressent l'autre reine?

Celle-ci, tout en caressant les cheveux gris aux reflets verdis de sa chérie, me sourit gentiment :

– J'en pense que les choses vont toujours mieux quand elles sont dites. Cela fera du bien à Dolcat, mais à moi aussi. Je suis pourtant mère de deux garçons, mais je n'ai jamais été très tentée par les hommes. Cependant, je comprends très bien Dolcat en ce qui te concerne. Tu as du charme. Il y a quelque chose de différent. Oh! Je dis cela sans connotation particulière ni ambiguïté, bien entendu! Toutefois, nous ne sommes pas venues au Village pour la seule raison de te faire des aveux sentimentaux!

– Je m'en doute. Entre temps, l'orage s'est calmé et les nuages font place aux rayons de soleil. Avez-vous rendez-vous avec le Conseil, aujourd'hui? Et comment te sens-tu, Dolcat?

– Je suis soulagée. Concernant le Conseil du Village et du Manoir, oui, nous allons voir quelques personnes en début de soirée, s'il n'y a pas eu trop de dégâts. Ètschè a remarqué, en venant sous la pluie tout à l'heure, que beaucoup de toits semblaient en passe de fondre. Est-ce normal?

– Bigre! Disons habituel, dans la mesure où certains ont

choisi l'excellente isolation et imperméabilité de l'argile. Malheureusement, selon la période de construction, certaines surfaces n'ont pas suffisamment été cuites par le soleil. D'autres font un grand feu sur leur habitat, pour durcir l'argile. Cela dépend des expérimentations que chacune ou chacun fait en créant sa maison. Mais ta question est chargée d'un sous-entendu. Lequel est-ce?

– Vous manquez de forêts, surtout de résineux! Une des propositions d'échanges de bons procédés est que nous pouvons vous fournir plusieurs sortes de colles et de vernis que nous fabriquons à partir de l'abondante sève de nos arbres. Suffisamment pour imperméabiliser les surfaces qui en ont besoin!

– En effet. Il n'y a pas que des ballons à réparer. Et il y aura certainement bien d'autres spécialités que nous pourrons troquer ou offrir.

Un grésillement interrompt notre discussion. Je saisis mon transmetteur, tout en jetant un œil par la fenêtre. La pluie n'y dégouline plus en cascade et il me semble que le ciel s'est un peu dégagé en prenant une coloration plus orangée. Je me tourne à nouveau vers les reines.

– Ah, c'est Tani qui m'appelle de la Station! Afin d'être presque toujours atteignable, j'ai intégré le communicateur dans une petite poche plastifiée cousue sur ma manche. Excusez-moi.

Salut ma Reine! Figure-toi que je suis ici en présence de deux autres souveraines : Dolcat et Ètschè, reines des Verts du sud-est dont je t'ai parlé. Oui, je les salue de ta part. Tu as des nouvelles?... Oh, si vite? Et le vaisseau est fini et prêt à plonger dans le vide? Fantastique!... D'accord... Il me semble, en effet, qu'un transporteur devrait décoller demain... Moi aussi, je me réjouis de vous embrasser toutes les deux!

Un soleil timide, mais déjà de fin de journée, entre de biais par la fenêtre d'ouest pour s'arrêter sur une partie du canapé d'une clarté vaguement laiteuse. Mes deux invitées portent chacune une main au front en guise de visière, comme si elles s'étaient tant accoutumées à la semi-obscurité, que ce maigre rayon suffisait à les éblouir.

– Tani m'a appelé pour m'annoncer qu'il est temps de songer à retourner à la Station. Je vais quitter des Verts pour rejoindre une planète rouge : quel contraste!

Dolcat me corrige :

– Il s'agit d'une complémentaire, pas d'un "contraste"!

Les deux reines éclatent de rire et finissent leurs tasses, décidées à poursuivre leur mission de contact.

Quand même inquiet de l'état général du Village après le passage d'une tempête aux sonorités apocalyptiques, j'accompagne Dolcat et Ètschè au-delà du couloir qui, bien que penché vers l'est, a de toute évidence tenu le choc.

– Merci de votre visite et à une autre fois, d'ici un peu plus de deux Cycles, je pense!

Elles me font un signe de la main et s'éloignent.

En profitant d'être à côté d'une sortie, je jette un œil à travers les lamelles et constate avec ravissement qu'à quelques détails près, le Village est pratiquement intact.

Des vertes et des pas mûres

Passant de la Terre à la Station, outre les odeurs et les types de bruits, c'est surtout la différence de pesanteur qui surprend.

En bonne compagnie, j'y retrouve néanmoins rapidement mes aises.

– Tani, je dois t'avouer qu'au fond, cela m'a fait très plaisir de savoir que même une femme comme Dolcat aurait pu être amoureuse de moi. D'une certaine manière, de me trouver attirant pour d'autres que toi me rassure terriblement.

– Oh! Naïf que tu es! Dolcat, Sari, et bien quelques-unes que je ne citerai pas t'auraient tiré sur leur couche si elles avaient eu tes faveurs. Mais, comme tu le dis souvent, on est si rarement aimé par qui on le souhaiterait!

– Est-ce du regret que j'entends dans ta voix?

– Que chacun garde son jardin secret, mon "roi", et l'amour sera bien gardé!

– Tu as raison. Tu sais que je t'aime... mais si cela devait marquer une interdiction de rêver, je risquerais de me sentir étouffer et plus rien ne pourrait continuer entre nous!

– C'est bien pour cela qu'il faut profiter de l'amour quand il fonctionne... Il n'y a aucune garantie dans ce domaine.

– Fichtre, non! Pourtant, beaucoup se contentent d'une bonne entente et persistent à vivre ensemble sans réel désir.

– Probablement plus par peur de la solitude... Ah! Quelqu'un vient d'arriver devant notre entrée!

Dans la Station, on ne frappe jamais à une porte : c'est elle qui annonce une présence humaine. La nôtre émet une mélodie d'accueil et s'ouvre automatiquement lorsqu'une personne connue fait mine de vouloir nous rendre visite. C'est amusant. C'est le style des lieux! Il va de soi que cet automatisme peut être bloqué, quand cela s'avère... disons : utile!

La vue du nouvel arrivant nous réjouit au plus haut point. Il est tout tremblant de vieillesse, mais son regard pétillant est resté le même. Avec, au fond, cet air malicieux d'astucieux inventeur. Tani le prend dans ses bras. J'en profite pour mettre de l'eau à chauffer en m'exclamant :

– Hey, Yaro! Mon brave ami, une bonne verveine fraîchement rapportée du Village devrait te plaire, non?

– Oh combien oui! Il me manque et d'en boire la tisane m'y transporte. Quoi qu'avec Arl dans la Trotteuse, c'est presque comme là-bas, quand nous nous promenons sous les rayons du Central.

Tani penche la tête :

– Ce qui ne doit pas vous arriver aussi souvent qu'Arl l'aimerait, ai-je tort?

– C'est vrai Tani, c'est bien vrai... toujours mes bricolages, comprends-tu. Mais, je délègue autant que je le peux. D'ailleurs, les élèves dépassent le maître. C'est inouï comme tous ces jeunes collègues sont doués en tout. Ils sont formidables et de plus en plus nombreux. À ce propos, le grand vaisseau était pratiquement prêt il y a dix jours, mais mes petits génies ont trouvé moyen d'y ajouter plusieurs améliorations de dernière minute. Et vous, êtes-vous mûrs pour l'aventure?

Yaro termine à peine sa question que la porte s'ouvre sur une Zin' rayonnante et de moins en moins petite.

– Yaro, mon grand-tonton!

Je n'ai pas le temps de lui dire attention, qu'elle saute déjà sur les genoux du fragile bonhomme. Il en grimace un peu, mais ne cache pas sa joie de revoir sa petite-nièce de cœur :

– Voyons, jeune fille! Mais qui êtes-vous donc? Attendez que je regarde ce visage qui m'est familier... Voyons, voyons... Non, ce n'est pas possible! Zin'! Est-ce bien toi qui a tant grandi?

Notre princesse éclate de rire :

– Oh! Ça va... tu nous la fais surjouée, là! comme dirait papa. Et puis, je vais bientôt avoir dix Cycles, quand même!

Yaro continue sur sa lancée et, avec des yeux ronds et une bouche en cul de poule, singe les étonnés :

– Mazette! Dix Cycles! Autant que cela? Ah là là, je comprends mieux que tu veuilles absolument participer à la mission pour Mars!

Zin' descend des genoux de Yaro et se met debout devant lui, les poings sur les hanches. Avec un air bravache, elle le tance :

– Alors à ce propos, il n'est simplement pas question que je laisse partir mes parents sans moi... pour ça, je suis juste encore trop petite!

J'interviens :

– En réalité, pour les uns tu es effectivement trop petite pour partir avec une expédition aussi lointaine, et pour d'autres tu l'es tout autant pour rester sans tes parents!

– Mais papa, je suis tout de même déjà allée sur la Lune!

– Oui, et nous y retournerons demain pour les essayages des scaphandres avant le grand départ. Mais la Lune, ma chérie adorée, c'est vraiment juste à côté en comparaison du trajet qui nous attend!

– On ne pourrait pas vite remettre les combinaisons spatiales? J'adorerais, j'adorerais, j'adorerais...!

– Non! Et ne fais pas la pote, veux-tu! Bois plutôt ton thé et calme-toi un peu! Et viens là, que je te câline un moment. Tu m'as bien manqué ces derniers jours!

* * *

Sortir d'une Leehrcryo est une expérience nouvelle, en ce qui me concerne. Il m'a tout bonnement fallu deux jours standards pour retrouver mes marques. J'ai d'abord cru me réveiller dans la Station. Tani, habituée depuis ses dix ans à ce traitement, m'a assisté dans la phase de retour.

En fait, il n'est pas évident de dormir plusieurs Lunes d'affilée.

De plus, on ne trouve rien comme on l'a laissé!

Le changement de décor est assez radical. Le vaisseau est énorme, même comparé aux plus grands transporteurs remis en service depuis notre rencontre avec les Luniens. Toutefois, de l'intérieur, le volume pourrait plutôt paraître étriqué. Les dimensions externes sont trompeuses, car les parois sont épaisses. Il n'y a pas que les couches de blindages contre les impacts. Il y a aussi le système de répulsion magnétique, qui dévie le bombardement de particules.

Ce dispositif en treillis et amélioré par Yaro, doit s'étendre sous toute la surface de la coque. Par ailleurs, plusieurs soutes contiennent les modules de déplacement, avec leurs mini véhicules tous terrains. Ils grignotent également un volume important de l'ensemble. Dans les coursives, il faut veiller à ne pas se heurter lors des croisements. En fait, nous devrions tous être de la même dimension que Zin', ou éventuellement, et au maximum, de la taille des Verts. Heureusement, les espaces de travail, de séjours et de loisirs sont assez spacieux.

Tiens, voici, en face, deux coéquipiers qui reviennent du cockpit. Nous nous glissons le long des parois en passant de biais et en file indienne.

– Salut Erdezan'! Salut Eragadi! Alors : elle finit enfin par grandir?

– Salut Octa! Oui, et ses lunes ne sont plus très loin non plus! Nous allons justement vérifier les taux de pressurisation dans les cales. Ciao!

– Bonne chance!

Quand j'arrive aux commandes, Tani et Zin' sont déjà présentes et contemplent Mars sur le hublot-réflexe principal. L'image projetée est parfaite et on pourrait croire regarder la planète au travers d'une simple vitre. J'embrasse ma Reine dans la nuque et caresse la tête de ma princesse.

– Elle est très impressionnante depuis ici!

Ma fille se tourne vers moi. Elle a énormément évolué depuis un Cycle. Un vieux dicton dit : "Les voyages forment la jeunesse"... mais j'ai plutôt la sensation que ce voyage-ci a provoqué son rapide mûrissement! À peine onze Cycles et elle n'est déjà plus la petite gamine surexcitée qu'elle était au moment du départ de la mission. Elle est devenue une spationaute, comme nous tous, ou presque. Cependant, Zin' est un peu plus gâtée, en raison de son âge et du fait qu'elle est en pleine croissance, on lui a mis trois combinaisons spatiales à disposition. À moins d'une crise de croissance exceptionnelle, Zin' ne devrait pas rester assignée à l'intérieur du vaisseau jusqu'à son retour : il y aura toujours au moins un scaphandre qui lui conviendra! Elle me rend mon sourire teinté de nostalgie. Je suis persuadé que ses réflexions ne doivent pas beaucoup différer des miennes.

Tani se met en vrille pour m'embrasser. Je pose ma main sur le creux des reins. Il est exclu que je sois responsable d'une inflammation de lumbago! Puis, tous les trois, redonnons toute notre attention à la boule rouge et grandissante. La voix de Dzab monte du siège de pilote :

– Avec le zoom, nous avons pu observer des taches verdâtres

sur la surface. Elles sont situées dans les alentours des coordonnées de notre destination, mais, théoriquement et selon nos cartes de Mars, elles ne devraient pas y être. Dommage que je ne fasse pas partie de l'équipe au sol. Je suis particulièrement curieux de savoir de quoi il s'agit!

Tani relève sa remarque :

– Dis donc Dzab, te rends-tu compte que tu es un non-Gris autorisé à piloter le plus gros engin que l'on ait connu et malgré cela, gâté comme tu l'es, tu voudrais aussi pouvoir descendre? Ha! Ha! Là, je crois décidément que tu exagères!

Nous rions tous de bon cœur.

Kalia, qui avait fait déjà partie de notre équipe de "lunatiques", ajuste une caméra sur une lune proche à la frôler et s'adresse à Dzab :

– Ça discute! Mais, si nous ne tenons pas à interpréter le rôle d'une balle du jeu du taquet, tu ferais mieux de virer de vingt degrés sur bâbord! Bon, on a cinq minutes!

La proximité d'une planète doit influencer la gravité par sa masse, car c'est la première fois depuis le départ qu'il me semble ressentir le déplacement du vaisseau. Mais, ce n'est peut-être qu'un effet d'optique. Mars glisse sur le bord de l'écran et ça fait bizarre. Dzab reprend la parole :

– Dans environ huit heures, notre appareil se mettra sur orbite. Il serait idéal d'en profiter pour vous reposer un maximum avant de répéter les tests et revérifier l'état des navettes.

Je fais la grimace :

– Bigre! Dormir alors qu'on va descendre là-dessus dans moins d'un jour! Mon adrénaline bouillonne et je sens que je vais, filer à l'infirmerie du vaisseau et faire appel à notre bon docteur Terendel. Bonjour les coutumes à la mode des débuts du Manoir!

Tani m'attrape, mais tout gentiment, en me pinçant les joues d'une main. Pendant que je suis immobilisé avec mes lèvres à la verticale, elle vrille ses yeux dans les miens et prend une voix qui se veut sévère :

– Ah, gare à toi si tu n'es pas en forme demain! Parce que, sérieusement, nous y allons tous ensemble, figure-toi! Allez, zou! Dzab a tout à fait raison et nous allons suivre son précieux conseil!

Ordre de la reine! J'ajoute :

– Et nous appelons le bon docteur...

Avant qu'elle ne réagisse, je désamorce :

– Je plaisante, voyons! Tu sais bien : expire... inspire... expire... inspire... Comme tu l'as aussi appris!

Pour seule réponse, elle me donne une tape sur les fesses, pour mieux m'envoyer en direction de notre cabine.

* * *

Bientôt, le grand vaisseau restera derrière nous et nous filerons vers le sol martien.

Comme prévu, nous sommes sanglés par groupe de trois dans deux des cinq modules disponibles.

Tani et moi entourons Zin'. La tension est palpable. Ce que nous faisons là est tout de même assez fou, dans le fond!

Dans l'autre navette, il y a Telk, Kalia et Yotanis.

Kalia et Tani sont aux manettes, et déjà en phase de découplage, quand la voix de Dolinar résonne dans les haut-parleurs des cabines :

– Les occupants de la colonie au sol sont entrés en contact avec nous. Ils se servent d'une fréquence locale, différente de celle utilisée pour tenter d'atteindre la Terre! On dirait que notre arrivée n'a été remarquée que tardivement. Les balises lumineuses de la piste d'assolissage sont enclenchées depuis peu. Je les aperçois clairement depuis ici. La manœuvre est exécutée comme prévu et nous nous laisserons guider par les voyants dès que nous aurons effectué la boucle vers l'est martien.

Il n'est pas plus évident de poser un engin sur Mars que sur la Lune, mais l'opération se déroule sans heurt. Nous passons à l'arrière du véhicule pour fixer nos gants et casques. Zin' se débrouille aussi parfaitement que lors des entraînements. Nous vérifions mutuellement nos équipements avant d'actionner la décompression du sas. La trappe s'ouvre pour créer une rampe qui descend en pente douce. Nous pourrions sortir avec le buggy, mais nous voici sur Mars et le fait de marcher sur son sable semble plus magique!

Je m'amuse à repenser au début de la mission qui avait permis de retrouver Dolcat dans son environnement tribal. Les transporteurs avaient déposé le matériel sur le Désert Pâle. Le paysage, hormis la teinte du ciel, y est très semblable. C'est un peu la même sensation que j'éprouve en avançant le premier pied sur la surface glabre et pierreuse.

Par contre, les lieux sont habités ici.

Face à l'ouverture, un groupe plus que surprenant nous accueille. Plus petits que les Verts, plus tassés sur eux-mêmes que les Luniens, on pourrait croire à une classe d'enfants en course d'école, ayant perdu leur monitrice ou moniteur en chemin!

Nous les rejoignons. Zin' fait un immense effort pour ne pas éclater en fou rire, car les Martiens les plus grands ne lui arrivent pas au menton... alors qu'ils portent encore un casque.

Sur les épaules de leurs scaphandres, on peut deviner, malgré l'usure, des illustrations représentant chaque fois un drapeau. Il y a très longtemps, avant la Grande Destruction, la Terre était divisée en diverses nations. Chacune s'identifiait à l'aide d'un de ces dessins et, semble-t-il, chaque "citoyen" était prêt à mourir pour leur appartenance à un pays ou une région plutôt qu'une autre sur la sphère terrestre.

Nous restons tous un moment sans savoir que faire, quand une petite voix étouffée s'élève dans nos casques :

– Bonjour voyageur de la Terre, notre planète à tous, soyez les bienvenus. Comme nous sommes polyglottes, nous avons rapidement pu déterminer quel langage commun adopter. Vos trois amis nous ont rejoints et il est donc temps de se mettre à l'abri.

Il va sans dire qu'en vous voyant, nous comprenons mieux pourquoi notre base a été construite avec de si hauts plafonds!

J'entends pouffer Zin' et la calme avec un petit coup de coude. Il était moins une, car je perçois très bien que nous n'étions pas loin d'une crise de rire généralisée!

Nous passons pas moins de trois sas, avant d'arriver au vestiaire. Inutile de préciser que la première des salles, probablement la plus récemment ajoutée, nous forçait à la courbette. Mais les suivantes sont parfaitement dans le style classique des constructions du genre. À l'instar de la Station ou du Manoir, on y trouve les mêmes parois lisses et le plafond lumineux sur toute sa surface.

Nous pouvons nous débarrasser des habits de protection, lourds et encombrants, pour profiter d'une atmosphère tout à fait agréable. En réalité, je constate que je peux y respirer à plein poumon. Il s'agit donc d'un air pauvre en oxygène, assez proche de celui qu'on consomme au Village.

Ce qui me frappe immédiatement, c'est l'odeur. Contrairement à mes attentes, il n'y a rien de particulièrement bizarre. Au contraire, ce sont des effluves familiers de cuisine... de friture, plus exactement.

Zin' me tire la manche :

– Hé, papa, regarde-les!

J'allais répondre "quoi?" quand, après avoir enfin accroché ma combinaison spatiale aux patères, je les vois!

Je lis dans leurs yeux globuleux un étonnement identique au mien, et je sais, qu'en même temps que moi, ils se posent une question similaire : "Et, ils sont pourtant bien humains, non?".

Pour eux, nous sommes des géants bizarrement élancés. Pour nous, ils ressemblent à de petits êtres fragiles, ratatinés, partiellement fripés, presque translucides. Leurs traits ont bien quelque chose de familier, mais c'est un tel mélange d'incongruités physionomiques que c'en est bouleversant.

Le malaise est général et perceptible. Je décide donc d'intervenir :

– Il est évident que chaque environnement influence l'évolution de ceux qui y vivent. Il est, par conséquent, tout à fait naturel que nos aspects diffèrent autant que nos lieux de vie.

Mon étalage improvisé de postulats aurait pu être mieux tricoté, mais l'essentiel est l'effet qu'il produit : tout le monde marque le coup. On se détend! Je continue :

– Maintenant que nous voici en lieu sûr, ne serait-il pas judicieux que nous fassions les présentations?

Cette fois, c'est plus chaleureux! On se serre les mains, s'échange les noms et Baxter, qui doit être un des officiers du groupe de Martiens, nous invite à partager un repas.

Les fameuses odeurs de plats cuisinés se font plus insistantes à mesure que nous avançons dans le couloir et nous arrivons à la salle à manger. D'ailleurs, la pièce ressemble à s'y méprendre à la cafétéria du Manoir!

Mêmes plats, casseroles identiques... mais contenus déroutants. Chacun doit se servir et les questions fusent.

– Qu'est-ce que c'est?

– Des patates.

– Et ceci?

– Aussi des patates!

– Et dans les autres marmites?

– Toujours des patates. Nous avons huit sortes de patates. Moi, je préfère les Orion, les Galatée et les Licornes. Toutes ont des goûts spécifiques et des couleurs différentes. Celles-ci sont frites, celles-là bouillies puis écrasées. Cela nous permet d'avoir des menus très variés.

– Et un quelconque légume?

– Quelques feuilles seulement, c'est rare et en petite quantité. Ici, il n'y a que les patates qui poussent correctement et en volume suffisant. Il y en a même des ensauvagées! Elles s'étalent sur des kilomètres carrés. Ce sont les vertes : pouah!

Totalement incommestibles, avec leur amidon indigeste, mais, mine de rien, elles produisent de l'oxygène. Si toute la planète en était recouverte, Mars pourrait sûrement retrouver une atmosphère!

– Et pour les protéines, avez-vous un élevage de larves?

– Ha, ça non! Pas de vers ici! Ça attaque les patates, cette saleté. D'ailleurs, pour les apports protéiniques, nous avons les Solaris. On les coupe en lamelles que l'on grille. C'est un délice! Tenez, là, c'en est. Prenez-en quelques tranches et vous m'en direz des nouvelles!

Ceci n'est qu'un échantillon des bavardages que j'ai attrapé au vol. On pourrait croire que le sujet est anodin, voire inintéressant. Or, il n'en est rien. J'ai lu de nombreux articles au sujet des pommes de terre, et comme il est possible de transformer l'amidon en plastique, cela offre des perspectives. Tani, s'est penchée sur la question de la pénurie grandissante de matériaux souples et transparents nécessaires à la réparation et à l'entretien général des couloirs protégés du Village. Elle va très certainement interviewer les Martiens à propos de leurs patates!

Baxter, qui reste le plus loquace de nos hôtes, est venu s'asseoir à la même table que ma petite famille. Je vois bien, à sa manière de constamment nous observer, en passant de moi à Tani, puis à Zin' et de nouveau à l'un des deux adultes, que quelque chose le tarabuste.

Tani, qui a bien remarqué son manège, lui demande simplement :

– Baxter, vous mourez d'envie de nous poser une question. Je vous en prie, ne vous gênez pas et nous tâcherons d'y répondre au mieux.

– Ah! C'est bien aimable. En fait, j'ai constaté que vous trois restez toujours ensemble. Vous semblez très liés. Pourtant, elle n'est pas comme vous.

Le martien garde la posture : son index courtaud pointé sur Zin'. Situation un peu embarrassante pour elle, au demeurant! J'écarquille les yeux :

– Comment ça?

Notre hôte se décide enfin à changer d'attitude et à baisser son bras.

– Mais oui, elle est beaucoup plus petite que vous. Mais, elle est terrienne aussi. Non? Notre ami Baxter nous regarde éclater de rire, avec, sur son visage à la drôle de bouche ronde comme une ventouse, une expression qui déborde de perplexité.

Pour le mettre à l'aise, je m'empresse de lui expliquer la situation.

– Zin' est notre fille. Elle est encore jeune et c'est tout à fait normal qu'elle n'ait pas atteint notre taille. Il faut du temps, pour cela.

– Votre "fille"? Et bien, ça alors! Oui, voilà qui éclaire bien des choses! En fait, la légende dit vrai : sur Terre, les gens se reproduisent spontanément... comme ceci, à partir de rien! Mais, comment est-ce possible?

Sur ces remarques, nous sommes certainement trois à faire des têtes suffisamment bizarres pour être hilarantes au possible. Mais Baxter ne rit pas, il est en pleine réflexion.

Puis, il se lève, bien que cela ne se voie pas tant que cela, au vu de sa taille :

– Venez, il faut que je vous montre la raison de ma perplexité!

Il nous fait signe d'un de ses petits doigts boudinés.

Nous quittons la cafétéria martienne et suivons notre hôte.

Creusées sur un modèle similaire à la Lune, les galeries souterraines, que Baxter nous fait visiter, sont multiples et donnent sur diverses salles. Elles sont de dimensions plus modestes que leurs cousines lunaires, mais, autant les laboratoires que les garde-manger sont équipés avec ce qui se faisait de mieux au moment du désastre terrestre. Nous posons des questions, mais notre guide ne veut manifestement pas se laisser distraire, et nous répond sans précisions.

– Oui, oui! Ce sont là toutes sortes de choses très pratiques. Mais il y a plus important!

Nous arrivons enfin, perpendiculairement, au départ d'un long couloir qui doit bien mesurer trente mètres et large d'environ deux mètres. Les quatre portes ovales, réparties de chaque côté, me rappellent ma macabre découverte sous la base minière des androïdes Luniens.

Un frisson me parcourt l'échine. Je demande, hésitant :

– Euh! Serait-ce un ensemble de cabines de pseudo-hibernation?

– Pas du tout! Au contraire, ce sont nos installations procréatrices et nos couveuses! Tani, avec un air que je lui connais bien, celui qu'elle prend quand elle perce subitement une énigme, s'exclame :

– Voilà pourquoi cette question au sujet de notre Zin' : vous ne pratiquez pas la reproduction par un accouplement suivi, après quelques Lunes, d'un accouchement maternel!

– Effectivement, Tani, ce mode consistant à "avoir un enfant" est un concept qui nous est totalement étranger. Venez, entrons dans la troisième porte, car c'est ici que vous verrez la phase la plus significative du développement de la relève.

Associant le geste à la parole, il nous ouvre l'ovale métallique et nous suit en la refermant derrière lui. Il nous désigne, longeant les parois perpendiculaires au couloir, de grands bulbes dont le tiers supérieur est transparent. À l'intérieur flottent des fœtus bizarrement boursouflés.

– Je vous montre ceux-ci, car ils sont justement au stade intermédiaire : déjà partiellement formés, ces nouveaux vont

188

continuer leur gestation à des rythmes différents. À l'aide d'un programme, seuls quelques-uns passeront à la prochaine étape, celle de préadultes. Nous n'allons pas pouvoir visiter la salle où les progénitures deviendront adultes au bout de quelques mois d'éducation rapide et d'entraînement. C'est un moment délicat. Les sujets ne doivent pas être perturbés durant le processus. J'espère que vous comprendrez.

Tani ne répond pas, fascinée par ce spectacle très particulier, elle ne décolle pas son regard des utérus artificiels. J'y parviens mieux, n'étant génétiquement pas aussi concerné qu'une maman peut l'être :

– Donc, Baxter, tout est fait, ici, pour qu'il y ait un roulement des effectifs?

– Oui, nous sommes toujours entre dix-huit et vingt-quatre à maintenir la colonie en parfait état de marche. Quand j'ai rejoint l'équipe d'alors, un précédent Baxter venait de mourir et je savais parfaitement quel était mon travail. Personne ne manque jamais de rien.

– Bigre! C'est fascinant! Mais, comment ont fait les premiers arrivants? Tani intervient :

– J'allais poser exactement la même question.

Baxter, dans un geste professoral, est manifestement content de pouvoir éclairer nos lanternes.

– Ils étaient déjà des terriens de deuxième génération, idéalement préparés dans le but de survivre au mieux sur Mars.

Là, quelque chose s'enclenche dans mes neurones.

– Vous voulez dire que leur "préparation" consistait en une mutation génétique développée sur Terre?

– Bien entendu! Il fallait que nous soyons beaucoup plus résistants que des humains de première souche. Il aurait été criminel de ne pas améliorer nos chances de survie!

Tani s'est appuyée contre moi, avec toute son attention sur le petit bonhomme convaincu des arguments que les scientifiques, ou les armées de l'époque avaient concoctés. Elle pose la question suivante :

– Et savez-vous comment ils ont procédé?

– D'une manière assez géniale, il faut le dire : en modifiant légèrement notre ADN. En fait, il a été "enrichi" à l'aide d'une protéine d'une autre espèce. Plusieurs décennies avant la première mission sur Mars, les biologistes ont découvert un organisme vivant capable de résister à une exposition prolongée aux rayons radioactifs, à survivre dans le vide spatial, à être desséché puis revenir à la vie avec une simple réhydratation. C'est en étudiant ses cellules que la science est parvenue à créer les caractéristiques de notre anatomie. Nous naissons adultes et asexués. Il en serait peut-être autrement si, dans les premières années de la colonie, les milliards de spermes et des millions d'ovules optimisés d'origine n'avaient pas été massivement détruits. L'historique de cet événement n'a pas été retrouvé, mais cela n'a que peu d'importance. Les occupants de la base ont su réparer les dégâts et restaurer la réserve. Pour cela, ils ont immédiatement fait des prélèvements de cellules de reproduction sur la seconde génération. La nouvelle souche a été acceptée par les placentas clonés.

Pendant que j'écoute parler Baxter, je cherche dans ma mémoire. J'ai lu des articles au sujet d'un minuscule animal, était-il de la famille du crabe? Je ne sais plus, mais ses aptitudes correspondent. Tout en réfléchissant, mon regard se pose sur la "couveuse" la plus proche et... l'image me revient, car la ressemblance avec ce fœtus est frappante! Il s'agit du tardigrade! Du coup, je fais le parallèle avec ceux que nous avions rencontrés lors du périple en dirigeable. Les Martiens et les tardigrades géants de la Forêt du Sud sont pratiquement "cousins"!

Les caractéristiques génétiques de cette espèce quasi inclassable doivent être particulièrement coriaces, car, pour ces Martiens, il semble que le pourcentage de génomes humain s'amenuise de Cycle en Cycle.

Ceci explique leur bouche et quelques autres incongruités qui rendent ces êtres si singuliers : leur ADN est même très influencé par cette fameuse insertion de protéines!

Il est très probable que les actuels colons, malgré une longévité qui dépasserait celle de toutes les créatures terrestres, ne parviendraient que très difficilement à s'adapter à leur planète d'origine, s'ils avaient envie d'y retourner.

Je repense au Tigre et à sa tentation d'immortalité. Jusqu'où était-il prêt à aller?

Comme tout cela est fantastique! Il y a une douzaine de Cycles, je ne connaissais que la mixité des genres et des teintes de mes co-villageois. Sont arrivés les Gris et Tani avec eux. Une amoureuse aux cheveux d'argent qui m'a fait rencontrer le Tigre et les habitants du si mystérieux Manoir, mais m'a aussi attiré à l'intérieur de la Petite Lune. Peu après avoir découvert le secret de l'existence du satellite artificiel, je marche sur la Lune et y trouve des androïdes si parfaitement fabriqués, que je les ai vraiment pris pour des humains en chair et en os. Ça ne s'est pas arrêté là! À quelques milliers de kilomètres du Village, je rencontre une population imbibée de pigment vert, avant de me retrouver, après un immense voyage en plein vide, en compagnie de terriens mutants devenus de véritables Martiens!

J'entends un rire, celui de Tani qui me regarde. C'est avec un tremblement nerveux dans la voix qu'elle me prouve, une fois de plus, à quel point elle devine mes états d'âme :

– Incroyable! N'est-ce pas, Octa mon roi? C'est du super bigre de bigre!

– Ce "super bigre de bigre", c'est de toi... moi, je ne dis jamais ça!

Et je ris aussi... jaune.

Cela n'a pas l'air de déplaire à Baxter, qui nous tapote sur le dos... puisqu'il ne peut atteindre nos épaules. Il nous invite à remonter.

Tout en arpentant les marches pour rejoindre le niveau de la cafétéria, je pose une autre question qui me tenaille :

– Et les fameuses patates vertes qui sont si infectes, pourquoi existent-elles? Pourriez- vous nous en parler?

Baxter lève un doigt sentencieux :

– Demain, mon cher, demain! N'oubliez pas que nous respectons un rythme précis, concernant la période de sommeil. De plus, avec votre arrivée et votre assolissage, ne devriez-vous pas être fatigués?

Sa remarque est si vraie, que nous acquiesçons d'un simple sourire et gardons le silence, en retenant un bâillement.

De l'utilité des patates

Comme les jours sur cette planète sont un peu plus longs que ceux de la terre, ses nuits le sont également, si bien qu'après avoir récupéré Zin' à la cafétéria, le sommeil fut réparateur. Je suis étonné de constater à quel point j'ai si bien pu me reposer en étant deux fois plus léger qu'au Village! La "nuit" passée sur Lune, avec le déficit d'attraction, avait été plutôt perturbante.

À noter que les Martiens sont bons dormeurs aussi, puisqu'ils avaient laissé les "terriens" en plan pour aller se coucher. Notre princesse, en compagnie de Kalia, Telk et Yotanis, nous attendait patiemment malgré ses paupières alourdies.

Apparemment, Baxter a fait des heures sup!

Ce "matin", nous allons emballer des échantillons de patates, y compris les fameuses vertes-pas-bonnes. Telk et Kalia sont désignés pour les remonter au vaisseau et y apporter les enregistrements effectués dans la colonie, accompagnés d'un rapport détaillé.

Ils ont juré qu'ils en profiteraient pour rester longtemps sous la douche. Quand j'ai plaisanté sur la question qu'ils pourraient la prendre ensemble, ils m'ont répondu en levant les yeux au ciel suivi d'un "pff" retentissant. N'empêche, il me semble qu'ils s'aiment bien, ces deux-là!

Mais avant de rejoindre l'orbite, ils installent le nouveau système de transmission extraplanétaire. C'est une nécessité évidente au vu de la vétusté des appareils actuellement en place. Paradoxe étrange, si l'on pense que très peu d'anciennes années terrestres séparent la colonisation de la Lune et celle de Mars. En fait, leur communicateur principal aurait mérité d'être d'une qualité nettement supérieure. Quoi qu'il en soit, dès demain, les Martiens pourront tester les nouvelles caméras avec leurs micros, moniteurs et haut-parleurs.

Je me demande comment réagiront les équipes dans la salle de contrôle de la trotteuse. Il faudra qu'ils me racontent l'effet que leur aura fait ce premier contact visuel!

J'y pense encore quand la porte du dernier sas extérieur se referme dans mon dos.

Yotanis et moi avons enfilé nos scaphandres pour nous retrouver agenouillés dans un tapis dru de feuilles de plans de patates abandonnées à elles-mêmes. Le sol n'est pas sablonneux en profondeur et je peine à sortir les pommes de mars.

– Yota, je m'imaginais avoir à faire à une surface friable, comme celle du Désert Pâle. Mais bigre, c'est terriblement plus dur et ces fichues patates y ont tout de même poussé! Crois-tu que nous devrions vite retourner chercher des outils?

– Non! Je pencherais plutôt à penser que tu es malchanceux dans ton choix d'emplacement. Viens plus près d'ici. Regarde, dans cette zone, le sol est plus rougeâtre et aussi plus tendre.

Yota a raison. Dans ses parages, il suffit de tirer sur les tiges pour extraire les tubercules du sable. Je peux glisser la petite pelle dans ma trousse de ceinturon.

Comment ces plantes ont-elles pu s'acclimater à cet environnement? Théoriquement, il fait beaucoup trop froid. En principe, nous jouissons d'une bonne autonomie d'oxygène et le lieu, à part son manque d'air, est certifié sans danger par le détec. Nous n'allons cependant pas nous attarder inutilement, malgré le charme étrange que dégage ce paysage. La pêche est bien suffisante et nous retournons à la porte du sas en tirant derrière nous nos chariots à larges roulettes.

Un bref instant, j'admire encore ce ciel bizarrement rosâtre. Un petit point brillant reste suspendu, très loin. Mais, il ne s'agit pas d'une étoile. C'est le vaisseau qui se maintient en orbite géostationnaire. À défaut de celle de la planète, une belle chaleur remplit ma poitrine : je les aime beaucoup, celles et ceux qui sont là-haut... et aussi tous les individus qui se trouvent à plus d'un Cycle en hypervitesse d'ici.

Dès mon arrivée dans le deuxième sas, je perçois qu'il s'est passé quelque chose en notre absence. Un son ondulant domine toute autre rumeur de ventilation et de machinerie. Est-ce un râle, une mélopée entrecoupée de chuintements vocaux ou un ensemble de murmures qui ne cessent de se relayer ou de se faire mutuellement écho?

La réponse est à la cafétéria : il s'avère que les "Martiens" ont beau avoir été modifiés dans leurs gènes, cela ne les protège pas de la tristesse.

Yotanis se tourne vers moi.

– Ils pleurent!... C'est leur manière de le faire et, apparemment, ça ne doit pas leur arriver souvent!

Tout à l'autre bout de la pièce, je vois Baxter se lever et lentement nous rejoindre. Tête baissée, il la dodeline. Tout son être trahit le plus profond chagrin que l'on puisse imaginer. Enfin, toujours en train de secouer son crâne chauve avec le regard au sol, il s'agrippe à mon bras.

– Oh, quel malheur, quel épouvantable drame! Comment en est-on arrivé là? Kalia nous a transmis les nouvelles de nos frères terriens... Misère : tous ces gens morts, toutes ces villes rasées, une civilisation entière détruite!

Tani s'est levée aussi en portant Zin' comme si celle-ci était redevenue la toute petite fille fragile qui n'aurait pas mûri prématurément. Ma chouchoute éplorée passe des bras de sa mère dans les miens. Je la serre contre moi.

– Oh ma chérie! Tu ressens toute leur tristesse, n'est-ce pas, et ton empathie fait le reste?

Elle se tortille un peu et son "hmhm" est sa seule réponse.

C'est dans cette ambiance de deuil que nous finissons la journée et la soirée.

Le lendemain est marqué par un travail d'immersion extrêmement zélé, comme si tout le monde voulait effacer le chagrin d'hier sous un flot de labeur assidu.

Nous passons le reste du temps à apprendre comment sont cultivées et préparées les diverses sortes de patates. Entre deux sorties vers les serres où nous allons chercher ici des "jaunes", là des "mauves", nous sommes alternativement cuisiniers et laborantins. Les humbles "terriens" que nous sommes doivent bien l'admettre : ces Martiens ont trouvé des myriades d'astuces pour ne jamais être écœurés de consommer leurs sempiternels tubercules.

Je ne suis pas le seul à être admiratif.

Arrivé au soir, et malgré notre fatigue, nous formons un groupe d'explorateurs, priant Baxter de nous accorder quelques instants.

194

Octa, Cycle 145, Lune 3, jour 27

Je crains que mes notes n'apparaissent de plus en plus disparates. C'est à mettre au crédit de l'hyperactivité qui est devenue une norme ces derniers Cycles! J'espère que, malgré le côté décousu de mes lignes, elles constitueront tout de même une vision historique globale en rejoignant les témoignages d'autres contributrices et contributeurs de la Bibliothèque du Village.

Les paragraphes qui suivent sont relatifs à mon séjour sur Mars et aux contacts avec les Martiens. Mon principal interlocuteur étant Baxter. Voici les points qui m'ont le plus frappé :

L'ADN des habitants de Mars a été "enrichi" à l'aide d'une protéine du tardigrade.

C'est, évidemment une cause essentielle dans leur modification physique. Toutefois, même si leur organisme n'avait pas été génétiquement bidouillé, la faible gravité et la nourriture uniquement basée sur leurs huit variétés de patates cultivées dans ce terreau particulier, conjugué avec une atmosphère raréfiée sous les dômes et un rayonnement solaire différent ont engendré trop d'altérations physiologiques. Tout cela n'a certainement pas échappé aux scientifiques chargés de rendre des humains mars-compatibles!

Cela démontre, clairement, le total manque d'éthique dont ont fait preuve les initiateurs du projet.

À l'instar des androïdes Luniens, il n'a jamais été question que de créer des colonies à rentabiliser. Les individus étant portion congrue dans l'équation purement financière qui prévalait à cette sinistre époque.

Or, au fil de nos discussions avec Baxter, il est apparu évident que les Martiens ne souhaitent aucunement retourner sur Terre. Ils sont tristes d'apprendre ce qui y est arrivé, mais sont véritablement attachés à leur vie sur Mars. De plus, avec leur teint presque translucide à force de pâleur, leur physiologie a tellement changé que leur déplacement sur Terre aurait des conséquences terribles sur leur santé, malgré leur résistance de tardigrades.

Ils aiment ce qui est devenu leur planète. D'ailleurs, ils sont persuadés que les patates sauvages vont contribuer à modifier l'atmosphère de Mars et la rendre respirable à terme! En fait, ils rêvent d'entrer dans l'histoire des hommes et d'être à l'origine d'un globe terraformé, accueillant et où il fera bon vivre.

Est-ce vraiment l'air de la planète qui changera, ou ne serait-ce pas plutôt leur physionomie qui s'adaptera à force de continuer leur mutation vers le tardigrade? Les Martiens finiront peut-être par simplement ressembler aux tardigrades géants rencontrés dans la grande forêt du Sud. Qui sait?

Il est fort possible que d'ici quelques centaines de Cycles, leurs gènes n'aient plus qu'une minuscule proportion d'ADN humain.

Dans le fond, ne serait-ce pas ce qui pourrait leur arriver de mieux?

Ces derniers treize Cycles ont marqué l'histoire des survivants par l'ouverture à d'autres populations que celui du Village.

Pourtant, pour le "bigre d'Octa" que je suis, et comme pour couronner le tout, tout ceci n'est toujours pas grand-chose à côté de l'expérience "vécue" dans la Trotteuse : avoir traversé les trois mondes et d'en être revenu!

C'est fou!

Avec ces nouvelles rencontres martiennes, j'en suis à me demander où cela pourrait s'arrêter!

Est-on vraiment fait pour vivre aussi intensément en l'espace d'une seule vie?

Par ailleurs, quel peut être l'impact d'une telle effervescence sur l'évolution philosophique d'un individu?

Le Village a construit une harmonie basée sur la capacité de chacune et chacun à pouvoir se développer dans une autarcie maximale, même dans un environnement chaotique et soumis aux plaies d'une antique pollution. La sophocratie est centrée sur la sagesse de l'être unique pouvant se débrouiller. Mais la somme des connaissances, acquises en si peu de temps, ne pourrait-elle forcer les personnes à se spécialiser et à perdre leur potentielle universalité?

Il n'est pas impossible que la disponibilité de trop de ressources nuise à la pérennité d'une culture du système D, qui devrait assurer un équilibre parfait entre tous les vivants de n'importe quel monde en garantissant la liberté de chacune et de chacun par l'autonomie.

Je crois qu'il est essentiel, pour éviter que l'humanité ne retombe dans les atavismes tribaux du communautarisme, de ne pas délaisser l'enseignement de la valeur de l'Individu capable de se gérer en toute indépendance.

À force de s'habituer à nos confrontations, avec les modes de penser et les manières égoïstes d'agir qui ont détruit l'Ancien Monde, notre tolérance risque de nous jouer de mauvais tours. L'excès de naïveté pourrait entraîner les prochaines générations à refaire les sempiternelles erreurs de nos ancêtres, inconsciemment et en toute innocence.

Darin', qui a pressenti l'urgence d'impulser plus d'empathie dans la Station n'a vu, au départ, que la pointe de la fourmilière. Dès la fin de la "Crise de l'Ordre", avant même qu'elle ne prenne le commandement de la Trotteuse, elle s'est rendu compte de l'importance de la proto-ocytocine dans l'évolution durable d'une société d'individus sophocratiques. Mais d'en avoir conscience intellectuellement, ne permettra pas aux habitants de la Station de se déshabituer d'une organisation basée sur la spécialisation des compétences. Ce vieux schéma doit rapidement disparaître, avant qu'il ne puisse, dans son sillage, à nouveau aspirer les individus dans la suridentification à des rôles.

On pourrait comparer l'opération d'un changement total de vision du monde au retroussement d'un cerveau, comme on le ferait d'un gant! Sauf que dans le cas humain, cela ne peut se faire d'un coup... à moins d'une situation aussi désastreuse que lors de l'effondrement complet d'une civilisation.

Mais, il se fait tard. J'entends Zin' respirer avec un faible sifflement. Je crois que je vais légèrement augmenter la proportion d'oxygène dans l'air de la chambre, avant de me coucher à mon tour.

Presque trois Cycles se seront écoulés avant que la mission martienne n'atteigne l'orbite de la Terre. Nous n'avons rien contre l'exotisme à la puissance quatre des lieux. Mais si nous nous réjouissons déjà maintenant de revoir nos amis des environs de la vieille planète, alors que plus d'un Cycle de voyage nous en sépare, il est facile d'imaginer quelle est l'intensité de notre envie de partir... malgré un raccourci par la cryo de Leehrmind!

À point nommé, les résultats des analyses des données envoyées depuis le vaisseau au laboratoire du Village marquent la fin de notre expédition : la sorte envahissante de patates qui se développe sur Mars, indigeste pour les Martiens et encore davantage pour nous, est particulièrement riche en para-amidon. Sa propriété chimique en fait une excellente matière première à la fabrication d'un nouveau plastique biodégradable. La culture de cette variété va être testée dans les zones les plus stériles et inhospitalières de la Terre.

Avec l'accord et l'aide des autochtones, douze coffres de pommes de mars sont embarqués dans les deux navettes.

Engoncés dans nos scaphandres dûment révisés, nous voici, à un casque prêt, sur le point de passer dans le premier sas quand Zin' se retourne et va précipitamment se jeter dans les bras dodus de Macanzi, un proche de Baxter, mais d'une couvée plus récente :

– Salut à toi, mon ami martien. Merci pour toutes tes explications, je me souviendrai de toi. D'ailleurs, je pense revenir te revoir et vous dire bonjour à tous, quand je serai plus grande!

Sans fausse pudeur, Macanzi s'essuie une larme.

Tani et moi nous nous prenons une main déjà gantée et nos regards se croisent.

En effet, il faut bien se rendre à l'évidence : Zin' ne nous appartient pas et, par la suite, se trouvera un chemin à parcourir. Qu'il nous plaise ou non, qu'il nous effraye ou nous remplisse de joie, ce sera le sien... tout à elle.

Notre fille ayant créé l'ambiance, nous rejoignons le vaisseau, après de chaleureuses accolades, avec nos trois mètres cubes de tubercules et l'espoir de les voir germer sur Terre.

Avec une certaine appréhension, à l'instar de tous les explorateurs originaires du Village, c'est avec un brin de réticence que j'entre dans la capsule de leehrcryo. A contrario, Zin' s'en réjouit. Elle trouve super l'idée de rester jeune plus longtemps. Il va falloir surveiller cette tendance "à la Tigre de Papier". Je crains la déviance, là!

Enfin. Mon inquiétude n'est que de façade. J'ai parfaitement confiance en la capacité de discernement de ma princesse.

C'est avec ce dernier sentiment que j'entre dans un profond sommeil.

* * *

Toujours cette impression bizarre au moment de quitter l'état de leehrcryo.

La tablée est joyeuse. Nos estomacs reprennent leur fonction et nos zygomatiques également. Après notre long séjour dans le nulle part de la pseudo cryogénie, ce premier repas nécessite de la prudence. Il est très frugal, car n'est pas si facile de recommencer à manger. L'acte paraît presque téméraire, bien que les bouillies soient prévues spécifiquement pour le redémarrage de la digestion. Nous avons ingéré les purées lentement, en salivant, et attendu une heure d'horloge avant d'oser passer au thé. Pas n'importe lequel, bien entendu.

Au moment de le servir, nous nous sommes tous exclamés simultanément et en parfait synchronisme :

– "Ah! Une verveine de l'avant-dernier Cycle : la meilleure!" J'ajoute :

– Mais, n'est-il point un chouia trop parfumé?

Les autres ont trouvé ma remarque particulièrement drôle... ensuite, nous avons tous été pris d'un fou rire monumental!

Nous pouffons encore quand nous arrivons dans la salle d'exercice physique. D'ici peu, il faudra être en forme pour relayer nos collègues.

* * *

Maintenant, nous voici réunis dans le cockpit, à deux jours de notre objectif. Telk est aux commandes et vérifie la trajectoire. Il marmonne comme pour lui même, tout en voulant se faire entendre :

– Bon sang, j'adore piloter, mais il faudra vraiment trouver un moyen de traverser l'espace de manière plus efficace!

Zin' est la première à réagir.

– Tu as raison, on ne peut pas tout le temps dormir alors que le reste du monde vieillit! Et il y a tant de choses à découvrir partout! Bien sûr, je ne connais pas le millionième de ce qu'il y a sur Terre, et pas davantage de Mars ou même de notre Lune. Mais l'univers est si attirant, l'espace si vaste qu'il me tarde de mieux y plonger!

Du coin de l'œil, je vois Tani s'essuyer une larme. Oui, c'est une piqûre de rappel à l'échelle de l'amour que nous portons à Zin' : les galaxies sont fascinantes... et notre fille grandit et partira. Etc. Etc. C'est un vague à l'âme trop classique pour qu'on y revienne constamment! Je sais. Mais qui est parent comprend! Oh! Elle n'ira pas forcément rejoindre des confins qui nous seront inatteignables. Où qu'elle aille, ce sera une séparation... et il faudra l'accepter intégralement et sans condition. Depuis enfant, chacune et chacun apprend qu'elle ou il n'est propriété de personne. Nous intégrons aussi que des liens se font et se défont, sans qu'on le souhaite, au cours de l'existence. Depuis tout petit nous savons qu'il y aura des deuils à faire. Les théories n'ont pourtant rien à voir avec les réalités émotionnelles. Cela également nous est vite enseigné.

Pendant mes réflexions les bavardages sont allés bon train et il est déjà question du transfert à la Station des explorateurs et de leurs découvertes.
Kalia, à son tour, intervient :
– Il faudrait contacter la Station suffisamment à l'avance. Il faut les prévenir que nous avons des échantillons végétaux qui nécessitent une attention particulière. Il serait plus que dommage de rapporter des patates de si loin, pour qu'elles se fassent stériliser au cours de mauvaises manipulations!
Tous acquiescent et Yotanis prend immédiatement place devant les transmetteurs :
– Si j'envoie un message maintenant, la Trotteuse devrait le recevoir un peu plus d'un jour avant notre arrivée. Leur réponse nous parviendra un quart de jour avant notre accostage.

Au loin, mais ce n'est peut-être qu'une illusion d'optique, il me semble voir un petit point bleu se découper de la noirceur totale de l'espace. Paradoxalement, il m'est plus facile de discerner Jupiter à tribord, pourtant bien plus éloignée du vaisseau que la Terre. Bon! Il y a deux poids, deux mesures, là!

Je me sens pris d'un soudain coup de fatigue et constate, en observant mes camarades, que je ne suis pas le seul dans ce cas.

– Diantre, la torpeur est en passe d'avoir raison de ma résistance! Ne devrions-nous pas profiter de quelques heures supplémentaires de sommeil?

Dzab, appuyé contre le chambranle de l'entrée, approuve dans un soupir :

– Excellente idée, je crois que j'étais justement sur le point de m'endormir debout! Mais, comment peut-on être aussi cassé après avoir hiberné pendant des Lunes ?

Notre cher docteur Terendel, qui ne nous a pas lâché depuis notre dernière Leehrcryo, s'empresse d'intervenir en expert :

– La réponse est dans la question, mes amis, sur le plan physique nos corps ont eu tout le temps de se ramollir. De plus, il y a une fatigue psychologique et émotionnelle qui vient encore s'ajouter aux efforts de réadaptation que doit fournir notre organisme. Bien que, lors du voyage précédent, c'était lui qui doutait de vouloir dormir, suivons la proposition d'Octa : elle est judicieuse. Au moins, en arrivant, il n'y aura pas que les patates qui seront en forme!

Miracle : l'épuisement n'empêche pas le rire!

Et toute l'équipe part au repos, l'engin placé à la seule responsabilité du pilote automatique.

CHAPITRE 7

PLUS LOIN

Yaro

Octa, Cycle 147, Lune 5, jour 2

Grâce à la découverte de formules déterrées des piles de journaux du Tigre, de nouveaux plastiques sont fabriqués. L'acétone est produite à partir de l'amidon des patates non comestibles ramenées de Mars. Par mélange réactif au méthane fourni en abondance par la grande cuve de compostage au pied du Village. Le polyester ainsi créé pallie la disparition de l'ancien, qui est en passe de se faire complètement dévorer par les larves-à-plastique introduites par les ancêtres, dans l'idée de combattre la pollution par les polymères. Pour notre bonheur, le matériau fraîchement obtenu, pourtant biodégradable, laisse les plastivores totalement indifférents. À terme, ces insectes-là devront muter, ou pour le moins s'adapter à une autre nourriture, pour survivre.

Les champs de culture de ces tubercules sont devenus une curiosité pour tous. On vient des forêts du sud-est, du Manoir et du Village et même de la Station pour s'étonner des coloris particuliers des plants et des patates récoltées.

En effet, sur Mars, les plans paraissaient vraiment verts, dans des gammes similaires à nos végétaux à leur meilleure période. Mais ici, sur Terre, privée du rayonnement orangé dominant sur la planète rouge, c'est en un turquoise vif et criard que le feuillage s'étale sur la surface cultivée du Désert Pâle. Sur les territoires connus, seules les espèces les plus toxiques s'habillent habituellement de pareilles teintes, comme pour avertir tout prédateur potentiel qu'il ne faut pas trop chercher à les taquiner!

J'ai également pu observer des personnes du Manoir, du Village et de la Trotteuse partir vers l'Est pour créer une nouvelle région habitable. Le temps est révolu où les gens, par peur ou par convention, voulaient absolument s'accrocher les uns aux autres dans un esprit tribal.

Il s'agit d'une évolution importante, car jusqu'ici, les survivants ne pouvaient compter que sur les produits et les déchets récupérés dans les décombres de l'Ancien Monde. Grâce à la collaboration entre Manoiriens, Gris, Verts, Luniens et même

Martiens, tous pourront fabriquer les éléments nécessaires. Ils seront plus solides, et de meilleure qualité. Les constructions en matériaux composites avec des toits plus étanches abriteront les futures générations. Avec les minerais natifs traités au four solaire sur Terre ou sur Lune et leurs métaux usinés en microgravité, les outils et autres pièces vont résister dans la durée.

Il faut aussi que je relate la surprise qui avait retardé notre approche de la Station à notre retour de Mars : un astéroïde affectueux! Je me demande d'ailleurs à quel moment de notre dernier repos, probablement juste avant d'arriver à destination, ce rocher avait trouvé moyen de se mettre en orbite autour de notre vaisseau filant à toute allure dans l'espace. Les équipes d'accueil ont réussi à s'en saisir et l'ont provisoirement fixé à la coque externe de la Station, en attendant de l'analyser.

Ce contre temps avait mis nos nerfs à vif. Nous étions assez impatients de retrouver un environnement familier et rempli d'amis. Nous aurions pu nous passer de ce bout de caillou!

À ce propos, il...

La voix de Zin', en pleine discussion, et qui se rapproche de la maison, m'invite à interrompre mon compte-rendu.

Juste à temps, en réalité, car ce sont deux splendides demoiselles qui ouvrent la porte et rentrent : Tani et Zin'.

– Bigre! Que vous êtes donc jolies, toutes les deux!

Alors que Zin' fait sa moue enchantée, Tani me regarde avec son petit air mi- réprobateur mi-ravi.

– Allons, Octa, pour ma fille, je veux bien... mais une vieille greluche qui s'avance à grands pas vers ses soixante-cinq Cycles!...

Prestement, je la fais taire en lui collant un baiser sur les lèvres.

Profitant de l'effet de semi-surprise, je termine sa phrase au vol :

– ...dont la moitié passée en leehrcryo et le reste avec une constitution de fée. Bref : tu parais presque aussi jeune que ta préadolescente de Princesse! Zin' pouffe.

– Oh, papa, toi, avec ta manie de toujours en ajouter!

– Ha, petite moqueuse ingrate! Pourtant, dans le cas de ta superbe maman, je n'exagère en rien du tout! Par contre, où j'ai manqué à mes devoirs familiaux, c'est au sujet du repas. Pris dans mes notes, je n'ai pas vu le temps passer et je n'ai pas préparé de quoi vous nourrir!

Zin' attrape un bras de chacun de ses parents et ramène tout ce petit monde dans la réalité.

– Alors, attaquons le problème ensemble : je meurs de faim! Je m'occupe des galettes et vous vous débrouillez pour que le reste soit à la hauteur de mon grand art culinaire!

Nous éclatons de rire et filons en cuisine.

* * *

Être au Village et s'y adonner aux tâches diverses demeure un de mes plaisirs favoris. Ma mémoire a beau déborder de millions de souvenirs et d'émerveillements collectés ailleurs, le creuset de mes premières découvertes représente, à mon avis, l'endroit harmonieux par excellence.

Pas par atavisme ni par attachement aux "racines", car je sais bien que celles-ci n'existent qu'à l'intérieur de ma conscience, mais grâce à la résonance que je perçois de chacune et chacun, ici, qui assume son individualité.

Il y a très longtemps, quand des personnes habitaient ensemble, elles formaient une "communauté" avec pour corollaire une tendance au "clivage par le bas". Or, au Village, personne ne cherche la dépendance ni le besoin d'autrui. Chaque être vivant y est roi de sa vie. C'est un "clivage par le haut", en quelque sorte.

Quoi qu'il en soit, j'ai fait un certain nombre de choix qui ont tellement enrichi mon existence que les moments de simplicité bucolique se raréfient systématiquement. Je ne vais pas m'en plaindre non plus, tant l'intérêt pour l'inédit a motivé mes faits et gestes depuis ma plus tendre enfance.

C'est donc sans l'ombre d'une contrariété que je réponds à l'appel spécial qui émane de mon bracelet.

– Hello Darin', heureux d'entendre ta voix! Comment vas-tu?

– Personnellement, et mis à part une folle envie de venir prendre des vacances en compagnie de Carlonicum au Manoir, très bien. Mais, tu dois te douter que si je te contacte avec cette sonorité, c'est qu'il s'agit d'un sujet plutôt urgent. Bonjour Tani, aussi, puisque nous sommes en petit réseau.

La voix de ma Reine s'associe à la discussion :

– Bonjour, Darin', oui, je suis à l'écoute. Qu'y a-t-il? Rien de grave?

– "Urgent" ne veut pas forcément dire "grave". En fait, depuis quelques jours, nous captons de drôles d'interférences. Yaro a mis une partie de son équipe à la tâche, en vue de construire un appareil spécifiquement destiné à mesurer ces anomalies.

Darin' s'interrompt. Elle doit se trouver dans la salle des commandes avec un des officiers à renseigner.

Cette parenthèse me laisse l'occasion de glisser, à l'attention de Tani :

– Et notre présence serait souhaitée...

Darin' revenue à la conversation m'a, bien sûr, entendu.

– Exactement! Vous savez bien que vous êtes mes éclaireurs préférés et je connais votre point commun : une insatiable curiosité. J'aimerais beaucoup vous avoir sous la main s'il fallait à nouveau sauver la Station!

– Bigre! Tu plaisantes, j'imagine.

– Plus ou moins. Franchement, comme os à ronger, je n'ai rien de plus qu'une intuition. Si vous n'avez pas une importante tâche en cours, il me semble qu'une promenade en orbite pourrait tout aussi bien vous convenir... surtout s'il y a plusieurs autres choses intéressantes à y découvrir!

Le rire de Tani résonne à mon poignet.

– Ha! Là, Darin', tu chatouilles Octa à son point faible. Je crois que je suis bonne pour rentrer à la maison, prendre Zin' en passant et faire nos sacs. Inutile de préciser qu'ils ne seront pas bien lourds!

Aspect commun dans notre petite famille : la bougeotte, cela ne fait pas un pli!

Deux galettes tartinées à la purée de légumes et un tour du Village plus tard, nous voici déjà en microgravité entre deux de nos résidences sporadiques. Et les parents sont presque aussi excités que leur Zin'. C'est peu dire!

Serait-ce déjà par la force de l'habitude? Quoi qu'il en soit, je ne remarque presque plus les transitions de milieux!

Pourtant, je suis quasiment déçu d'arriver dans une Station où règne un calme olympien. Darin' a même le temps de venir nous accueillir en personne, ce qui me réconcilie avec la légère frustration de ne pas entrer de plain-pied dans une nouvelle et palpitante aventure. On finit par s'habituer aux ambiances dramatiques, on dirait!

Nous sommes d'abord emmenés au restaurant des officiers. Darin' est visiblement très heureuse de nous revoir en chair et en os.

— Allons-y, votre passage dans le vide vous a sûrement donné un petit creux à combler. Vous devez absolument profiter de la pâtisserie du jour!

Zin', bien qu'elle ne soit plus du tout la fillette d'antan, a pris la main de Darin' dès nos retrouvailles et ne la lâche plus, même pour sautiller comme une enfant qui aurait dix ans de moins qu'elle :

— C'est quoi? C'est comment? C'est sucré?

Darin' rit aux éclats.

Tani et moi nous regardons et sur un ton identique, ensemble, nous nous adressons à notre princesse :

— Veux-tu cesser, sale gamine!

La scène n'a pas échappé à plusieurs tablées. Hilares, plusieurs lieutenants, capitaines et autres commandants nous saluent à notre passage. Il y en a même un qui s'exclame :

— Il reste encore quelques gâteries. Mais dépêche-toi Zin', car elles ont du succès!

Du coup, notre jeune adolescente reprend conscience de son grand âge, lâche discrètement la main de tata Darin' et reprend une posture plus sérieuse de demoiselle. Mais, ce n'est qu'une comédie qui ne dure pas. Zin' adopte son air malicieux, toise l'entourage, se met à rire et court jusqu'au comptoir où sont exposées de splendides pâtisseries dorées.

— Bigre! J'avoue que l'odeur de ces biscuits est enivrante... il faut absolument éviter que Zin' ne les mange tous avant que nous rejoignions nous aussi la vitrine!

Tani fait mine de me retenir par le bras.

– Arrête! Si ta fille a faim, alors laisse-la dévorer ce qui reste!

Tout le monde rigole. C'est un vrai spectacle improvisé... et joué par des surdoués, des pros de la scène. Parce que, évidemment, il y a là encore des monceaux de délicieuses pièces à engloutir. De quoi donner une indigestion à une bonne centaine de personnes d'excellente constitution!

Notre équipe de becs à bonbons est en plein ouvrage de d'ingestion intensive quand un officier vient précipitamment interrompre notre exploration gustative.

Ce trouble-fête est encore à douze mètres, quand il s'exclame, tout en courant et brassant l'air d'un bras :

– Commandante Générale! Il y a du nouveau! Les ondes séquentielles recommencent à nous parvenir en ce moment même!

Darin' ne se lève pas d'un bond, comme l'aurait peut-être souhaité le messager, mais très passivement finit sa bouchée de choux à la crème végétale.

Je fronce d'un sourcil. Connaissant Darin', je ne suis pas certain que cela soit particulièrement bon signe. Elle sait garder un calme olympien dans les pires instants d'une crise. Je l'ai bien vu lors de l'épisode de l'Ordre, quand tout était sur le point de basculer dans le plus dramatique... désordre!

Toutefois, une brève observation morphopsychologique démontre qu'il n'y a pas, chez notre amie, de véritable inquiétude. Elle nous gratifie d'un léger hochement de tête, et c'est tous ensemble que nous nous levons tranquillement pour suivre un officier surexcité.

Sur le chemin menant au poste de commandement, le capitaine Karnil Tobasim', qui s'est un peu calmé, nous explique :

– Cette fois-ci, c'est différent : nous recevons des séquences d'ondes en boucle. Elles sont, systématiquement, répétées à soixante reprises. Elles se suivent les unes les autres en respectant une pause de quelques secondes entre elles. Au bout de douze phases, le même schéma recommence. Il est évident que cela ne peut pas être le fruit d'une quelconque interférence. Tout serait beaucoup soit plus aléatoire, soit trop uniformément régulier!

Nous arrivons au centre de contrôle de la Station et Darin' s'asseye à son poste. Elle se tourne vers Karnil et ses collègues à l'écoute du phénomène.

– A-t-on déjà une idée de l'origine des messages?

Ténerdac Rofa'in', un autre capitaine, lui désigne un point sur un des écrans du pupitre. – Au départ, nous soupçonnions un envoi altéré venant de la colonie martienne, Mars ayant été sur sa trajectoire. Or, la Planète Rouge est depuis longtemps hors champ. Ce qui est étrange, c'est qu'il semblerait qu'il y ait plusieurs émetteurs pour un même flux cohérent! C'est à n'y rien comprendre.

Voici qui me fait penser à un concept bigrement intéressant! Serait-il possible de composer un message unique en concentrant plusieurs contenus provenant de sources multiples? Comme une triangulation, peut-être.

Ça me titille. Je sens que mes neurones se réjouissent déjà du nombre d'hypothèses qu'elles vont pouvoir échafauder en quelques jours.

Par ailleurs, on aurait pu s'attendre à de simples grésillements, mais il y a de véritables modulations, des sons différents. Sur l'horloge murale, je vois passer vingt minutes. Puis, tout s'arrête.

Arrivé au soir officiel, installé dans nos appartements orbitaux avec Tani et Zin', je suis en train de leur faire part de quelques-unes de mes premières réflexions quand quelqu'un est annoncé par le système d'entrée automatique.

Personne ne bouge. La reconnaissance biométrique analyse immédiatement qui désire nous rendre visite.

Mais alors même que nous nous apprêtons à de joyeuses retrouvailles, l'inquiétude vient remplacer notre gaieté.

Tani est la première à réagir et bondit pour prendre la nouvelle arrivée dans ses bras.

– Arl, ma chérie! Qu'y a-t-il? Que se passe-t-il?

Cette scène m'emplit d'appréhension et je me lève à mon tour.

– Un malheur? Yaro? Il est arrivé quelque chose à Yaro!

Zin' reste silencieuse, tapie au fond de son fauteuil, mais l'on peut sentir qu'elle est sur le qui-vive, comme si elle s'attendait déjà au pire.

Nous entourons Arl de nos bras et nous asseyons sur le canapé le plus large. Cette femme de passé septante Cycles a toujours son allure si jeune, malgré les rides et la peau qui s'efforcent de la vieillir. Arl nous prend une main dans chacune des siennes :

– Oui, c'est Yaro. Il se fait âgé et, selon les médecins, il ne va pas tarder à nous quitter. Je sais qu'il n'y a rien de plus naturel que la mort et que de s'en attrister ne rime pas à grand-chose. Mais je me suis tant attachée à lui et ce n'est pas juste qu'il s'en aille ainsi, alors qu'il est plus jeune que moi!

Arl s'effondre en larmes et, à côté d'elle, j'en fais de même.

Yaro, fichtre! Mon génie de meilleur ami, c'est de lui qu'il faudra bientôt faire le deuil! On a beau savoir que tout a une fin, mais qu'il est difficile d'admettre de perdre celles et ceux que l'on aime!

Dans la bibliothèque, il y a bien toute une section réservée aux croyances anciennes. Parmi elles, il y avait le "spiritisme" qui défendait l'idée que les gens ne mouraient pas vraiment. Cette peur du silence définitif, du vide absolu, a toujours généré des méthodes pour tenter de s'en défaire. Mais la réalité, du moins celle que j'ai expérimentée lors de mon EMI, c'est que la dissolution est irréversible. Passé un certain stade, "personnalité", "ego", "identité", "croyance", "foi", "certitudes", et j'en oublie, s'évaporent, car devenu parfaitement obsolètes.

Mais les lamentations, bien qu'utiles pour traverser les deuils, ne servent à rien. D'autant que Yaro n'est pas encore loin!

Ma dernière pensée me fait réagir.

Tout en posant une bise sur le front d'Arl, je me redresse.

– Diantre! Mais, pour l'instant, il vit! Où et dans quel état est-il actuellement? Si cela est possible, je veux aller le voir tout de suite!

Arl lève les yeux et me sourit en me tendant une main.

– Tu as raison, Octa. Il est faible, mais il arrive vaguement à marcher un peu, quand on le soutient, et peut tenir vingt à trente "minutes" d'horloge, avant de se sentir épuisé. Je tire Arl pour l'aider à se mettre debout, pendant que Tani, par une mimique suggestive, invite Zin' à nous suivre.

Les couloirs sont calmes. Les personnes qu'on y croise cheminent avec souplesse. Pas du tout comme lors de ma première venue où les mouvements rigides étaient fortement marqués par des attitudes militaires. Les visages sont détendus, mais empreints de gravité. Comme si tous étaient en train de penser à Yaro. Ça doit être le cas, car il a su se faire aimer de tous.

L'appartement d'Arl et d'Yaro est juste avant celui de Darin', pas très loin du nôtre et nous y entrons à pas feutrés. À peine arrivés dans la pièce, qu'une voix bourrue pourtant affaiblie nous accueille :

– Allez, les amis, inutile d'en faire tout un cinéma! Ça ne va pas tarder, mais je ne suis pas encore mort... et quand je le serai, vous pourrez faire tout un tintamarre que cela ne me dérangera plus!

Nous le retrouvons assis, le moins voûté possible, au bord de son lit. Il reprend sa manière douce, et qui lui ressemble davantage, de s'exprimer :

– Merci, Arl, c'est gentil de m'avoir amené mes amis! Il est toujours agréable de voir des visages que l'on aime. Ah, mes bons amis! Me voici à un tournant. Je ne crois pas que je vais encore inventer beaucoup de choses. J'ai eu une belle vie et bien accompagnée en plus! Il n'y a donc pas à en être triste. Quelle chance j'ai eue de naître dans une époque aussi riche en événements! Vraiment "bigre", n'est-ce pas Octa?

– Bigrement bigre, en effet Yaro! Et tu n'y as pas été pour rien!

Mais je n'en dis pas plus, dépassé par mes émotions, je le prends le plus doucement possible dans mes bras et je pleure comme jamais.

* * *

Octa, Cycle 147, Lune 7, jour 18

Trois jours après ce dernier entretien, Yaro s'est éteint et, à sa demande, Arl a fait ramener sa dépouille pour l'intégrer à la Cuve. Le retour sur terre a profité d'un voyage prévu pour des livraisons, car en aucun cas Yaro n'aurait voulu, dixit : "être à l'origine d'un gaspillage". Il aurait eu horreur de ça! C'est également la raison pour laquelle il préférait que son corps se transforme en gaz et en compost de jardinage. C'est toujours mieux ainsi.

Tani, Zin' et moi avions embarqué, avec une bonne cinquantaine de proches de Yaro. Darin', bien sûr, mais aussi d'autres amis et complices de "bricolage" ont tenu à se joindre à Arl'.
Ça n'a pas été à proprement parler une "cérémonie", car personne ici n'attache de valeur à des rites, quels qu'ils soient. Il se trouvait simplement que beaucoup d'individus ont aimé ce personnage haut en couleur et vif d'esprit.
Ce n'est ni fatalité ni tristesse que je ressens, juste un regret de ne plus pouvoir le rencontrer au détour d'un chemin et constater, d'après le brillant de ses yeux, qu'il pourrait être sur le point de concrétiser une de ses nouvelles idées de génie.

C'est ainsi. Nous le savons tous, depuis notre plus jeune âge, qu'une vie est toujours plus courte qu'on ne le pense. C'est bien pour cette raison que chacune et chacun cherche à faire tout son possible pour exceller dans toute activité. Pas pour être "meilleur que les autres", mais pour ne pas gaspiller de précieux moments à ne faire les choses qu'à moitié.

Un grand transporteur est donc redescendu sur Terre et y est stationné jusqu'à nouvel ordre.

Darin' veut séjourner quelque temps au Manoir, en compagnie de Carlonicum. Plusieurs Gris aimeraient profiter de rester dans la bâtisse du Tigre quelques jours et d'autres vont demeurer au Village durant une période indéterminée. Cette émulation mutuelle est bénéfique pour tous. Apprendre à vivre différemment, adapter son ego à de nouvelles conditions et dépasser ses habitudes sont élémentaire dans nos évolutions. Une trentaine de personnes ont embarqué dans le transporteur qui retournait à la Trotteuse, dont en plus des Gris et quelques villageois en poste dans la Station, quelques novices désireux d'expérimenter leurs attitudes extraterrestres.

Il est plus que probable que ma petite famille va y repartir en même temps que Darin'. Je vais donc profiter au maximum de ma présence au Village. Il y a des amis à voir, des thés à boire, des projets en cours à visiter. Bref, tout passera très vite... de nouveau!

Voilà un tout minuscule bout écrit en plus dans ce calepin!

Nouveau départ

Couché là, sur l'accoudoir de mon fauteuil, le carnet relié devra patienter un moment avant que je le reprenne. En attendant d'être rempli, je vais aller consulter quelques-uns de ses semblables à la Bibliothèque. Je suis piqué de curiosité quant aux notes qu'aurait pu y laisser Yaro. Bigre, il doit y avoir des milliers de choses que je ne connais pas à son sujet!

À peine sorti dans le sas de la maison, je retourne à l'intérieur pour y poser mon gilet. Il commence à faire chaud, pourtant, midi est encore loin.

La période est idéale pour les explorations territoriales, les voyages prospectifs et toutes les préoccupations du moment. Il faut dire que plusieurs habitants du Village, du Manoir et de la Station ont fondé des familles et que le terrain du Tigre n'est pas extensible. Il est préférable d'aller construire son nouveau foyer ailleurs, pour que chaque individu puisse avoir son espace.

Tout en marchant, je vois quelqu'un de dos qu'il me semble reconnaître.

– Tarlo! C'est toi?

Il se retourne.

– Hey salut le "lunatique Martien"! Mon brave Octa, arrives-tu encore à supporter de rester quelques jours d'affilée au même endroit?

– Effectivement, ta remarque n'est pas dénuée de fondement. Bigre! Si l'on devait faire des statistiques, je dois être un des habitants des plus sujets à la bougeotte loin à la ronde!

– Pff! Tout autour du globe, tu veux dire! Mais, ça doit être pas mal du tout. Non?

– Diantre! Serais-tu intéressé à t'embrigader dans une prochaine virée extraplanétaire?

Si c'est le cas, tu peux en faire la demande, parce qu'il y a vraiment de quoi faire, je t'assure!

– Ce serait donc possible? Oui, je crois bien que ça me tenterait de faire un truc un peu dingue durant cette vie.

– Va voir Carlonicum, au Manoir, et il te dira comment postuler.

En plus, avec toutes les combines que les gens du Village connaissent, il aura l'embarras du choix si les demandes affluent en trombes.

– Je veux d'abord finir mes p'tites expériences et j'irai vérifier si mon inscription peut être recevable.

– Tu es sur quoi, ces temps-ci?

– Chimie, Octa, en pleine chimie organique de surcroît! Tu sais, les patates que vous avez ramenées de Mars, et bien elles sont géniales. La structure moléculaire de leur amidon est une variante de celles qui nous sont familières. On peut envisager de fabriquer des qualités de plastiques extraordinaires! C'est la raison pour laquelle je suis en chemin pour la Bibliothèque. Mais toi, tu y vas aussi, non?

– Parfaitement! Mais dans un objectif plus sentimental, en fait.

– Si cela fait un moment que tu n'es plus venu consulter des archives, tu vas avoir une surprise. Tiens, nous arrivons, justement. Je te laisse passer en premier et tu verras.

Sa remarque est étrange. Pendant que je me demande à quoi il fait allusion, j'en expérimente la raison : la porte s'ouvre automatiquement à mon approche.

– Bigre! On y a installé un mécanisme avec capteur de mouvement!

– Oui. Quelqu'un a observé ça dans la Trotteuse. De retour, il a surpris une jeune femme, les bras chargés de livres, devoir tout poser par terre pour saisir la poignée et tirer le battant. Ensuite, elle a dû la retenir avec un pied pendant qu'elle ramassait sa pile de bouquins. Dix jours plus tard, il avait fabriqué et installé un moteur pour la porte.

– Bien sympathique!

– Oh, pour lui, ça a été tout bénéfice!

– Ah bon? Comment cela?

– La fille en question et lui habitent ensemble, depuis quelque temps!

Nous entrons côte à côte dans le couloir des répertoires de classement en riant, puis nous partons à nos affaires, chacun de son côté.

La pile de documents que j'arrive à amasser m'étonne. J'ai toujours cru Yaro très évaporé, passant d'une invention à une autre sans trop y penser et, surtout, en oubliant systématiquement d'en relater les détails. Or, c'est tout le contraire que je découvre. Il a trouvé le temps de transcrire ses travaux avec une méticulosité digne des plus hauts éloges. C'est invraisemblable!

Le trésor qu'il a laissé derrière lui est phénoménal!

C'est passionnant!

Il faut que mon estomac se mette à gargouiller avec véhémence pour me ramener à l'instant présent. Je me rends compte d'être totalement parti dans la visualisation des récits, des explications et des détails techniques décrits par Yaro. En fait, c'est comme si j'avais été avec lui pendant toute la durée de ma lecture! Combien de temps, d'ailleurs? Aucune idée.

Mais, pendant que je parcourais les pages, je voyais ses expressions, ses yeux pétillants. J'entendais sa voix comme s'il avait été là, à côté ou devant moi. Quel personnage, ce Yaro!

Depuis où je suis assis, aucune fenêtre ne peut me donner d'indication quant à la position du soleil et la Bibliothèque est exemptée d'horloge. Je dois donc me fier à ma sensation de faim et vais ranger ces documents sous la lettre "Y".

Fichtre! J'ai peut-être oublié un rendez-vous. Y a-t-il quelque chose de particulier, prévu aujourd'hui?

Bref! De retour à la "réalité", je dois faire un effort pour y reprendre pied.

Inspire, expire, inspire, expire... Comme on apprend à le faire depuis notre plus tendre enfance, les pensées s'arrêtent de bouger toutes seules et me revoilà de retour dans l'instant, le véritable, pas celui que l'on confond souvent avec le "moment". Bigre! On a vite fait d'oublier les bases!

En chemin, le silence intérieur encore entier dans sa sérénité, je rencontre Driss, enveloppée dans un tissu léger et transparent. C'est une très jolie fille, il faut bien l'admettre. Mais c'est l'unique personne que je croise, ce qui pourrait bien indiquer que presque tous les autres sont à table. Par conséquent, je ne m'attarde pas.

– Octa! Octa!

La voix de Tani résonne dans le couloir principal, celui qui me ramène de la Bibliothèque du Village à la maison.

Quand nous sommes ici, nous n'utilisons presque plus nos communicateurs. Les appels vocaux qui s'entremêlent contribuent à l'ambiance chaleureuse des lieux. Comme les habitations sont parfois assez distantes, c'est un véritable concert d'exclamations en tous genres qui se joue d'un bout à l'autre du territoire, à certains moments clefs de la journée.

Là, je vais participer quelques instants à un mini récital à deux cordes... vocales :

– J'arrive, ma Reine!

Tani, pour m'attendre, s'est assise dans la chaise en rotin du sas, à côté de la porte d'entrée. Le battant est entrouvert et des bruits de cuisine s'échappent de l'entrebâillement. Ma reine se lève en me voyant approcher.

– Salut Octa! Ta fille est en train de préparer le souper. Je la laisse faire. Elle a insisté pour s'en occuper du début à la fin.

– Salut mon amour. Quand tu dis jusqu'à la fin... la vaisselle est incluse, ou non?

– Ah ça, on verra bien!

Avant de rejoindre notre trésor commun, nous profitons d'échanger un long baiser.

Enfin, il se raccourcit un peu, puisqu'interrompu par une injonction venant de l'intérieur :

– Je sais très bien ce que vous faites, mais le repas est prêt à être servi. C'est chaud qu'il doit être mangé!

Nous entrons donc, en bons parents obéissants.

Le festin est véritablement fa-bu-leux! En m'essuyant les commissures des lèvres, je regarde ma fille avec admiration.

– Bigre! Et tu as fait tout ça toute seule? Mais tu es une authentique cheffe de haute cuisine, ma parole. Si un jour nous rencontrions un dirigeant à la tête d'une troupe de sauvages belliqueux, nous n'aurions pas à nous battre : il suffirait que tu lui fasses à manger!

– Éventuellement, mais sache que je ne l'épouserai pas pour

autant, comme cela se faisait à une certaine époque de fous furieux!

Tani éclate de rire.

– Ha! Ha! Ne crains rien, ma fille, nous n'en arriverons pas là! Mais passons au thé, voulez-vous?

Ma reine fait mine de se lever, mais Zin' l'en empêche.

– Tss! Tss! Pas question d'interférer avec mon plan : je m'occupe de tout... vaisselle incluse. Inutile de faire cette tête, vous m'avez bien comprise!

Il y a un détail qui me turlupine.

– Dis-moi, Zin', tu n'as pas intégré les larves des Verts dans ton menu?

– Non, effectivement. Tu sais, il me déplaît fortement de m'imaginer que ces vers se nourrissent aussi bien de déchets végétaux que de victimes animales ou humaines, mais qu'elles préfèrent ces derniers quand elles en ont l'occasion. Ça me dégoûte de mastiquer un parasite qui aurait pu causer la mort de quelqu'un!

– Je comprends et, mieux que cela, je me suis fait la même réflexion. Qu'en penses-tu, Tani?

– Il me semble que c'est une réaction qui s'est généralisée. Passé l'enthousiasme de découvrir une nouvelle pitance, ce qui est arrivé à Iséb revient en mémoire et cela touche à l'empathie. Nous ne mangeons pas de mammifères parce que nous en sommes nous- mêmes. Nous ne tuons pas les animaux qui expriment une volonté de liberté. Nous évitons de consommer êtres et plantes susceptibles d'être contaminés. Nous nous rabattons sur les protéines de larves perçues comme parasitaires. Bien qu'il y a longtemps, il était de bon ton de massacrer des milliers de bêtes pour leur viande et la plupart des familles trouvaient que les insectes seraient trop dégoûtants à ingurgiter. Il y a même eu des anthropophages qui considéraient normal de manger leurs ennemis humains! Tout n'est qu'affaire d'habitudes et d'influences du milieu, du moment qu'on ne se pose aucune question éthique.

Zin' se tortille. Elle a visiblement envie de reprendre la soirée en main et se lève.

– Bon! L'eau doit être chaude. Chers parents, passons à quelques moments plus insouciants, d'accord?

Nous acquiesçons.

Il est bien agréable de se faire servir, surtout quand c'est votre enfant qui vous fait une démonstration de "savoir-faire". C'est vrai, bigre, qu'elle devient grande... ma petite chouchoute!

Le thé est infusé à point et vient remplir nos tasses. Le parfum d'une verveine bien équilibrée est inimitable et embaume le lieu de fééerie.

Interruption.

Un communicateur émet un son "vibrato moderato" caractéristique. C'est celui que Tani porte presque toujours en collier, alors que moi, comme d'habitude, j'ai dû oublier le mien à côté du lit.

La liaison est couplée au niveau du système d'amplification installé dans la maison, si bien que nous entendons tous clairement la voix de Darin'.

– Salut les amis. Je vous appelle depuis le Manoir. Il s'agit d'une communication que tous les concernés peuvent suivre et durant laquelle il leur est permis d'intervenir. Voici : la Station a capté de nouveaux messages, lesquels démontrent qu'ils s'adressent spécifiquement à nous et il est maintenant certain qu'ils ne peuvent provenir ni de Mars ni d'une quelconque sonde envoyée de la Terre par le passé! Le phénomène est inédit. Notre cher Yaro avait, semble-t-il, anticipé cette possibilité. À sa demande, toute une équipe d'ingénieurs et de maîtres bricoleurs s'est affairée, depuis des Lunes, au recyclage de plusieurs anciens cuirassiers orbitaux retrouvés dans nos ateliers. Ils vont en faire un seul engin... Encore plus grand que celui qui a servi lors du voyage pour Mars. Le nouveau vaisseau est destiné à des trajets intersidéraux!

D'un bond, et au risque de renverser ma tasse de tisane, je me redresse comme un diable sortant de sa boîte :

– Du déplacement intersidéral? Mais cela demanderait de crapahuter durant des centaines de Cycles avant de rencontrer quoi que ce soit!

Darin' répond :

– Et justement, c'est là où le bât blesse : la propulsion. Il y a bien de vieux projets qui pourraient être déterrés. Octa, crois-tu que tu pourrais vérifier s'il en est question à la Bibliothèque? Ici, au Manoir, il y a déjà une vingtaine de chercheurs qui fouillent, depuis plusieurs Lunes, également à la demande de Yaro, dans les piles de journaux et de revues du deuxième sous-sol. Ils n'ont trouvé que des bribes, des allusions ou des plans restés au stade des théories, mais encore rien de concret.

– Tu peux compter sur moi. On peut éventuellement espérer découvrir quelque chose plus rapidement à la bibliothèque, puisque les dossiers y sont proprement répertoriés, par contre, pour ce qui est d'y déterrer ce que nous devrions... c'est une autre ritournelle!

Je lis clairement dans le regard que me porte Tani en ce moment. Avec son sourire à un tiers inquiet, le deuxième tiers amusé et sa dernière tranche encrée dans une certitude inébranlable, tout son faciès dit : "Ça y est, c'est reparti. Octa ne va pas résister à être de la fête!"

Dans un raclement de gorge suivi d'un "hum!" sonore, elle répond à Darin' :

– Comme tu peux sans doute le soupçonner, nous serons sûrement dans le coup!

La voix joyeuse de Darin' laisse clairement deviner qu'elle s'y attendait.

– Très bien! Je vais m'occuper à faire une liste des volontaires. Nous remontons sur OSP-01 dans trois jours. Les premiers tests d'aptitude et de matériel courant débuteront d'ici une Demi-Lune. En ce qui concerne les entraînements à l'intérieur et autour du nouveau vaisseau, ceux-ci commenceront déjà pendant que les travaux de construction seront en cours. Nous allons agir comme si le problème de la propulsion pourrait être résolu dans les jours qui viennent!

Rendez-vous, sur le pont de l'Ascenseur Est, à côté du grand transporteur, dans trois jours à midi. Bonne soirée et bon repos à tous.

La seule remarque qui suit est laconique. Zin' rompt le court silence :
– Buvons notre verveine pendant qu'elle est encore chaude!

Notre fille fait semblant d'être calme. Mais son bouillonnement intérieur est parfaitement perceptible.

Signaux

En chemin vers OSP-01, alors que nous étions dans ces instants que Zin' privilégie, ceux en état de microgravité, je vois Darin' pâlir subitement.

Voilà qui est inquiétant, sachant qu'elle est routinière de ce genre d'expérience, je m'informe de son apparent malaise :

– Quelque chose ne va pas, ma chère?

– C'est au-delà de ça, Octa... bien au-delà!

– Fichtre! Un malheur? Un accident?

– Non, au contraire! Il s'agit d'une nouvelle bouleversante dans le sens le plus... bouleversant qui soit! Vous vous souvenez de la roche qui vous a suivi? On y avait déjà trouvé un cercle avec ces signes inconnus gravés à sa surface la plus plane. Les plasticiens de la Station en ont fait un moulage. La découverte était en soi énorme. Mais voici quelques jours, on a constaté qu'elle était creuse, mais loin d'être vide! On a extrait, de l'intérieur de l'astéroïde, plusieurs objets. Pas n'importe lesquels : car l'un d'eux pourrait être une sorte de moteur... semble-t-il susceptible d'être activé. En fait, c'est ce caillou qui s'est mis, sciemment, en orbite autour de votre vaisseau... L'équipe que Yaro a formée est en train de l'analyser pour comprendre son principe de fonctionnement.

Ma première pensée est : et c'est maintenant qu'on nous le dit! Ce qui a pour effet d'inhiber mon enthousiasme.

Cela me ramène aux deux toutes petites nuits d'un repos quasi inexistant que je viens de passer majoritairement à la Bibliothèque. C'est sur un ton volontairement narquois que je m'adresse à la commandante générale de notre fausse lune.

– Donc, Darin', avec cette nouvelle fantastique annoncée avant-hier, j'aurais pu m'épargner des journées de vingt et une "heures" de fastidieuses fouilles épistolaires et, au contraire, de profiter, au bas mot, du triple de temps d'horloge dans les bras de ma belle! C'est un scandale digne des abus de l'ancienne civilisation, ça!

– Ha! Octa, pas forcément. On ne sait rien de cet élément, semble-t-il un propulseur, découvert dans la roche. Je pense que nous devrons obligatoirement faire des recherches et des essais tous azimuts, si nous voulons pouvoir nous promener autour d'autres mondes. Mais, pour l'instant, nous arrivons et les renseignements plus précis ne vont sûrement pas manquer. Les équipes formées par Yaro sont d'une redoutable efficacité et je m'attends à des surprises supplémentaires de leur part!

À peine dans le couloir que toute la famille Tani-Zin'-Octa se met au pas de course pour réussir à suivre notre CG préférée.
Darin' ne se dirige pas, comme d'ordinaire lors de ses retours dans OSP-01, au poste de commandement, mais vers un renfoncement de la paroi où sont parquées des... trottinettes.

Avec notre cheffe des chefs toujours en tête, nous avalons des kilomètres sur nos petites roulettes. C'est assez étrange, car il existe des cabines mobiles parfaitement confortables et silencieuses prévues pour parcourir les grandes distances à l'intérieur du globe. Mais Darin' semble emprunter des couloirs peu fréquentés, ce qui nous amène à cette sportivité inattendue.
En passant, je vois une horloge contre un mur.
– Bigre! Jusqu'où allons-nous ainsi? Cela fait plus d'une demi-heure que nous tapons du pied!
Darin', n'étant plus très jeune, répond avec un soupçon d'essoufflement :
– Tu n'as pas tort : c'est long! Plus que dans mes souvenirs. Mais nous arrivons enfin.

Les trottinettes laissées appuyées contre la paroi, nous entrons les quatre dans un étroit corridor. Notre guide hausse les épaules :
– Ma mémoire m'a joué un tour! J'étais bien plus jeune quand nous passions par là. Au retour, nous repartirons par l'autre côté et nous emprunterons le tube direct. La trottinette, ça n'est plus de mon âge!

Passé le minuscule couloir, nous arrivons dans un environne-ment où les uniformes ont cédé la place aux pardessus lisses que portent les ingénieurs, les laborantins et autres spécialistes en électronique. Cela fait beaucoup de blanc et de bleu clair en un seul endroit. Les variantes pastel, correspondant aux disci-plines, sont presque imperceptibles. Parmi cette brochette de génies potentiels, je distingue quelques amis originaires du Village, occupés à ce qui semble être un montage de pièces métalliques et de fils fichtrement compliqué.

Darin', son regard scrutant l'espace encombré d'objets et de personnes affairées, nous interpelle sans se retourner :

– Je dois vous présenter quelqu'un. La plus férue collaboratrice de notre cher Yaro. Je la cherche, mais ne la vois pas encore.

C'est une voix très douce et cependant ferme qui s'élève derrière nous :

– Commandante Générale, quelle agréable visite!

Darin' fait volte-face plus vite que nous.

– Directrice Tarini Sinols, je viens avec mes amis pour faire le point. Vous reconnaissez certainement la Lieutenant Tani, Octa du Village et Zin' leur fille?

– Oh, oui, bien sûr! Heureuse de vous accueillir ici, dans ce laboratoire expérimental fraîchement inauguré. Nous l'avons baptisé "LABO YARO 01". C'est dans ce hangar qu'il se cachait pour faire ses "bricolages" en douce. Cet endroit était totalement déserté et n'avait aucune caméra installée ni aucun service de sentinelles. Yaro pouvait y faire tout ce qu'il voulait sans le moindre risque d'être surpris dans ses œuvres. Mais, venez, passons à essentiel!

Nous partons avec elle sur la gauche du local. Pas tout à fait au fond, un large espace a été aménagé. Au centre, maintenu à environ un mètre cinquante du sol par quatre câbles très fins, brille un objet doré d'apparence métallique. Il en émane pourtant plus de mystère que de reflets. Autour, plusieurs personnes, accompagnées d'un chariot sur roulettes, semblent prendre des mesures en changeant souvent d'outil. L'un des opérateurs a remarqué notre arrivée et nous rejoint immédiatement. Je reconnais le bonhomme :

– Hey, Toza! Te voici dans ton domaine, félicitations!

– Salut Octa! Bonjour, Darin', Tani et... Zin', c'est bien ton nom? Ma fille en profite pour abreuver sa curiosité :

– Oui, c'est bien moi, bonjour! Mais, que fais-tu là avec ce drôle de joujou?

– Je travaille ici avec des gens formidables, et ce que j'ai en main est un outil fabriqué pour des manipulations très spécifiques!

Les yeux de ma princesse brillent.

– Et tu es visiblement très content de te trouver ici, n'est-ce pas?

Il s'agit davantage d'une affirmation que d'une question.

– Ah! Ça, je ne peux nier que ton père, en me proposant de m'inscrire auprès de Carlonicum, a vu juste : c'est un rêve qui devient réalité! Mais pardonne-moi, chère directrice, je dois être plus factuel! Voyons, voyons... par où commencer?

Toza se frotte le menton.

– Jusqu'ici, notre concept du déplacement était presque toujours basé sur la propulsion. Traditionnellement, que cela soit un moteur électrique, à vapeur, ou à réaction, nous utilisons une pulsion pour faire avancer un véhicule. Il est donc nécessaire qu'un moteur soit équipé de roues, d'une voile ou d'une tuyère pour exercer une force.

Or, cette "chose" là ne fonctionne pas sur le même principe. Je ne pense pas que le terme de "moteur" lui convienne vraiment. Ça ne pousse rien en direction d'un objectif, au contraire : ça le fait être aspiré vers celui-ci!

Tarini, manifestement pas concernée par les grades militaires, pose affectueusement son bras sur les épaules de la Commandante Générale. Elle prend la relève des explications :

– Eh oui, Darin', nous en sommes là. Nous avons découvert comment cela devait sans doute fonctionner, mais nous ignorons encore comment activer la machine et, dans un sens, heureusement. Imaginons le désastre que pourrait entraîner sa mise en marche alors qu'elle est à l'intérieur de la Station!

J'en frissonne et ne peux m'empêcher d'ajouter :

– Fichtrement dangereux, ce truc! Et comment savoir s'il ne se met pas en route inopinément?

Toza reprend la discussion :

– Grâce à nos mesures. Tu penses bien que nous n'aurions jamais risqué d'installer ce mystérieux artefact à l'intérieur, s'il y avait eu un doute à ce propos! La dernière fois que l'appareil a fonctionné, il l'a fait pendant septante-deux minutes, six heures après que vous ayez envoyé votre message concernant les patates martiennes...

– Bigre, à peine après notre entrée en leehrcryo!

– Exactement! Comme si cela avait attendu que vous soyez dans l'incapacité de le repérer. Mais depuis, il est en arrêt total. Nos instruments de mesure démontrent qu'il ne peut s'enclencher sans instructions. Or, nous ne pouvons pas savoir comment les lui transmettre.

Le côté militaire de Tani se réveille :

– Et si ses propriétaires originels en donnaient l'ordre?

Toza, sans se départir de son calme, répond simplement :

– Et bien, nous serions foutus!

Mon cerveau en ébullition échafaude hypothèse sur hypothèse.

– Attendez, restons positifs! En admettant qu'il y ait une volonté tierce derrière tout cela, elle doit être assez bien intentionnée. Autrement, la Station aurait certainement déjà été détruite.

Nous recevons des messages insistants depuis quelques Cycles à peine. On essaye de communiquer avec nous. On pourrait raisonnablement imaginer que des êtres intelligents cherchent à nous approcher, tout en sachant que nous serions incapables de venir à leur rencontre avec nos moyens de transport trop lents. À mon avis, ils veulent nous aider à les rejoindre et nous encourager à explorer l'espace. Il faut réussir à déchiffrer leur langage, car je suis pratiquement certain qu'ils nous envoient le mode d'emploi nécessaire à faire fonctionner leur cadeau. Je suis sûr qu'on nous a offert ce "moteur" pour qu'il nous serve de modèle d'essais!

Zin' trépigne d'excitation :

– Nous avons affaire à une autre civilisation et nous allons les rencontrer bientôt, c'est sûr... Ouiiiiiiiii, j'en suis sûûûûûre!

Effectivement, tous les survivants humains et humanoïdes, terriens, gris, Luniens et Martiens sont confrontés à une nouvelle évidence : des êtres intelligents existent dans l'univers et ils ne sont pas aussi inatteignables que les ancêtres semblaient le croire...

* * *

Octa, Cycle 147, Lune 8, jour 13

Il y a un monde fou qui s'affaire autour et dans l'immense vaisseau interstellaire. Il a fallu confectionner des centaines de scaphandres. C'est devenu, pendant plusieurs lunes, une véritable industrie, et beaucoup d'ouvrage se faisait au Village à cause de la proximité de la principale matière première : la patate!

Je crois qu'en ces derniers temps de la construction du navire, il doit y avoir presque autant de personnes en microgravité qu'il y a d'habitants au Village. Enfin, non, là j'exagère un poil!

Parallèlement, de nouveaux signaux de l'espace arrivent à la Station. D'abord inintelligibles, ils nous sont, maintenant, presque familiers. Parfaitement structurés, ils ressemblent toujours à ceux que l'ultime invention de Yaro avait réussi à isoler. Il y a encore à peine trois Lunes, le seul élément compris semblait indiquer la position d'une "balise" provenant d'une autre civilisation.

Les schémas d'ondes extra système solaire tentent véritablement d'aider les humains à traduire les messages. Des images sont envoyées accompagnées de signes et de sons qui pourraient être un idiome certainement cohérent, mais basé sur un principe difficile à appréhender.

Toutefois, j'ai appris dernièrement que, Tarini Sinols, directrice technique et responsable du Labo Yaro, a perfectionné le décodeur de son ancien maître et qu'il est en mesure de déchiffrer des parties d'un langage.

- - -

Octa, Cycle 147, Lune 8, jour 21

Ça y est, la communication est établie, au moins dans un sens : le langage reçu des étoiles est strictement émotionnel. Malheureusement, nos cerveaux ont été habitués à communiquer par des mots formant des phrases. Ils sont un peu handicapés quand il s'agit de transmettre directement une compréhension avec des symboles non verbaux. Même pour les villageois, pourtant ultra-sensibles, avec leur empathie sur développée, les messages passent encore par une phase mentale de traduction des émotions en groupe de vocables de synthèse, structuré selon nos concepts.

Quoi qu'il en soit, le mystère du "moteur" qui nous a été offert à notre retour de Mars est en partie élucidé. Comme chaque habitant du Village, mes connaissances sont principalement empiriques. Surtout dans le domaine de la physique quantique, mes notions sont assez conséquentes pour appréhender les mécanismes, sans pour autant pouvoir les expliquer avec précision. Ce que j'ai compris du "principe d'aspiration" du "moteur" installé dans le vaisseau interstellaire, c'est qu'il s'appuie sur une variante de la physique quantique. Il n'est plus question de propulsion. L'engin flaire une série de quarks à un point déterminé de l'univers et, dès qu'une adéquation est trouvée, il se laisse aspirer par ce point. Plus qu'un gigantesque saut de grenouille, on pourrait le définir, selon la distance subjective qui sépare les coordonnées, comme une translation quasi instantanée.

Bref, les préparatifs de départ sont en cours.

Je ne vais pas remplir ce journal et le remettre à la Bibliothèque tel quel. Je m'en confectionne un tout neuf.
Deux précautions valent mieux qu'une.
J'imagine qu'il est possible de se perdre dans l'immensité de l'espace...

* * *

En m'endormant, de retour chez nous dans l'ancienne maison de Holt, je sens la chaleur du corps de Tani près de mon flan et j'entends respirer Zin', dans sa chambre, juste en dessous de la nôtre. Je pense à nos existences qui passent, aux folles aventures dans lesquelles nous nous lançons allègrement.

Dehors, le vent souffle dans les arbres de la forêt. Les pleurs d'un bébé se noient dans les cris d'animaux et les hululements d'oiseaux nocturnes.

Des vies viennent, d'autres partent. C'est une vaste danse aux multiples figures, aux multiples effets, aux multiples manières que chaque Individu choisit de les interpréter.

Un rayon de la Grande Lune passe à travers la petite fenêtre de l'Ouest et dessine un large trait blanc sur le mur en dessus de la porte d'entrée.

Je ferme les yeux.

Inspire, expire, inspire, expire... Octa fait le vide en toi et repose en paix... Demain est un autre jour, selon le vieil adage... Inspire, expire...

Que de variantes on prête à la relativité. Que d'existence on crédite à une matière si sujette à l'inexistence!

Inspire... expire... inspire... expire...

Dans la durée

L'annonce est tombée : le vaisseau intersidéral est prêt au départ!

Combien faudra-t-il que nous soyons pour le pilotage, la maintenance et les laboratoires pour manier convenablement un pareil engin? Je crois me souvenir d'un chiffre : huitante-deux, il me semble. Pratiquement un dixième de la population de la Station! N'est-ce pas une trop grande prise de risque?

En cas de grave avarie, tous les occupants auront leur place dans des navettes autonomes, bien sûr. Toutefois, celles-ci ne sont équipées que d'une propulsion en hypervitesse. Même à plein régime, il leur faudrait des décennies, voire des centaines de Cycles, selon la distance effectuée par le vaisseau, pour retourner chez soi.

Cela fait deux Lunes que mon sommeil est dérangé par des montées de craintes. Ce n'est pas de l'angoisse à proprement parler, mais une sourde appréhension, constante et sournoise. J'ai peur pour Zin'. Tani et moi sommes adultes et parfaitement maîtres de nos décisions. Or, notre fille est encore bien jeune, avec un potentiel immense devant elle. Est- ce éthique de lui laisser le choix, à son âge, de s'exposer à de tels risques?

Elle bien sûr insiste, c'est normal. Il est évident qu'elle devrait rester avec tata Darin' durant d'innombrables Cycles et se trouver séparée de ses parents sans certitude de les revoir un jour. Pour elle, il n'y a probablement aucun doute quant à la décision prise.

Bon! Même très jeune, notre vie nous appartient et, si nous renoncions à cette aventure, n'y aurait-il pas un terrain trop fertile aux reproches, aux cascades de regrets? En fin de compte, pourrions-nous vraiment lutter contre la trop grande envie d'explorer, de découvrir au pire la merveilleuse profondeur du vide, au mieux de nouvelles connaissances?

Tani est avec Zin' à la cafétéria de la Station. Elles m'y attendent avec l'ensemble de l'équipage interstellaire. En fait, il me reste quelques "minutes" avant l'appel.

Inspire... expire... OK, j'y vais!

Sur le chemin, à un carrefour de couloir, arrivent Yotanis depuis la gauche et Kalia sortant du tube de droite. Ils s'alignent à mes côtés.

– Salut, Kalia, salut Yotanis! Nous y voici donc! Pas trop nerveux?

Kalia, qui me dépasse d'une demi-tête, fait une grimace qui se veut comique, mais qui ne cache pas une légère tension.

– Impossible de garder mon calme, mon cher! Je crois que je ne me suis assoupie qu'une petite heure, cette nuit. Et encore, en pointillé!

– Quant à moi, je me suis fait une tisane de verveine avant de me coucher. Je n'ai pas trop mal dormi, mais je me demande si je vais pouvoir avaler quelque chose tout à l'heure. Notre destination est bien plus incertaine qu'aucune autre. Aller faire un tour sur la Lune est une promenade en trottinette, en comparaison!

– Vous avez bigrement raison! En ce qui me concerne, j'espère que tout ira bien pour nous tous... pour Zin' en particulier. Je m'en voudrais terriblement s'il devait lui arriver malheur! Mais, chassons les hypothèses méphitiques et inutilement alarmistes. Nous ferons face, quoi qu'il arrive. D'ailleurs, nous voici à la cafétéria... Quel monde! Et dire qu'à l'intérieur du vaisseau, nous ne croiserons presque jamais la plupart de nos co-explorateurs, tellement il est vaste!

Darin' et le groupe de scientifiques responsables sont déjà présents et discutent encore entre eux. Je salue Kalia et Yotanis de la main et vais rejoindre ma reine et la princesse. Les chaises ont toutes été tournées dans le même sens, face à un grand écran de projection placé devant le buffet de la cantine. Je m'assois sur le siège que Zin' m'a réservé en en occupant deux, une fesse sur chacune. Je lui fais la bise sur le front et chuchote :

– Diantre, ce devait être follement confortable, non?

Elle pouffe ! :

– Je me suis, ma foi, encore sacrifiée pour le bon plaisir de mon père!

Elle est chou avec son humour "à la façon Octa", et ça me détend.

La Commandante Générale monte sur le podium. Celui-ci est décentré, afin que les intervenants puissent s'y tenir et faire des commentaires pendant une projection, sans entraver la vue des spectateurs.

Darin' lève un bras. La lumière baisse et des images s'animent.

Presque toute la présentation est un récapitulatif des cours déjà suivis, enfin presque. Il y a plusieurs nouveautés. En particulier au sujet du langage utilisé par les êtres qui nous ont contactés. Le concept me séduit de plus en plus. Bigre, communiquer directement avec ses sentiments et ses émotions, sans la distorsion d'un idiome mental exposé à une interprétation éventuellement erronée, c'est simplement génial! Le sommet rêvé d'un échange empathique!

Mais une phrase, prononcée par la directrice scientifique Tarini, me fait virevolter les synapses : "Il faudra faire confiance. Car nous savons, maintenant, que ce sont des coordonnées, formulées de manière précise et très particulière, qui déclencheront le "translateur" incorporé au vaisseau".

En d'autres termes : personne n'a la moindre idée de la destination, mais on y va!

Un peu comme dans la vraie vie, somme toute! Tani et moi avons le même réflexe : nous nous regardons, les yeux dans les yeux. Puis, nos regards descendent vers Zin', laquelle, fascinée par les explications, est probablement loin de se douter de ce que ses parents ressentent.

La présentation est terminée. La lumière revient dans la salle. La toile de projection est enroulée et dévoile un grand buffet, bien garni et franchement appétissant, malgré un estomac encore légèrement crispé.

Avant d'aller me servir, j'observe un instant la foule. Nous nous connaissons pratiquement tous, soit par nos origines, soit pour nous être si souvent entraînés ensemble. Pourtant un quart de profil arrière attise ma curiosité. Il me rappelle quelqu'un. Je m'en approche. La ressemblance est frappante, vue d'ici, mais je ne parviens toujours pas à voir son profil entier et encore moins son visage.

C'est à ce moment qu'il se retourne.

Non! Ça n'est pas possible!

Tani m'a suivi et c'est elle qui s'exclame :
– Le Tigre! Le Tigre, c'est toi?

Alors que nous restons comme paralysés, il reste un moment là, immobile, plus pimpant et souriant que jamais.
Darin' arrive à la rescousse, accompagnée de Tarini.
– Oui, mes amis, et il fait partie de l'expédition. Bien entendu, nous vous devons des explications.

Nous devinons plus que nous ne savons ce qui va suivre. Tarini pose une main sur l'épaule d'un Tigre en pleine forme, ayant retrouvé son allure juvénile des premiers jours, comme lorsque je l'avais rencontré au Manoir... voire en plus jeune encore. La directrice tient là son rôle officiel et annonce :
– Le Tigre fait partie de l'expédition... sauf qu'il ne s'agit plus du "même" Tigre, mais de son androïde. Il a été possible de le concevoir grâce à des détails, des plans, et des éléments préfabriqués trouvés chez les Luniens! À la demande de l'original mourant, Yaro avait commencé le travail de reconstitution avec la promesse de ne jamais rien révéler.
Ces derniers jours, le véritable Henri-Grégoire s'est fait transférer ses souvenirs, ses mimiques et une mémoire d'ADN de synthèse complète dans son alter ego artificiel.

Ces explications purement cartésiennes me laissent pensif. Le Tigre de Papier est devenu le Tigre d'Acier! Il s'est volontairement traduit en robot. À croire qu'il ne pouvait vraiment pas supporter l'idée de disparaître à jamais!
De plus, il a bénéficié de découvertes publiées dans les ultimes numéros de journaux scientifiques imprimés d'avant la Grande Destruction, où il était question de stocker des données, voire de créer des ordinateurs utilisant l'ADN de synthèse pour remplacer les circuits-mémoires classiques.

Alors que j'arrive au bout de mes pérégrinations mentales, Darin' est venue nous entourer de ses bras.
– Je sais que cela doit être, pour vous, une sensation

particulièrement bizarre. Le Tigre a laissé un dernier souhait à votre encontre. Il aurait aimé que vous soyez présent lors de sa canonnade. Et qu'ensuite, vous vouliez bien accepter son fac-similé et, éventuellement, prendre soin de lui de temps à autre.

Nous acquiesçons, mais non sans tristesse. Il y a quelque chose de fondamentalement pathétique dans la décision du Tigre.

— Bigre! Je ne suis pas aussi affligé par la mort d'Henri-Grégoire, que de constater la symbolique de son réflexe final de "survie". Tout semble prouver, par ce geste, qui paraît celui du désespoir, qu'il n'a pas compris le sens de la nature éphémère de sa vie.

* * *

Les restes du Tigre original se consument dans l'atmosphère terrestre.

Le plus troublant, pendant ces instants passés à remémorer les moments les plus forts des rencontres avec le Tigre, c'est d'être là à regarder un ami s'évaporer en flammes vives, avec, à côté de soi, son sosie parfaitement intact observant placidement la même scène!

Cette situation est surréaliste et mérite d'être appréhendée avec lucidité.

Je me tourne vers la copie :
— Tu es, maintenant, tout ce qui reste du Tigre, n'est-ce pas?
— Oui, comme tu le dis si bien... Lui, sans être lui. J'ai tous mes circuits imprégnés de lui : ses façons de penser, bouger, parler. Mais, je dois l'admettre, je ne comprendrai jamais les mécanismes des émotions. J'arriverai à concevoir que tel ou tel sentiment doit émerger lorsque certains changements se produisent, mais je ne les ressentirai jamais. Lui, il pouvait.
— Par conséquent, je ne peux pas te demander comment tu te sens en cet instant.
— Non, effectivement. Je suis comme les Luniens : je sais

adapter mes attitudes aux événements. Ce ne sera toujours qu'une analyse de de l'environnement, de la situation et des détails, suivie des mimiques, des paroles et des gestes adéquats.

– Bigre! Tu n'as simplement pas le choix.

– J'ai quelques latitudes, des variables optionnelles, une forme de "libre arbitre" quand il s'agit d'agir dans des situations qui nécessitent l'immédiateté. Mais je ne puis, en aucun cas, prendre des décisions qui iraient à l'encontre de ce que l'original voulait.

– Sais-tu pourquoi tes traits psychologiques, ton ego et ton mental sont supposés persister actuellement?

– Oui, il l'a intégré dans sa... dans ma mémoire. C'est dû à un pari entre multimilliardaires. Ils ont misé sur lequel vivrait le plus longtemps. Et comme la notion de vie, pour ce groupe de matérialistes, ne tenait pas compte de l'aspect émotionnel, mais uniquement de l'existence de la personnalité, la capacité cervicale a été l'argument choisi.

– Ha! Ce vieil adage abscons "Je pense donc je suis". Diantre! Tu parles d'une gageure!

– Effectivement. Toutefois, je pense que dans ma configuration actuelle, je pourrai vous être très utile dans le vaisseau. Il n'y a qu'une question que je me pose.

– Et laquelle est-elle?

– Le Tigre a-t-il bien fait de me donner l'allure physique de son original? Logiquement, à l'égard d'autrui, cela doit représenter un élément perturbateur sur le plan psychologique.

Sa remarque me laisse un moment tel un rond de flan. Se pourrait-il que cet ersatz de Tigre puisse presque me paraître sympathique?

Je finis par répondre :

– Certainement. Mais, il n'y a pas pensé, semble-t-il!

ÉPILOGUE

Réflexion sur la longévité, le bonheur, l'amour, la vie et la comédie humaine...

Au Village, l'accent est mis sur chaque individu par chaque individu. Il n'y est jamais question de respect, car il y est intrinsèquement existant. Dès les premiers âges, on y adopte une vision spontanément éclectique. La curiosité y remplace l'ambition. L'émerveillement y se substitue à l'orgueil. Les notions de concurrence et de supériorité n'attirent personne, à l'instar du modèle "gagnants contre perdants" qui semble avoir régi une partie de l'humanité auparavant... et qui l'a probablement menée dans l'impasse.

Il y a bien une fierté, par contre. Celle que l'on ressent pour soi-même après avoir accompli ou compris quelque chose qui enrichit notre intelligence. Mais la vantardise n'apparaît que sous forme d'autodérision parfaitement volontaire, car Chacune et Chacun en connaît la futilité.

Il en va de même avec les prouesses extraordinaires. Elles sont louées, félicitées et souvent fêtées de manière ostentatoire ou débridée. Mais elles seront plus une occasion de réjouissances que de jouissance égotique. De nouveau, on pourra en être fier, tout en laissant de côté une éventuelle suridentification.

Avant ce que nous croyons être, ou ce que l'entourage voit de nous, nous sommes cette conscience qui, telle une caméra, observe les choses depuis notre intérieur.

Depuis tout petits, nous savons que notre personnage est fait de multiples couches superposées et qu'il est inutile de s'identifier à l'une plutôt qu'à l'autre. L'Individu existe au- delà de sa substance.

Chacune et chacun est l'artiste de sa vie et représente une œuvre d'art par sa propre attention.

Lors de voyages, on part "ensemble avec soi-même". On peut changer de régions, marcher sur la Lune, lutter contre les papillodards ou récolter des patates sur Mars. Cela se fait toujours en compagnie de sa manière inédite de voir et de percevoir.

Là où un voyage devient "extraordinaire", c'est lorsque l'on quitte celui ou celle que l'on croit être, pour explorer les vrais terrains inconnus, ceux qui ne demandent qu'à surgir de notre centre.

Ceci est l'authentique découverte, la plus importante, celle qui rend une vie véritablement spéciale... et vécue!

À suivre...

GLOSSAIRE

A

Agave (aloès): plante dont est extrait le sucre utilisé au Village.

Appartenance (sentiment d'): complexe courant durant les derniers millénaires d'avant la Grande Destruction. La conscience empathique a rendu ce besoin caduc.

B

Bibliothèque: bâtiment du Village où sont gardés les textes, coupures de journaux, livres et commentaires manuscrits.

Bigre!: vieux français, exclamation de surprise
(utilisée presque exclusivement par Octa)

C

Carabiné: particulièrement intense, (expression régionale)

Collectivisme: Longtemps considéré comme étant "anti-égoïste", il a eu l'effet inverse, en cultivant insidieusement la frustration. D'une manière très perverse, le collectivisme donnait l'impression d'une entente entre individus, alors qu'en réalité, il s'agissait plutôt d'une forme de conditionnement encourageant l'adhésion à la notion illusoire de "groupe".

Cycle: durée de douze Lunes. L'humanité ayant abandonné le compte en années. Plus tard, une treizième Lune est intercalée pour compenser le décalage des périodes.

D

Dé: Cube à six faces portant des valeurs de 0 à 5. Le chiffre indique le nombre de jours mis à disposition. Chaque villageois possède plusieurs Dés personnalisé, qu'il place, à sa convenance, dans des casiers correspondants aux jours d'une Lune et aux tâches à accomplir. Les casiers se trouve sur le Mur.

Demi-Lune: durée de quatorze jours. En général, allant d'une pleine-lune à une lune noire.

Démocratie: Un des anciens système politique d'avant la Grande Destruction. Comme tous les autres systèmes, il n'a pas su donner leur valeur respective aux individus.

Destruction (La Grande): Cataclysme provoqué par de nombreux facteurs différents et ayant abouti à une quasi extinction de l'espèce humaine (et totale de nombreuses autres) sur toute la surface de la Terre.

Déviateur : petit dispositif bricolé par Yaro. Il permet de dévier les écoutes et les surveillances caméras.

Diantre!: vieux français, exclamation de surprise (utilisée que par Octa)

Discplot: jouet à lancer et rattraper.

Dôme (le Grand): Collecteur du gaz de fermentation de matières organiques. Le gaz est distribué pour usage ménager et pour la production d'électricité en cas de pénurie électrique.

E

Empathie: Capacité de ressentir ce qu'une autre personne ressent et d'acquérir une fine compréhension de l'autre.

Epreuve: concerne les arrivants de l'extérieur du Village ou n'habitant pas la Salière, il s'agit du passage au travers du Labyrinthe pour atteindre une des portes gardées du Village.

F

Follettes ou **Vents Fouettants** : nom donné à un phénomène météorologique ayant une récurrence cyclique. Des bourrasques chargées de pluies acides mettent en danger les personnes et les cultures.

Fourmilière: terme souvent utilisé péjorativement, pour signifier une attitude collectiviste qui entraîne la catastrophe dès que la reine meurt.

G

Grade: évaluation subjective de l'importance d'une personne et supposée l'autoriser à donner des ordres à d'autres individus.

Gris: Surnom donné aux nouveaux arrivants ayant tous, comme caractéristique visuelle, des cheveux gris et une teinte épidermique légèrement cendrée. Aucune connotation "raciste", une simple évidence visuelle.

G.U.N ou la **GUN**: pour Grande Union des Nations.
Ce fut la dernière tentative de sauvetage de la civilisation. Les nationalismes n'avaient entraînés que guerres et destructions. Mais, le dé-morcellement de l'humanité n'a que peu duré et les fractures ont repris de plus belle, jusqu'à ce que mort s'ensuive.

H

Heure: ancienne mesure de temps réintroduite au Village suite au séjour de villageois dans la station orbitale.

Huitante: 4x20 = 8 suivi d'un 0.
Manière de compter par décimales en langage d'origine latine.
Les germaniques diront, pour huitante-cinq "cinq et huitante".

Hypophyse: responsable de la gestion des hormones, dont l'ocytocine. Il est connu que les assassin et les personnes manquant d'empathie souffrent d'une hypophyse sous-dimensionnée.

I

Individu: Être exclusif et dont la valeur est unique et irremplaçable. Il cultive son originalité, ses capacités autarcique, ses connaissances multiples, sa sagesse et son empathie. Celui qui sait vivre seul ne sera jamais un poids pour autrui. Celui sait vivre seul, sait mieux vivre avec d'autres.

J

Jour: il y a vingt-huit jours dans une Lune

K

Kepler: voir "loi de Kepler"

L

Langota: sous-vêtement fait d'une seule pièce de tissus. Porté par les yogis des Indes.

Larves: Cultivées dans de grands bacs, sous serres, séchées et réduites en poudre, elles sont le principal apport de protéines dans la nourriture du Village.

Leehrcryo: utilisé par simplification en remplacement de "pseudo-cryogénie de Leehrmind".

Leehrmind (Nossart): Professeur ayant inventé et développé la cryogénie partielle utilisée pour palier au manque de naissance dans une population menacée de consanguinité.

Lois de Kepler: lois qui décrivent le mouvement des corps célestes. Elles peuvent être appliquées à tous corps en orbite autour d'un autre.

Lune: douzième d'un Cycle. Durée entre deux pleines-lunes, soit vingt-huit jours.

M

Manoir: Domicile du Tigre. Immense bâtisse en pierre et au toit de tuiles. Vestige intact d'une habitation luxueuse d'avant la Grande Destruction.

Minute: soixantième d'une "heure". Cette ancienne appellation va remplacer, progressivement, le terme moins précis de "moment".

Mur (le): Sorte d'agenda qui permet de savoir qui fait quoi et à quel moment. Èlément indispensable dans l'organisation libre du Village.

N

Nonante: 4 · 20+10 = 9 suivit d'un 0. Base latine, manière correcte de compter par décimales.

O

Ocytocine: hormone produite au niveau de l'hypothalamus et stockée-diffusée par l'hypoténuse. Influence, entre autres, la capacité de ressentir de l'empathie.

OSP-01 : Orbital Space Platform - le nom d'origine de la Station ou Trotteuse

P

Papillodard : Dangereux insecte volant dont les verts mangent les larves.

Pointe de la fourmilière: expression qui , suite à la disparition totale des glaces polaires, a remplacé celle très usitée de "La Pointe de l'Iceberg".

Proto-ocytocinat : nouvelle molécule stimulant l'hypothalamus dans sa production d'ocytocine.

Pseudo-cryogénie (de Leehrmind): méthode d'hibernation inventée par le professeur Nossart Leehrmind.

Purju: Boisson des Verts, qui remplace l'eau courante, extraite des grosses tiges creuses d'une plante semi-aquatique.

Q

Queue: ce que le serpent se mordait avant la Destruction.

S

Salière (la): hameau situé à trois kilomètres du Village, niché à flan des rochers dont est extrait le sel consommé dans le Village.

Septante: 60+10 = 7 suivit d'un 0

Sophocratie: suite logique à l'échec de la démocratie, il s'agit d'un non-système basé sur la sagesse intrinsèque dont peut faire preuve tout individu ayant suffisamment développé son empathie.

Suridentification: attitude très commune avant la Grande Destruction. Manière de croire que l'on est ce que l'on fait ou que l'on est ce que l'on pense. Exemples typiques: militantisme, nationalisme, fanatisme, égotisme.

T

Trotteuse (la), aussi appelée Petite-Lune ou la Menteuse: est un satellite d'avant la Grande Destruction.

V

Village: L'ensemble des habitations, cultures sous serres, réserves, bibliothèque, ateliers et laboratoires. Protégé au Nord par le territoire du MANOIR, à l'Est, Sud et Ouest par des palissades. On y entre qu'exclusivement en réussissant à traverser un labyrinthe. Le Village est relié, par un vestige d'une ancienne route bitumée, au hameau nommé "La Salière" les deux "agglomérations" sont habitées par les seuls survivants connus.

Z

Zénitude: capacité à pouvoir garder son calme et sa lucidité en toute circonstance.

PERSONNAGES

Octa: narrateur

Iraa : une amoureuse de Octa

Cicé : une autre fille dont Octa est amoureux, mais qui ne s'intéresse pas à lui.

Holt : disparu dont Octa trouve le journal (il le retrouve plus tard !)

Yaro : éminent bricoleur, inventeur et spécialiste de l'observation des étoiles et des deux lunes. Il va fabriquer un petit télescope.

Arl : avec une vivacité et un charme époustouflant malgré ses cinquante Cycles est l'amie de Yaro.

Yerz : un homosexuel qui aurait voulu qu'Octa le soit aussi. Très observateur, il a remarqué quelques anomalies comportementales chez plusieurs habitants du Village et a mené sa petite enquête.

Elso : amoureuse d'Aershon'

Oyssa : amoureuse de Balmron'

Olpa : amoureux de Lénida

Autres villageois

Hollaz : génie de l'observation, malgré un léger handicap cérébral.

Loga : ayant une empathie moins développée, il a une tendance à convoiter un leadership

Samo : bien qu'avec une hypophyse relativement petite, elle est d'une grande sensibilité musicale. Elle est luthier (luthière ?) et a offert une superbe guitare à Octa. Saroc : le grand-père de Salis. Il connaît encore des histoires des premiers temps.

Yesso : vient d'emménager chez Kani

Sari : hermaphrodite, elle-il très féminine. Se foule une cheville en testant un prototype d'aile volante inventée par Yaro.

Narkl : voisin direct d'Octa et amant de Sari.

Dzab : a fabriqué un excellent prototype de tricycle transporteur, dont la partie transport de marchandise peut être détachée. Il est un des pilotes du premier grand vaisseau.

Telk : Spécialiste des objets en verre. Il va devoir sacrifier du papier journal pour le polissage final des lentilles du télescope. A appris à piloter, aussi de grands vaisseaux.

Les premiers "Gris" arrivés au Village

Tani (Lieutenant Tani Yernassa, dans la Station) : le coup de foudre d'Octa, devient sa compagne et mère de leur fille **Zin'**.

Rowsha : joue le chef des "Gris" à l'arrivée au Village. (Est, en fait, sous les ordres de Tani, officiellement, mais sous ceux de Togal Attar, capitaine sur la Station).

Aershon' : masculin

Lénida : jolie fille, plus jeune et plus en retrait que Tani. Ses cheveux ont des mèches plus contrastées

Hisnili : pas très grande, elle a l'air plus âgée et est plus musclée que Tani

Yofalia : féminine

Balmron' : masculin, très jeune plutôt subordonné

Darin' : Grise nettement plus âgée, pourrait être la mère de Tani. Rencontrée au Manoir. Elle prend la succession de Carlonicum et devient la nouvelle Commandante Générale de la Station.
Habitants au Manoir

Le TIGRE DE PAPIER: de son vrai nom Henri-Grégoire Ferretoni, fils de Giovanni Carlo Ferretoni, devenu milliardaire grâce à Juliano Ferretoni, "Collectionneur" et "Récupérateur de génie", selon la presse. En réalité, Juliano était "chiffonnier".

Le docteur **Arbor Trandini** : "médecin personnel du Tigre"

Farim' Dolan' : le nouvel amoureux d'Iraa.

Rolsar : une sorte de majordome, messager du Tigre.

Sorlnash, Kiamy, Dolinar et **Tasiilio** : quatre Gris rencontrés plus tard au Manoir.

Personnages nouveaux dans le tome 2 Gris

Carlonicum Estariaro : commandant général. S'intéresse à la sophocratie.

Togal Attar : capitaine principal désireux de remplacer le commandant général.

Yoser Palitac : aumônier devenu fanatique et créateur de la secte de "L'Ordre",

Dolcat Mosivar : jolie Grise, affectée à l'intendance. Elle essaie de séduire Octa sur ordre. Devient reine des Verts après sa fuite.

Capitaine médecin **Lusotul Kotmas** : à la solde d'Yoser Palitac.

Capitaine médecin **Terendel Osparov** : résolument opposé aux idées de l'Ordre. Sera le médecin-chef dans le vaisseau pour Mars.

Erdezan' Yossil : lieutenant qui est désigné par Carlonicum pour renseigner Octa.

Lorsarn' : un soldat hostile à l'Ordre et qui vient proposer à Octa de prendre sa place pour un aller-retour au Village.

Tendlor : autre soldat allié aux antis-Ordre.

Coltim' Soragot' : se fait passer pour Octa, suite au putsch de Togal.

Eragadi Tossevar : se fait passer pour Tani, suite au putsch de Togal

Personnages nouveaux dans le tome 3

Ètschè: reine des Verts avec Dolcat

Toltia: chef des chasseurs Verts qui capture l'équipage du dirigeable Un

Potia: un chasseur Verts

Yolasi Parikal: un nouvel haut-officier de la Station, ancien collègue de Tani

Tidl: fils de 4 ans de Oyssa et Balrom'

Aréél: fillette de 1-2 ans de Lenida et Olpa

Kalia Aatsib: co-exploratrice lunaire

Yotanis Ségoral: co-explorateur lunaire

Karnil Tobasim': capitaine des communications

Ténerdac Rofa'in': capitaine des renseignements

Tarini Sinols: directrice générale des recherches techniques dans la Station.

Acteurs décédés pendant la Grande Destruction

Nossart Leehrmind : inventeur de la méthode d'hibernation dite "Pseudo-cryogénie de Leehrmind".

Avant la Grande Destruction:
associés du Tigre, membres du triumvirat des milliardaires

Helena Thornsöm-Shenky : propriétaire de centaines de laboratoires et d'usines chimiques.

Paul-Esop Greepolth : célèbre propriétaire de chaînes télévisées et d'ateliers de métallurgie.

EDITIONS AVN

CH-1045 Ogens

Déjà paru du même auteur

Série **LES CENT PAGES D'ALEX**
maximes collectors format A6 paysage
Reliures artisanales diversifiées

Tome 1
Les 100 Pages d'Alex
(Les cent pas " Je ", lait sans pages,
laisse en pas " je ", laissant pages…)
6e réédition

Tome 2
Les sans autres   3e réédition

Tome 3
Les Plus que Sent…
(Les Sangs nouveaux d'Alex)
3e réédition

Tome 4
Les cent vingt pages d'Alex
(Les Sangs Vains)
3e réédition

Tome 5
Les 105 pages d'Alex   2e réédition
(les sangs saints, les sans seins, les sens sains)
                                                                      ÉPUISÉ

Tome 6
Les Sans Scies (Les 100 Si)

Tome 7
publication défectueuse (Les sets sens)

Tome 8
Le tome VIII

Le Manifeste de l'Art Visionnaire Narratif   ÉPUISÉ

Vers de ma pomme   prose poétique   carnet

Billets doux   douze nouvelles
ISBN 2-9700229-2-3   poche
réédition

LE guide du tourisme intergalactique
avec lexique français-intergalacte standard
ISBN 2-9700229-1-5   poche

Pour un touchant regard poèmes avec transcription Braille A4

Le Tigre de papier   Tome 1   roman
ISBN 978-2-940611-00-3

Le Tigre de papier   Tome 2   roman
L'Ordre
ISBN 978-2-940611-03-4

Le Tigre de papier   Tome 3   roman
Autres
ISBN 978-2-940611-04-1

TARL'   Jeu de cartes intergalactiques
                                                        ÉPUISÉ

Coffret de **mini infographies** plastifiées
                                                        ÉPUISÉ

Courts métrages créés entièrement sur ordinateur 2D + 3D

Odiiraa   1991

3 films d'Alex   2000   DVD
ISBN 2-9700229-4-x

Kadri' 6 minutes   2010   online
2e prix concours court métrage Maison d'Ailleurs

Autres parutions AVN

Mémoire du Jorat
Récits recueillis par Claire-Lise Gilliéron et Mousse Boulanger
                                                        ÉPUISÉ

Bienvenue en Acratie   Tome 2   KrummenHacker
Réédition
ISBN 978-2-9700229-8-5

L'Acratie, c'est assez! Tome 3   KrummenHacker
ISBN 978-2-9700229-9-2

www.visionnart.ch
info2@visionnart.ch

Les situations et les personnages
sont purement imaginaires.
Toute ressemblance avec des personnes
ou des lieux existants est fortuite.

Conception de la couverture
illustrations et mise en page
Alex de Kyburg
AdK©2017

Première édition 2017

www.ingramcontent.com/pod-product-compliance
Lightning Source LLC
Chambersburg PA
CBHW050339030726
47503CB00008B/2525